해바라기

해바라기

초판 1쇄 발행 2021년 12월 01일

지 은 이	김순길
발 행 인	권선복
편 집	백예나, 오동희
디 자 인	노유경
전 자 책	노유경
발 행 처	도서출판 행복에너지
출판등록	제315-2011-000035호
주 소	(157-010) 서울특별시 강서구 화곡로 232
전 화	0505-613-6133
팩 스	0303-0799-1560
홈페이지	www.happybook.or.kr
이 메 일	ksbdata@daum.net

값 16,000원

ISBN 979-11-5602-936-6 (03810)

도서출판 행복에너지는 독자 여러분의 아이디어와 원고 투고를 기다립니다. 책으로 만들기를 원하는 콘텐츠가 있으신 분은 이메일이나 홈페이지를 통해 간단한 기획서와 기획 의도, 연락처 등을 보내주십시오. 행복에너지의 문은 언제나 활짝 열려 있습니다.

흔들리지 않는 믿음, 무조건적인 사랑

해바라기

김순길 지음

목차

해 바 라 기

멍석 위의 만찬

"까르륵, 까르륵."
끊이지 않는 함박웃음 꽃을 피우며
맛있게 먹었던 정월 대보름
박 바가지의 진수성찬은
영원히 잊혀질 수가 없을 것 같다.

살갗을 스치는 아침 바람에 온기가 스며들고 뒤뜰엔 언제부터인
지 개나리가 수줍게 노란 꽃망울을 터트리고 있다. 그 예쁜 노랑이
를 시샘이라도 하듯이 언덕 위에 벗꽃 나무는 봄의 여왕이라고 함
박눈의 영혼이라도 입은 듯 은빛 같은 머리카락을 바람결에 따라
흩트려 뿌려 놓는다. 한 꺼풀 벗어낸 겨울옷 덕분에 가벼운 옷차림
으로 춤을 추듯이 나풀거리며 인희는 언니를 따라 밭두렁, 논두렁
에서 냉이를 캐고 잔풀들을 헤집으며 쑥을 뜯어 한 움 쿰씩 바구니
에 담는다. 들녘 가까이에 진달래 꽃망울이 하나둘씩 터져 막내 연
희의 볼처럼 빨갛게 들인 물로 들녘과 산자락에 봄의 향기를 수놓
아 함박웃음을 지으며 봄맞이하고 있다. 언니는 진달래 꽃잎을 따

서 입에 넣고 오물거리며 인희의 입에도 넣어준다. 이 맛이 봄의 맛일까? 씹어보기도 전에 사르르 녹아 목젖을 넘어갔다. 겨우내 땅속에서 몸을 감추었던 달래도 수북이 캐어 담아 바구니에 봄을 가득 실었다. 저녁에는 봄 향기의 만찬이 차려진 축제의 밥상이 차려질 것이다.

언니가 부르는 콧노래를 따라 흥얼대며 한참을 걸었다. 신작로 가까이에 또래의 꼬맹이들이 모여서 물이 맑아 개울 바닥이 거울처럼 들여다보이는 개울 물에 모두 엎드려 돌을 들어 올리며 가재를 잡고 다슬기를 주워서 철사 줄로 엮은 주전자에 부지런히 주워 담고 있다. 개울을 따라가며 잡아도 잡아도 한없이 많았던 청정지역 1급수의 먹거리는 늘 풍성함을 채워줬다. 돌아오는 길목에서 동네 오빠, 언니들이 알알이 맺혀 익은 밀밭의 밀을 듬뿍듬뿍 꺾어서 외진 밭두렁에 불을 지펴 밀자루를 뒤집어가며 구워 익은 밀알을 두 손바닥으로 싹싹 비벼 껍질을 불어내고 한주먹씩 입에 털어 넣어 먹었던 쫀득거리며 고소한 맛은 다른 무엇에 비할 데가 없었다. 언니가 오래 씹으면 껌이 된다고 해서 껌을 만들어 보려고 씹다가 그냥 꿀떡 삼키기를 반복하기도 했다. 그리고는 "까르르, 까르르." 웃어 젖혔다. 개구쟁이 오빠들은 밀 서리도 모자랐던지 개구리를 잡아 와 불에 구워 껍질을 벗겨내고 오동통한 다리 살을 건네주곤 했다. 무서움도 징그럽다는 생각도 없이 언니와 오빠가 먹으라고 주면 담쏙담쏙 잘도 받아먹었다. 보양식이란 보양식은 황홀했던 유년 시절에 평생을 건강하게 살도록 몸속 곳곳에 저장해 놓아서 인희가 살아온 오늘까지도 건강을 잃지 않고 잘 살고 있는 몸이 증거를 말해 준다.

어제는 '봄날이었지!' 했는데 짧디짧은 봄바람은 다녀가신 지 한참이 지난 듯, 어느새 여름철의 대표 밥상, 가족 반상회 모임 장소인 멍석이 마당 한쪽으로 두 개나 펼쳐져 있었다. 멍석 위에 가재와 다슬기를 잔뜩 잡아 온 덕분에 엄마가 삶아낸 다슬기 알맹이를 대바늘로 찍어 올려 꺼내느라 할머니, 엄마, 언니, 오빠들이 둘러앉아 분주히 손을 움직인다. 대바늘에 길게 가득 꼬인 다슬기를 한입 가득 넣어 먹었던 오돌거리며 씁쓰레한 감동적인 맛은 그날 그때 느꼈을 뿐이었고, 그 그리운 맛을 느껴보려고 수십 년을 두리번거리며 찾으려 했던 것 같다. 여러 명의 손이 움직이니 다슬기는 금방 다 까 올려졌다. 가재는 삶아진 채로 두꺼운 껍질을 떼어 내고 통째로 고소함을 전해 받으며 바삭바삭 씹어 먹었고 까놓은 다슬기는 된장을 풀어 넣고 아욱을 비벼 넣어 진한 다슬기 된장 아욱 국물을 맛볼수 있었다. 여름 한날의 멍석 위의 저녁 밥상은 자연이 선물한 천연재료로 3대 가족의 입맛을 북돋아 주었고 대가족의 화목을 이루어 주며 든든하게 배를 채워 주었다. 해가 긴 여름이어서 저녁을 먹고도 탐스러운 옥수수를 바구니에 가득히 삶아 내왔다. 멍석 위에 누워 옥수수를 한 알 한 알 따 먹으며 어둑어둑해 오는 하늘에서 하나둘씩 반짝이며 모습을 드러내는 별을 세어본다. 어여쁜 여름밤이 살며시 다가오려 고갯짓을 한다.

　어른들께서 집에서 조금 떨어져 있는 초가지붕의 커다란 창고처럼 느껴지는 곳에 뽕나무 잎을 가득 깔아 놓고 그 위에 꼬물꼬물, 꿈틀꿈틀거리며 온몸으로 기어 다니는 누에를 키우고 있었다. 언니와 오빠를 따라 한참을 걸어 신작로 가까이쯤 뽕나무밭으로 간다. 언니, 오빠는 누에의 밥인 뽕잎을 따고 가지마다 옹기종기 새까만 오디가 알알이 까맣게 익은 것을 따 입 안에 넣기에 바빴다. 큰오빠가 "인희야! 팔을 쭉 뻗어서 오디 따먹어라."라고 저만치에서 큰 소리로 말을 했다. "응! 오빠 나 지금 까치발 높이 떠서 많이 따먹고 있어." 인희도 덩달아 큰 소리로 답하며 단물이 입안 가득 고이는 오디를 먹었다. 얼마나 많이 따먹었던지 입과 턱 주변이 시커멓게 물이 들었고 손바닥과 열 손가락도 시뻘거 죽죽 물감을 칠한 듯한 모습이었다. 큰오빠는 지게 한가득 뽕잎을 쌓아 담아지고 작은오빠도 한 짐 가득 지게를 지고 인희는 오디를 많이 따먹어 배가 부른 포만감으로 밭둑을 베게 삼아 널브러져 잠이 들고 말았다. 깨워봐도 단잠에 빠져 비몽사몽인지라 언니는 할 수 없이 인희를 둘러업고 잠에서 깨어나 주기를 바라며 먼 길을 힘겹게 걸어왔다고 했다. 물이 가득한 오디를 양껏 따먹고 잠까지 들어 축 늘어졌으니 예닐곱 살이나 먹은 몸무게가 얼마나 무거웠을지 짐작이 간다.

그날 이후 꼬마 돼지라고 놀렸던 언니는 다시는 업어주는 일이 없었다. 집에 들어서는 인희의 시뻘건 얼굴과 손의 모양새를 위아래로 훑어보며 한참을 웃으시던 엄마는 "아이고, 이게 뭔 꼴이랴! 그리도 오디가 맛있더냐! 뽕나무밭에서 살지 그랬냐! 애를 아예 오디에 절여 왔네. 언니랑 우물에 가서 뽀득뽀득 씻고 와라."라고 하시며 언니에게 주섬주섬 빨아올 걸레 등을 내어 주신다. 언니는 산으로 들로 인희의 손을 잡고 다니며 봄맞이를 나눠 주었고 자연이 주는 이름도 기억에 없는 맛있고 풍성한 먹거리로 배고픔을 느껴본 적이 없을 만큼 알뜰살뜰히 행복에 넘치는 맛을 느끼게 해주며 인희의 큰 그림자로 버팀목이 되어 주었다. 엄마 품은 막내 연희가 독차지했고 그런 엄마 주위를 맴돌다 할머니 옆을 서성여보기도 했지만 할머니는 머슴아가 최고라고 하시며 오빠들을 우선순위로 챙겨주고 있어 멀찍이 있던 인희에게는 언제나 따스한 품을 내어 준 언니가 최고로 자랑하고 싶은 큰 자리를 차지하고 있었다.

따가운 햇볕이 내리쬐는 마루 밑 디딤돌에 철퍼덕 앉아 갓난아기 주먹만 한 자주색 감자를 닮은 놋숟가락으로 얼마나 많이 깠는지 인희의 얼굴과 팔다리는 하얀 눈꽃을 덮어 놓은 듯한 모습에 햇볕이 반사되어 눈꽃의 소녀처럼 반짝이고 있었다. 한집 건너에 사는 종동이가 같이 놀자고 감자녹말이 뒤덮인 손을 잡아 이끈다. 인희는 "안돼! 감자로 저녁밥 짓는다고 엄마가 빨리 까놓으라고 하셨어."

종동이는 할 수 없다는 듯이 "숟가락 줘, 내가 도와줄게." 한다. 닳은 놋숟가락을 건네받은 종동이의 도움으로 함지박 가득한 작은 알 감자를 다 까놓고 대충 감자녹말을 비벼서 털어낸 후 종동이의 손을 잡고 사립문 밖을 나서게 됐다.

동네의 일가친척 간에 아이들이 동무가 되어 온 동네를 쏘다니며 아카시아 꽃향기에 사로잡혀 따라가면 뒷동산 가까이 오르는 언덕배기에 은색 꽃송이 주머니를 내려뜨린 아카시아가 꽃향기를 동산에 가득 내뿜고 있었다. 삼삼오오 모여든 꼬맹이들이 껑충껑충 뛰어서 나뭇가지를 부여잡고 아카시아 꽃송이를 따 내렸다. 서로 달려들어 나뭇가지가 올라가지 않게 쥐어 잡고 수북이 따낸 아카시아 꽃송이의 향기에 취해 코를 벌름거리며 눈을 지그시 감은 채 은은하고 탐스러운 향기에 휩싸인다. 아카시아 꽃송이 채로 입 안에 넣고 이빨로 꽃 알맹이를 주르륵 훑어서 양쪽 볼이 불룩불룩 튀어나올 듯이 불려가며 '뽀드득 뽀드득' 입 속에서 아카시아 꽃송이를 굴리며 혀에 꿀을 떨어뜨리며 "나 아카시아꿀 꽃송이야."라고 혀의 감촉에 인사한다.

꽃동산, 논두렁, 밭두렁으로 콧노래를 부르며 즐겁게 놀았던 기억들이 아지랑이 속으로 사라져버렸는지 무얼 하며 놀았는지 쏙쏙 떠오르질 않는다. 다만 영화 속에 나오는 푸른 초원에서 마냥 뛰어놀던 어렴풋이 남아 있는 추억의 기억들이 평화로웠고 행복했던 느낌으로 작은 모래성처럼 잔재해 있다. 그럴 수밖에 없을 것이 꿈처럼 여겨지는 인희의 유년 시절에서 50여 년에 가까운 세월이 흘렀으니 당연한 일이라고 받아들여야 할 것이다.

작은오빠는 저녁 무렵이 되기 전에 소에게 먹일 여물을 낫으로 베어 지게에 차곡차곡 쌓아 실었다. 오빠를 따라나선 인희는 인희의 몫으로 토끼에게 줄 토끼풀을 줄을 달아놓은 바구니에 부지런히 뜯어 담았다. 인희네 집은 닭, 토끼, 강아지, 소를 키우며 가족의 일부분처럼 귀한 대접을 해 줬다. 한 번씩 어른들의 생신 일에나 경사스러운 날에 닭고기나 토끼고기가 밥상에 올라와 인희 앞에 놓이면 "불쌍해, 싫어! 안 먹어." 하며 돌아앉는다. 그러면 짓궂은 오빠는 "개구리 뒷다리도 맛있게 먹고, 메뚜기는 한 움큼씩 씹어먹고, 참새 다리도 몇 개씩이나 먹었잖아! 누에고치랑 번데기도 잘 먹으면서 왜 그래." 하며 놀려댄다. 인희는 "내 토끼잖아! 내 꼬꼬닭이고." 그런 인희를 엄마는 토닥여 주며 "그래, 미안하다. 인희 할아버지 생신일이라 할아버지 드리려고 그랬어. 된장에 비벼줄게, 밥 먹자." 하시며 숟가락을 잡아주신다.

꼬맹이 동무들과 집 앞 골목 저편 땅바닥에서 얼마나 많이 굴리며 가지고 놀았던지 공기놀이를 하는 데 쓰던 작은 돌멩이가 동그랗고 반들반들 윤이 난다. 땅바닥에 철퍼덕 둘러앉아 '또르르 따다닥'

공깃돌을 땅바닥에 굴리며 공기놀이 재미에 푹 빠져있는데, "인희야! 빨리 와서 밥 먹어라." 하고 언니가 불러제끼는 소리에 한달음에 달려와 집 마당에 들어선다. 소를 키우는 마구간 언저리에 쑥으로 모깃불을 피워놔서 쑥 향기 가득한 앞마당을 지나 커다란 볏짚으로 만든 멍석 두 개 위에 3대의 가족이 자리 잡고 있다. 마당 쪽에 가까운 멍석 위에는 할아버지, 아버지, 오빠들 등 남자분들의 밥상이 펼쳐졌고, 부엌 쪽에 가까운 멍석 위에는 할머니, 엄마, 언니, 인희와 막내 연희의 밥상이 있다. 할아버지, 아버지, 오빠들의 앞에는 사기그릇에 수북하게 하얀 쌀알이 섞인 밥을 얹었고 쌀뜨물에 된장을 풀어 아욱을 비벼 넣고 끓인 국도 사기대접에 가득히 담아냈다. 그렇지만 할머니와 여자들이 모인 밥상은 박으로 빚어낸 커다란 박 바가지에 감자를 저며서 잔뜩 넣은 하얀 쌀알이 보기 드문 보리쌀이 거의 전부인 밥에 남자분들의 밥상을 차려주고 남겨놓은 국물과 채소 겉자리와 잔반을 넣은 것이 다였다. 몇 번 뒤적여서 할머니께 한 사발 퍼드리고 난 뒤 각자 숟가락으로 박 바가지의 비빈 감자 보리밥을 먹는데 끈기가 없어서 밥알이 도망가지 않게 숟가락으로 다져가며 떠먹어야 했다. 그래도 그만큼 맛있었던 감자 보리밥은 그 시절 이후로 먹어본 기억이 없다.

"인희야! 장독 옆 텃밭에서 부추 한 움큼 잘라 와라. 그 옆으로 나와 있는 호박잎 서너 잎도 꺾어다 줄래?"

노란 조가 알알이 맺혀 잔뜩 익은 채로 어른 손 길이만큼 고개를 떨구고 있다. 그것들을 거둬들이기 위해 밭에서 일하시는 어른들에게 점심밥을 갖다 드리려고 바쁘게 준비 중인 언니의 심부름을 들어주기 위해 바가지를 들고 많이 올라온 부추만 골라서 손가락으로 똑똑 잘라 두 번 손이 가지 않게 떡잎을 떼어 내고 호박잎도 꺾어서 겉껍질을 벗겨 바가지에 담아 "언니가 가르쳐준 대로 부추 떡잎하고 호박잎 겉껍질 벗겨냈어."라며 언니에게 건네주니 언니는 잘했다며 소리 없는 엷은 미소를 짓는다. 검은 무쇠솥에 보리쌀과 감자가 절반을 넘게 차지한 밥의 밥물이 잦아들고 뜸이 들 때쯤 밥 위에 호박잎을 얹어 그 위에 밀가루 반죽에 된장, 고추장, 매운 고추와 부추를 넣어 버무린 일명 장떡이라는 그 시절에 가장 맛나게 먹었던 밀가루떡을 쪄냈다. 잊을 수 없는 장떡 맛이 그리워 머릿속 기억을 더듬어 더 맛있게 만들어 먹어보려고 정성껏 준비해서 만들어 보아도 그렇게 맛있었던 그 시절, 엄마와 언니가 가마솥에 밥 위에 호박잎에 얹어 쪄낸 짭조름하면서도 매콤하고 혀에 감미롭게 감겨왔던 빨고소 롬이 맛깔난 장떡은 두 번 다시 먹어보질 못했다.

　커다랗고 넓은 함지박에 감자 보리밥, 조린 된장, 열무 겉절이, 고추장, 장떡 등을 한가득 담아 삼베보자기를 덮어 언니 머리에 짚으로 엮은 또바리를 얹고 그 위에 함지박을 인 채 언니는 앞장서고 인희는 큰 주전자에 가득 담긴 물을 들고 언니 뒤를 따라나섰다. 어른들이 일하고 계시는 밭으로 가는 길은 제법 높이가 있는 산등성이를 넘어가야 했다. 초가을이 지난 무렵임에도 뙤약볕이 내리쬐는 한낮의 더위에 높은 산등성이를 오르는 발걸음이 어린 인희에게는 힘겨웠다. 땀범벅이 된 얼굴을 손등으로 닦으며 한참을 걸어서 드디어 노란 조를 베어 밭에 눕혀놓은 저만치에 엄마의 모습이 보였다. 반가움에 "엄마!" 하고 외치니 엄마는 돌아보시고 밭고랑에서 벌떡 일어나셔서 성큼성큼 다가오신다. 밭 가장자리에 함지박을 내려놓고 할아버지, 할머니, 아버지, 엄마가 둘러앉았다. 얼마나 목이 마르셨는지 할아버지를 비롯해 모두 다 주전자의 물을 대접에 따라 벌컥 벌컥 목부터 적시시고 밥숟가락을 잡으셨다. 모든 어른께서 인희가 들고 온 물이 최고로 맛나다고 하시며 올라오느라 고생 많았다고 칭찬의 말씀을 해주셨고 할머니는 머리를 쓰다듬어 주셨다.

서너 살 박이었던 막내 연희가 엄마 곁에 달라붙어 있다가 인희의 손을 잡고 자박자박 밭 옆으로 걸음을 옮기며 사랑스러운 눈빛으로 나름 뚜렷하지 않은 말로 재잘대고 있다. 옆에 있는 언니는 반가워 함박미소를 지으며 밭길에 정겨운 자매가 데이트를 했다. 조가 가득한 밭 옆에는 키가 큰 수수도 익을 대로 익어서 빨간 수수 알이 곧 튀어나올 듯이 성을 내는 듯 불거져 나와 있었다. 엄마의 품에 누워 햇살 가득 내뿜는 하늘 밑에 빨간 수수, 노란 좁쌀이 가득한 밭이 전부인 듯했다. 이날 이후 빨간 수수 알들은, 수수부꾸미, 수수팥떡으로 변신하여 경사스러운 날을 축하해 주었고 노랑이 조는 추수가 된 이후부터 거의 하루도 빠짐없이 노란 좁쌀밥이 되어 곳간에서 비워질 때까지 배를 부르게 채워 줬다. 인희는 가끔 몸이 기억하고 있는 수수부꾸미, 수수팥떡, 노란 좁쌀밥을 찾는다. 그럴 때마다 인희와 같이 살고있는 80세의 연세가 훌쩍 넘으신 엄마는 조밥을 진저리나도록 많이 먹어서 생각조차도 하기 싫다고 하신다. 대신 맛있는 고급 수수부꾸미와 수수팥떡으로 입맛에 맞추어 주시기 위해 분주히 움직이신다.

무르익을 대로 익어 추수철이 임박한 벼의 쌀알들이 무게를 못 이기겠다는 듯 고개를 떨구고 황금빛으로 뒤덮인 논에서는 온 동네 꼬맹이들이 메뚜기잡이 시합이라도 하듯이 기다랗고 힘 있는 풀 줄기에 메뚜기를 잡아 꿰어 메뚜기 기차 줄을 만들어 팔 가운데에 걸어놓고 셀 수도 없을 만큼 메뚜기 사냥을 했다. 그렇게 풀 줄기에 가득가득 꿰어온 메뚜기를 엄마는 어떻게 그리도 맛있게 갈색으로 변신한 메뚜기요리를 하셨는지 간간하고 바삭거리며 고소함이 입안 가득 머물렀다. 인희의 생애에 그렇게 맛났던 메뚜기 구이는 최고의 간식이었다.

언니, 오빠, 인희는 고구마를 캐내고 다 거두지 못한 작은 자투리 고구마들을 호미로 밭을 뒤적여 가며 함지박에 골라 담아 들였고 생강을 캐낸 밭에서는 온 동네 아이들이 생강을 캐낸 밭고랑을 뒤적이며 잔뿌리 생강을 부지런히 바구니에 주워 담았다. 집으로 돌아오는 길에서 논두렁과 밭두렁에 심어놓은 메주콩을 언니, 오빠들이 한 두름 뽑아서 어른들에게 들키지 않게 밭 멀찍이 눈에 잘 띄지 않을 만한 곳에 불을 지펴 콩 가지 채로 뒤집어가며 구워냈다. '따다닥 따다닥' 익어가는 소리를 내며 고소한 콩 향기가 하늘로 향해 가고 옹기종기 쪼그리고 앉아 뜨거운 콩 가지에서 콩을 집어 입에 넣고 호호 불어가며 뜨거워서 입도 다물지 못하고 입김을 내뿜으며 고소함에 온몸에 전율을 느끼며 손과 입 주변에 그을음으로 시꺼멓게 칠을 하고 서로의 얼굴을 바라보며 웃음꽃이 활짝 피어 콩 서리의 기쁨을 만끽한다.

아침저녁으로 선선한 바람이 불어오고 나뭇가지마다 고운 옷을 갈아입기 시작할 즈음이면 산에서나 논, 밭 등에서 익은 열매 곡식들을 거둬들이기 위해 이른 아침부터 해가 서산마루를 넘어가기 한참이 지나도록 집안 어른들은 농사일을 해야 했다. 고단함 속에서도 풍성한 양식을 거둬들이는 기쁨에 또 새로운 아침을 맞이하셨는가 보다. 집 마당 뒤뜰에 있는 감나무에 주렁주렁 열린 탐스러운 감들이 수시로 떨어져 쏠쏠하게 간식거리가 되어 주었고, 너무 많은 간식거리가 떨어질 때쯤 수확을 해서 구멍이 크지 않은 바구니에 짚을 층층이 넣어 감을 겹겹이 쌓아 담아서 겨울에 먹을 준비로 감나무에 어른 손이 닿을 만치에 매달아 놓으셨다. 한겨울에 살얼음이 사각사각하는 홍시 감은 자연이 그대로 주는 계절의 아이스 홍시가 되어 주었다. 아버지, 어머니, 오빠들은 밤도 밤송이째 지게로 가득히 실어서 뒤뜰에 풀어 놓으셨다. 지게가 실어 나르는 이동 수단을 도맡아 할 때였고 할머니나 엄마도 여자라고 해서 지게를 피할 수는 없었다.

마당 한쪽에는 빨간 고추, 밤, 푸른 빛이 남아 있는 대추, 감, 고구마, 토란 대 등 이름 모를 열매나 줄기를 가득 널어 저장하기 위해 햇볕에 말리는 과정을 지내는 중인 것 같다. 추수가 끝난 논에서는 남은 벼 이삭을 줍는 일을 놀이로 여긴다. 흥얼거리며 해가 뉘엿뉘엿 저물어질 때까지 짚으로 엮은 소쿠리에 가득히 주워 담았다. 멀찍이서 벼 이삭을 줍던 오빠가 "인희야! 그만 줍고 집에 가자, 어두워지면 안 보인다."라고 재촉하여 오빠를 따라 집에 오니 마당에 저녁 만찬이 펼쳐져 있었다. 식구들이 다 모인 마당 멍석 위에 앉아 할아버지, 아버지, 오빠들은 수북한 밥사발과 국대접을 놓인 채로 드시고 할머니를 비롯해 여자들은 박 바가지에 보리밥, 열무, 푸성귀를 버무린 나물을 양껏 넣고 된장찌개를 끼얹어 쓱싹쓱싹 비빔밥을 비벼서 둘러앉아 각자 보리밥 알이 도망이라도 갈까 부지런히 숟가락으로 비빔밥을 다져가며 수북이 떠올린 밥숟가락을 크게 벌린 입속에 바쁘게 담아 넣었다. 3대가 모여서 살고 있는 많은 식구들의 끼니때마다 할머니, 엄마, 언니는 눈코 뜰 새 없이 바쁘게 움직이셔야 했고 손저울의 가늠으로 일일이 나누어 온 식구의 배를 불리셨다. 모자라지 않도록 먹거리를 맞추어서 해대시는 엄마의 손저울은 금 손만큼 귀한 손저울이었다.

엄마와 언니는 틈틈이 한참을 걸어서 우물에 가 타래박으로 물을 퍼 올려 물동이에 담아 머리에 또바리를 얹고 이어와서 커다란 물항아리에 채워 넣으셔야 했고 오빠들은 양동이에 물을 담아 어깨와 등 쪽을 메는 나무로 엮은 지게에 양쪽으로 양동이를 걸어지고서 물을 져 날랐다. 우물가 빨래터에서는 수시로 엄마와 언니가 방망이로 두드려가며 많은 빨래들을 해냈다. 온종일 쉴 새 없이 일하시며 저녁이면 등잔불 아래에서 바느질을 일삼아야 하면서도 언니, 오빠들과 도란도란 이야기꽃을 피우는 모습에 덩달아 웃음꽃을 피우셨다. 재잘거리며 웃음소리가 끊일 새 없이 이어지자 마당 쪽 사랑방에서 "기름 닳는다. 그만 불 끄고 자라."라고 호통치시는 할머니 말씀에 등잔불을 끄고도 이불 속에서 무슨 이야깃거리가 그리도 많았던지 '속닥속닥' 속삭이는 소리와 '까르르' 웃음소리에 재차 혼이 나고 그때서야 잠을 재촉하며 꿈나라로 향했다.

가을이 무르익어 단풍잎이 채 떨어지기 전 어른들은 겨울을 맞이할 준비를 한다. 산간 지방이다 보니 빨, 주, 노, 초, 파, 남, 보의 무지갯빛 예쁜 색깔의 단풍잎을 고르기도 전에 자고 일어나보면 차디

찬 겨울이 볼에 마주치며 다가와 인사를 한다. 아버지와 오빠는 뒷마당 한쪽에 삽으로 구덩이를 여러 개 만들어 놓으셨다. 밤송이를 묻어놓고 배추와 무도 묻고 김장 김치를 묻어 땅 속 냉장고를 마련해 놓으셨다. 한겨울이 되면 가마니와 짚으로 잔뜩 막아놓은 구덩이 문을 열고 밤송이 속 밤을 꺼내 칼집을 내어 방안의 화롯불 속에 묻어 옹기종기 둘러앉아 달콤한 군밤을 구워 먹고 방 윗목에 옥수수 대를 엮어 높게 쌓아놓았다가 아궁이 잔 불더미 속에 묻어서 구워낸 군고구마와 맵싸한 고추가 섞인 동치미 국물은 동지섣달 긴긴 겨울밤의 빠질 수 없는 최고의 야참이 되어 주었다.

어찌 이뿐이었겠는가? 구덩이에서 꺼낸 무를 깎아서 따뜻한 이불 속에서 움켜잡고 한입 물어 아삭거리며 시원하고 달짝지근한 무맛은 기억 속 저장고에 저장되어 있다. 고구마를 마루에 꺼내놨다가 한밤중에 깎아 먹으면 살얼음이 얼어 달달한 물고구마가 되어 더없이 맛있게 먹을 수 있었다. 곡식을 저장해 놓은 곳간에는 작은 감^{고욤}이 항아리 안에서 천연 잼이 되어 살얼음이 얼어 있었다. 따뜻한 아랫목에 앉아 그 시절 한겨울에 최초로 사각사각 매끄럽고 달달한 고욤 아이스크림을 먹었다.

해님이 아직 인사도 하기 전에 아침 인사를 하는 꼬꼬닭들이 낳아준 따스한 알들은 할아버지, 아버지가 알 양쪽을 톡톡 깨어 구멍을 내서 쪽 빨아서 드셨다. 그런 다음 조금 더 구멍을 넓게 깨어서 알 속에 쌀알을 채워 넣어 아궁이에 불을 지피고 남은 작은 불씨 속에 묻어놨다가 익힌 알 속 밥, 과자처럼 고소하고 담백한 맛은 평생토록 잊히질 않는다. 겨울이 다가올 즈음이면 땔감 나무를 준비하느라 오빠들은 지게를 지고 산으로 향했다. 큰오빠는 오빠의 덩치보다 큰 나무 짐을 지게 한가득 실었고 작은오빠는 나뭇잎 등을 발로 밟아 가며 가마니 가득히 담아 넣다가 무게를 못 이길 것이 겁이 났던지 얼마만큼은 덜어내고 묶어 지게에 올렸다. 한숨 쉬는 틈에 나뭇가지에 매달려 까만 알이 튀어나올 듯 입이 쩍 벌어진 신토불이 바나나인 으름을 따서 따라온 인희의 손에 들려준다. 미끈거리며 달콤한 맛이 요즘 시절 흔히 먹을 수 있는 바나나 맛보다 더 귀한 맛으로 기억에 남는다. 언니, 오빠들 덕으로 시큼, 달짝지근한 다래의 맛도 보고 개암을 따서 까서 주면 아삭하고 산뜻한 고소함을 맛보며 이름도 떠오르지 않는 고소하고 시큼, 달짝지근한 열매들의 향연을 입속 가득히 채워 넣었다.

가끔 할아버지, 아버지, 큰오빠는 나뭇짐과 같이 산토끼, 꿩 등을 잡아 오셨다. 꿩고기는 맛있게 먹었던 것으로 기억하고 산토끼는 냉 글에 냄새가 나고 집에서 기르는 토끼 생각에, 먹지 않았던 것으로 기억에 남아 있다. 산에서나 논, 밭 어디서든지 먹을 것이 지천으로 깔려 있어 수고로움에 보답을 안겨줬다. 추수가 끝나고 논바닥에

물기가 마르기 전 오빠들이 삽으로 논바닥에 구멍이 난 곳을 한 삽 가득히 흙을 퍼서 엎어놓으면 구멍이 있던 흙 속에 미꾸라지, 논, 고 동이 들어 있었다. 잡아 올릴 때마다 환희의 환호성을 지르고 들고 간 양동이 속에 쏙쏙 담아 놓으며 미꾸라지 잡기 축제를 벌였다. 어디 그뿐이랴. 한밤중에 오빠들은 짚으로 지은 초가집 지붕 처마 밑에 새가 지워놓은 구멍이 나 있는 새집 틈으로 손전등 불빛을 비추고 참새가 불빛에 놀라 나가려 할 때 자루를 벌려 새집을 감싸서 참새를 잡아넣었다. 부엌에서 한참을 두런두런 오빠들의 말소리가 들려온 뒤 사기대접에 제법 많이 참새구이를 담아 방 한가운데 펼쳐놓고 옹기종기 둘러앉아 굵은 소금 한 알씩을 곁들여 쫄깃쫄깃 고소한 참새 다리 살들을 발라 먹으며 "오빠야! 맛있어." 소리를 연거푸 내품으며 긴 겨울밤 추억을 쌓았다.

늙은 호박 속의 호박씨를 골라놨다가 말려서 화롯불 가에 앉아 밤새 호박씨를 까먹고 장날에 장 보러 가신 엄마가 옥수수로 튀겨온 강냉이는 빠지지 않는 간식거리가 되어 주었다. 심심찮게 먹었던 강낭콩을 듬뿍 넣고 끓인 호박범벅을 먹으려던 어느 날 저녁 무렵 서너 살이었던 연희가 밥상 위의 사발에 떠 놓은 뜨거운 호박범벅에 손을 짚어 호박범벅으로 저녁을 먹으려다 난리가 났고, 손을 데어 울고불고 버둥거리는 연희 손을 엄마가 안고서 찬물에 담그며 밑에 집 영순이네 집에 가서 덴 데 바르는 약을 얻어오라고 하신다. 불이라도 난 듯 한달음에 달려 영순이 엄마께 "연희가 호박범벅에 손을 데어서 약을 얻어 오래요." 헐레벌떡 숨넘어가는 듯한 인희의 애절한 말에 영순이 엄마는 부랴부랴 허둥대며 "어째야 혀! 일 났구면." 하시며 주섬주섬 비닐봉지에 싸매놓은 조그만 비닐 뭉치를 손에 쥐여주시며 "덴 데다 솔솔 뿌려 주라 해라~잉. 어여 싸게 가라." 하신다. 얻어온 약을 뿌렸어도 연희는 한밤중이 되도록 울어 젖혔다. 그날 이후 호박범벅을 먹는 날은 줄어들었다. 솔솔 뿌려 주라고 했던 약의 정체는 훗날 엄마에게 무슨 약이었냐고 물어보니 감자를 썰어 말려서 가루로 만들어 놨다가 데거나 상처가 나면 만병통치약으로 썼단다. 약이라고는 자연 처방전으로 대신했던 시절이니 어떻게 구해서 썼는지 갑오징어 속 하얀 뼈를 갈아서 가루를 내어 상처에 뿌리기도 했던 것 같다.

한나절 양은 다라에 가득 물에 담가 놓았던 팥은 가마솥 가득 팥죽으로 바뀌어 할머니는 바가지에 팥죽 국물을 떠서 집 안 구석구석 뒤뜰 마당 구석진 곳인 사립문 주변 등에 뿌려 놓으신다. 이유인즉, 나쁜 부정을 가시기 위해 예부터 전해오는 관습이란다. 해가 아직도 산 중턱에 걸려 서산마루를 넘어가려면 한참이 남아 있는데 김이 모락모락 올라오며 몽글몽글 먹음직스럽게 사기대접마다 한가득히 올려져 방 한가득 온 식구가 모여 해가 떠 있는 이른 저녁을 대신해 먹는다. "엄마 왜 이렇게 빨리 저녁을 먹어요?" 이른 저녁 팥죽에 작은오빠가 묻자 "동짓날은 원래 팥죽으로 일찍 저녁을 먹어야 하는 거여. 얼능 먹고 위에 아재 집하고 종동이네, 밑에 영순이네, 작은집에도 팥죽 갖다 드려라."라고 말씀하시며 숟가락에 팥죽을 떠서 호호 불어가며 막내 연희 입에 떠먹이신다. 서로의 나누는 미덕이 제일이라고 여겼던 시절이었다. 오가고 나서 남게 되는 팥죽은 시원한 곳에 놔뒀다 입이 궁금한 야참 시간에 시원한 동치미를 한 사발 떠서 같이 어울려 먹었던 겨울밤 그 맛은 그 시절 외엔 찾아 먹을 수가 없었다.

저녁밥을 먹고 이른 저녁에 종종 언니는 인희 손을 잡고 이웃 동무 집으로 놀러 다녔다. 무엇을 하며 놀았는지 저장된 기억은 없지만 아마도 이야기꽃을 피우며 긴 겨울밤 한 자락의 예쁜 추억을 쌓으며 보냈을 것이라고 여겨진다. 그 시절 길었던 겨울밤은 살가운 동무들의 돈독한 우정으로 지루하지 않게 보냈을 것이다. 그래도 자연이 모든 걸 다 충족시켜 주는 줄 알았던 그때에 언니들은 어디서인지 한 알만 넣어도 입에 꽉 차는 유과 사탕을 사 왔다. 꿀맛 같았던 유과 사탕을 입안에서 돌돌 굴려 가며 아껴서 녹여 먹었다. 인희는 돈의 개념도 몰랐던 때라 유과 사탕값이 얼마였던지도 모른다. 언니가 알고 있는 유과 사탕 값은 일 원어치로 유과 사탕을 꽤 여러 개 받았다고 했다. 꿈속의 삶처럼 마냥 즐거웠던 산골 마을의 어린 시절 어렴풋한 기억들의 자락을 잡고 더듬거리며 인희의 봄날이 시작됐던 산자락 끝 언저리 산골 마을을 두리번거리며 기억을 되살려 그리운 흔적을 찾아보려 애를 써본다. 한밤중이 되어서 언니의 손을 잡고 조용조용히 사립문을 열어젖히고 달님이 비춰주는 빛으로 시야를 바라보며 살며시 방문을 열고 들어가 따스한 온기를 더하며 이불을 끌어 덮어주는 언니의 사랑으로 포근히 꿈나라 여행을 갔다.

농사일이 끝난 논에는 틈틈이 수북수북 내린 눈으로 언제부터인가 두꺼운 얼음이 단단히 얼어붙어 미끄러운 눈썰매장이 되어 주었다. 아버지와 오빠가 평평한 나무판에 양쪽으로 어른 손가락 높이만큼 나무다리를 대어놓고 홈을 내어 나무다리 바닥 양쪽에 굵은 철사를 고정시켜서 정성 들여 만들어준 썰매를 오빠와 동네의 꼬맹이 놀이꾼들과 종일토록 타고 놀다 지칠 때쯤이면 집으로 돌아오던 날들의 연속이었다. 무슨 좋은 일이 있어서인지 아침부터 할머니는 노란 메주콩을 큰 양은 다라이에 가득 물을 부어 담가 놓으셨다. 할머니가 언니에게 "영희야! 곳간으로 커다란 함지박 들고 가서 쌀 한가득 퍼 와서 물에 담가 놓거라." 하신다. 언니는 "할머니 쌀 뭐 하려고 담 그래요?" 하니 할머니께서는 "아~야! 설날이 코앞인데 가래떡도 빼야 허고, 시루떡도 해야 안 되겠냐. 큰 다라에도 쌀 한가득 퍼서 물 부어 놓거라 여간해서는 간에 기별도 안 가겠다."라고 하셨다.

아침 일찍 장을 보러 갔었던 아버지와 엄마는 커다란 봇짐을 마루 위에 풀어 놓으셨다. 설날 제사상에 올릴 제사용품을 여러 가지 잔뜩 사 오셨고 인희의 눈을 부시게 하는 설날에 입으라고 사 오신 꼬까옷도 있었다. 거기다 더 털이 부숭부숭한 빨간 예쁜 털신도 연희 것으로 사 오신 거였다. 막내 연희는 앙증맞은 빨간 털 부성이 털신을 볼에 대고 부비며 양손에 끼워 넣고 까딱까딱 고개를 흔들며 어깨춤을 춘다. 인희도 덩달아 싱글벙글 함박웃음을 지으며 날개라도 달린 듯 날아갈 듯이 팔을 벌려 껑충껑충 날아오르며 꼬까옷을 입고, 털신을 신고는 온 동네 동무들한테 자랑하고 싶어서 밖으로 나가려 한다. 엄마가 인희를 붙잡으며 "설날에 예쁘게 입을 건데 지금부터 입으면 꼬까옷이 헌 옷 되는 거여. 참았다가 설날에 자랑해야지. 그래야 착한 딸이여."라고 하시며 조금만 입고 있다가 벗어서 개어놓으라고 하셨다. 꼬까옷과 털신은 인희의 머리맡에서 설날이 밝아온 아침이 올 때까지 꼼짝없이 인희 곁을 지켰다.

노란 메주콩은 갈아서 부드럽게 따뜻한 두부를 만들어내고 쌀은 동그랗고 두툼한 가래떡과 하얀 백설기 떡을 빚어냈다. 또 소몰이한 두부를 양념한 조선간장에 곁들여 먹고 동그란 가래떡을 늦은 밤까지 고구마를 고아 만든 꿀맛 같은 조청에 찍어 먹으며 할아버지, 할머니, 아버지, 엄마, 언니, 큰오빠, 작은오빠, 인희, 막내 연희 3대의 가족이 묵은 해를 뒤로하고 새해를 맞이할 준비로 값지고 풍성한 음식 옆에 둘러앉아 인희와 연희의 재롱으로 웃음꽃을 활짝 피운다. 방 한가득 행복이 넘쳐흐르던 날들로 다시 돌아갈 수 있다면 그 시절 그때 그날로 단 하루만이라도 그 자리에 가보고 싶어진다.

대명절 설날 아침 일찍부터 종갓집이었던 인희네 집으로 한복 바지, 저고리에 두루마기를 입으신 어른들이 한 분 한 분 들어서시고 넓은 마루청도 모자라 마당에 멍석을 깔고 멍석 위에서 제사에 올리는 절들을 올리셨다. 의례적인 제사를 모시고 난 뒤 어른들은 제사 음식에 둘러앉아 음복을 드시고 동네 곳곳의 친척 집에 들러 조상님들의 제사를 늦은 아침까지 모시는 것으로 바뀐 새해의 첫날을 맞이했다. 한나절이 되어서 마당에서는 동네 어른들이 윷놀이하시며 너털웃음으로 화합의 이미지를 화답하셨다. 동네 한가운데 정자나무 옆으로 넓은 공터에 튼실한 커다란 나무에 그네를 매어놓고 때때옷을 입고 자랑을 하며 언니, 오빠들 꼬맹이 동무들이 한 아름 모여 누가 더 높이 날 지 경쟁을 벌이고 한쪽에 마련해 놓은 커다랗고 두툼한 넓은 널빤지로 하늘에 닿을 듯이 널을 뛰며 온 동네 한가득 웃음꽃이 넘쳐흐르는 활기찬 새해의 문을 열고 만복이 깃들기를 소원했을 것이다.

한층 들떠온 바뀐 해의 인사였던 떡국을 몇 날 며칠을 먹고 한밤중에 따뜻한 온돌방에서 남겨놓은 떡가래를 아궁이 잔불 속에 넣어 부풀어 오르도록 맛있게 익혀서 고구마 조청에 찍어 살얼음이 그득한 시원한 동치미 무와 곁들여 먹었던 진미의 맛은 더할 수 없는 그리움으로 남겨졌다. 설날을 맞이했던 특별한 음식들이 소진될 때쯤이면 정월 대보름이라고 할머니를 비롯해 엄마, 언니가 밤중에 방 윗목에서 여러 가지 말린 나물거리를 정갈하게 다듬고 계셨다. 옆방에서 오빠들은 정월 대보름날 깡통 돌리기를 하기 위해 깡통에다 철사줄을 꿰어 달고 있었다. 정월 대보름 아침 일찍 윗집 종동이와 혜경이가 사립문을 열고 들어와 "인희야! 내 더위 사가라." 하고 큰 소리로 말했다. 그러자 인희는 "싫어! 너희가 나와 연희 더위까지 사가라." 했다. 그때의 대보름 풍습으로 정월 대보름날 아침 일찍 한 해의 더위를 파는 풍습이 있었다. 아침 밥상에서는 어른들은 귀밝이술을 드셨고 언니, 오빠들과 부럼으로 호두, 밤, 은행 등 견과류를 먹었다. 분주하게 준비했던 할머니, 엄마, 언니의 손으로 빨고 소롬한 오곡밥과 각가지 나물들이 밥상 위에 만찬으로 차려지며 할아버지, 할머니의 "올해는 더위도 많이 타지 말고, 부스럼도 나지 말고 쑥쑥 자라거라."라는 덕담을 시작으로 정월 대보름 아침을 맞이했다.

정월 대보름날 이른 저녁을 먹고 어슴푸레 어둠이 깔려 올 때쯤 엄마는 작은 떡시루에 하얀 백설기 떡을 쪄서 함지박에 받혀 머리에 이고 뒷동산 낮은 곳에 떡시루를 내려놓고 떡시루 안에 촛불을 켜놓고는 식구 수대로 평안을 기원하며 따라온 인희, 언니 손에 들려온 종이 소지를 한 장씩 꺼내 촛불에 불을 붙여 손으로 날려 올렸다. 뒷동산 둘레 곳곳에는 동네의 오빠들과 깡통을 돌릴 만한 아이들이 소나무 송진이 가득 엉긴 광솔에 불을 지펴 깡통에 넣어 돌려댔다. 대보름 황홀하게 빛을 뽐내는 달빛과 어우러져 불송이 꽃들로 수를 놓듯이 정월 대보름 찬란한 빛을 하늘에 올려주고 있었다. 엄마의 정성과 지성을 드리고 따라 내려온 뒤 박 바가지와 숟가락을 든 언니를 따라 동네의 언니들과 어울려 집집마다 부엌으로 들어가 오곡밥과 나물을 얻어 들고 있는 커다란 박 바가지에 섞어 담았다. 여러 집에 들러 얻어온 각가지 오곡밥과 각종 나물을 언니의 동무들 집에서 방안 가득 둘러앉아 쓱싹쓱싹 비벼서 언니가 건네주는 숟가락으로 수북이 떠올려 한입 가득 볼을 불려가며 "까르륵, 까르륵." 끊이지 않는 함박웃음 꽃을 피우며 맛있게 먹었던 정월 대보름 박 바가지의 진수성찬은 영원히 잊혀질 수가 없을 것 같다. 인희의 기억 속 저편 생애의 봄날은 기억 속의 저장고에서 아지랑이처럼 아스라이 멀어져 갔다.

TV에 '한국인의 밥상' 프로그램을 심취해 보고 계시는 80의 나이를 한참 지나신 엄마에게 "엄마! 며칠 있으면 정월 대보름인데 오곡밥과 나물 준비를 해야겠지." 인희가 물으니 엄마는 "그보다 맛난 게 천지빼까린데 귀찮게 뭘 해 먹으려고 그려. 더 맛난 걸로 시켜 먹고 말아." 하신다. 인희는 "그려, 그럼 엄마가 최고로 좋아하시는 고구마 피자 시켜드릴까?" 한다. 그러자 엄마는 한술 더 떠서 "거기다 냉

채 족발 하나 더 얹어 시켜 부려."라고 하셨다. "그려, 엄마 그럼 정월 대보름 메뉴는 정해진 거야!"

우린 지금 21세기를 살고있는 동시대인이다. 시대가 시대인 만큼 살아오신 생의 고락이 깊은 어머니도 시대에 맞추어 입맛도 변하셨고 몸도 분주히 움직이기를 거부하시는 탓에 시대에 맞추어 편히 살기로 작정했다.

모래성

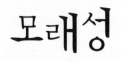

그날 이후 언니의 품에서
잠이 들던 날은
두 번 다시 찾아오지 않았다.

이른 아침부터 끊이지 않고 "음~매에, 음~매에." 울어대는 송아지 울음소리가 어른들을 불러 모았다. 송아지가 널브러져 누워있는 어미 소 옆에서 맴돌며 울어 젖히고 있었다.

"아이고, 이게 뭔 일이여. 어째 야가 숨통이 끊어졌단 말이여. 영희 아버지 어떡해야 해요." 엄마의 안타까움의 가슴을 울리는 애절한 소리가 이어지고 아침 해가 한참 떠오를 때쯤 사립문 옆 외양간 앞에서 어른들이 모여 숨이 멎어 널브러져 누워있는 커다란 덩치의 엄마 소를 어떻게 손을 써야 할지를 몰라 망연자실해 있었다. 초점 없이 허공을 향해 떠 있는 소의 큰 눈을 할아버지가 손으로 쓰다듬어 내리며 "도대체 뭔 탓이여. 하루아침에 웬 날벼락이라. 이를 어째야 한단 말이여." 한탄을 하시며 넋이 나가 계셨고 이웃의 어른들도 집안에 들어서시며 어쩌다 이런 일이 생겼는지 모를 일이라며 손 쓸 방도를 찾으신다. 허둥대며 분주히 사립문을 들락거리시던 어른들이 정오가 가까이 되어서 달구지에 가마니를 깔고 그 위에 소를 실어 얹어 사립문 밖으로 끌고 나갔다. 그 후로 몇 날 며칠을 송아지는 여물도 먹지 않고 울어댔고 두 번 다시 엄마 소는 돌아오지 않았다.

엄마 소가 돌아오지 않은 이후로 할머니는 아버지, 엄마와 언니를 하루도 빠짐없이 구박했다. 단도리를 잘못하고 정성 없이 소죽을 쒀줘서 어미 소가 죽임을 당했다는 이유였다. 할머니가 노여워하셨던 이유인즉 읍내 도살장으로 간 어미 소의 배에서 대바늘이 나왔는데, 소가 이 대바늘에 가로로 찔려 죽었다는 것이었다. 구박뿐만이 아니었다. "조상님이 노하셨으니 이 벌을 어찌 다 받을 거고. 이 망조를 어찌 용서를 빌어야 할꼬."라고 쉴새 없이 구들장이 꺼질 듯이 한숨을 쉬시는 넋두리 속에 집안 식구가 모두 살얼음판을 걸어야 했다. 침울했던 집안 분위기가 며칠이 흐른 어느 날 사립문 양쪽으로 빨그스름한 황토를 소복이 쌓아놓고 어스름이 봄에 햇살이 저물어 갈 때쯤 소 외양간 한쪽으로 커다란 멍석이 깔렸다. 비추던 햇살이 들어가고 어둑해지자 멍석 위에 간소한 제사상이 차려지고 있었다. 상위의 양쪽에 촛불을 켜놓고 명절에 모시던 제사상에는 올려져 있지 않았던 팥이 수북한 팥시루떡을 시루 채로 상위에 올려놓고 상 앞에 서 할아버지, 할머니, 아버지, 어머니는 잘못한 그것에 용서를 받으시려는 뜻과 같이 두 손을 싹싹 비벼 빌며 절을 올리셨다. 조상님께 사죄하고 부정을 가시기 위한 할머니의 넋두리가 이어졌다. 아마도 덩치 큰 엄마 소의 죽음이 안타까워 용서를 구하셨던 의식을 치르셨던 것인가 보다.

그로부터 며칠이 지나 아침 밥상을 물리고 큰오빠는 할아버지, 할머니께 큰절을 올렸다. 중학교를 졸업하고 친척 되시는 어른이 경기도에서 한약방을 하시는 곳으로 한문 공부와 한약방 일을 배우기 위해 떠나는 것이었다. 채비를 차려서 집 근처 가까이 계시는 작은아버지께서 데려다주시려고 큰오빠와 집을 나서셨다. 그 시절 시골 어른들은 먹고살기의 방편으로 공부보다는 기술을 가지고 있어야 한다고 생각하셨다. 그래서 중학교를 졸업한 아직은 앳된 모습을 벗어나기도 전에 먹을 입도 하나 줄이고 남자니까 기술을 익혀야 한다는 이유로 큰오빠를 먼 타지로 떠나보내는 것이었다. 가뜩이나 어미 소의 빈자리로 서늘해진 집안 공기에 아버지의 대들보가 되어 주었던 큰오빠가 떠나간 자리는 어른들에게 그 어느 때보다 커다란 허전함의 텅 빈 자리를 남겨주고 있었다.

멀지 않은 산 두렁 가까이 마을 곳곳에 황토가 많은 동네였다. 집

마당 한 편으로 황토가 수북이 성이라도 쌓을 듯 쌓여 있었다. 튼튼하고 둥근 커다란 나무들도 수북이 쌓아놓으셨다. 바쁜 농사일을 하시기 전에 할아버지, 할머니가 머무르시는 아래채 사랑방에 황토 벽이 오래돼서 외풍이 심해 한겨울을 보내시느라 힘이 드셨다는 말씀에 황토를 보충해 다시 지어 드리려고 준비하고 계시는 중이었다. 동네 동기간이신 몇몇 어른들이 며칠 동안 사랑채의 집을 지으셨다. 다 지어진 사랑채가 완성되고 집을 짓던 어른들이 잘 차려진 저녁밥과 막걸리를 곁들여 드시고 댁으로 가신 후 아버지는 다 지어진 사랑채의 황토를 빨리 말리기 위해 아궁이에 장작불을 지펴 놓으셨다. 장작불을 지펴 놓고 밤새 황토가 마르기를 바라는 마음으로 잠이 들으셨다.

밤이 깊어 갈 때쯤 마루에 놓여 있는 요강에 소변을 보려고 방에서 나온 언니가 "으~아악, 으~으악!" 소리를 질렀다. 잠을 자다 나와 맞닿은 사랑채의 시뻘건 불더미가 마당 한가득 덮치고 있는 화마에 너무도 놀래서 오줌을 줄줄 싸며 언니는 정신을 잃고 마루에 쓰러지고 말았다. 황토를 빨리 말리려고 했던 욕심으로 많은 장작불이 기둥 속으로 타고 올라가 사랑채 전체가 불타오르고 있었다. 집 주변 가까운 이웃 온 동네 어른들이 아무리 양동이로 사랑채 불더미에 물을 쏟아부어도 시뻘겋게 타오르는 불꽃은 사그라들 줄을 모르고 끝내 완전히 소진돼 풀썩 주저앉아 사랑채는 사라지고 옅은 연기와 함께 잿더미만 쌓인 채로 흔적을 남겨놓고 말았다.

모래성

연이은 집안의 우환에 무기력해진 어른들의 기운도 가라앉고 낮이
나 밤이나 웃음꽃을 피우던 모습도 찾아오지 않았다. 밤이면 따뜻
한 아랫목에 이불을 덮고 맛있는 군고구마, 군밤, 강냉이, 남아 있는
떡 등으로 밤참을 먹어도 예전처럼 깔깔거리며 웃어 젖히던 일이 줄
어들고 있었다. 어미 소가 죽은 후 조상님이 노하시고 망조가 들었
다는 할머니의 넋두리가 용서를 받지 못한 탓인지 안개 속에서 헤어
나오지 못하고 있는 듯한 기운이 집안에 맴돌고 어른들의 침체한 분
위기와 침묵 속에서 언니, 작은오빠, 인희, 막내 연희에 재잘거리며
"까르륵, 까르륵." 구슬 구르는 소리같이 집안 가득했던 웃음소리는
멀리 잠적해가고 있었다.

사랑채의 타오르던 불빛을 보고 오줌을 싸며 정신을 잃고 쓰러졌
던 언니는 그날 이후 재빠르고 엄마 대신 손맛도 낼 줄 알고 맑고
밝은 미소를 잃지 않았던 예전의 언니 모습을 찾아볼 수가 없을 만
치 창백한 얼굴로 멍하니 정신이 나간 사람처럼 집안일도 예전처럼
하지 못해 늘 할머니, 엄마에게 꾸지람을 들었고 집 옆 텃밭에 쪼그
리고 앉아 훌쩍대며 우는 모습이 연속되고 있었다. 집안일을 하려
고 하지도 않았고 뚜렷이 아픈 곳도 없는 것 같은데 방 한 쪽에 힘
없이 웅크리고 누워있기를 반복했다. 집안의 이어진 우환으로 어른
들은 가슴에 앙금을 싸 안고 감정들을 억누르며 아픔을 몸 안 가득
안게 된 언니의 아픈 상처를 들여다보려 하지를 않았다. 그래도 유

야, 무야 속절없이 흐르는 날들이 이어져 갔다.

먼 신작로 길을 걸어서 읍내에 있는 초등학교에 다니는 작은오빠와 초등학교 입학을 한 인희는 상기된 모습으로 작은오빠의 손을 잡고 먼 신작로 길을 걸어서 학교에 간다는 것이 신이 나서 아침 일찍서부터 서두르고 있었다. 일학년이 된 인희는 키도 크고 통통한 몸에 서글서글한 성격으로 밝고 활발해서 담임 선생님이 출석을 확인하기 위해 이름을 부르면 큰소리로 대답한다며 반장을 하라고 했다고 공부를 마치고 집에 와 온 식구들한테 자랑했다. 그 와중에 아버지나 엄마는 큰오빠를 고등학교에 보내지 못하고 타지로 떠나보낸 것이 안쓰러우셨는지 작은오빠만이라도 진학 과정을 도회지에 있는 중·고등학교에 보내려 하셨다. 연이은 우환으로 인해 정떨어진 산자락 끝 고향 집을 떠나고 싶은 마음 또한 컸던 것 같다.

한나절이 될 즈음 할아버지, 할머니, 아버지, 어머니와 집에서 그리 멀지 않은 곳에 살고 계시는 작은아버지, 작은어머니가 방 안에 다 모이셨다. 할아버지께서 아버지, 어머니가 도회지로 살림을 옮겨갈 것에 대해 의논을 나누고자 마련하신 자리였다. 집안의 종손으로 여태까지 맡아왔던 집안의 대소사를 작은아버지, 작은어머니께 물려주시고 할아버지, 할머니를 모셔 줄 것을 당부드렸다. 할머니는 종손이신 아버지를 떠나보낼 애석함에 눈물을 흘리셨고 할아버지, 아버지는 눈물을 참기 위해 고개를 치켜올리시며 눈을 껌벅이셨고 어머니와 작은어머니는 서로 두 손을 맞잡고 아쉬움인지, 미안해서인지 모를 눈물을 지으셨다. 이날 이후 아버지는 아침부터 어디를 다니러 가시는지 무슨 볼일을 보러 다니시는지 분주히 사립문을 드나들으셨고 엄마는 들어 나를 세간 정리로 바쁜 나날을 보냈다. 예전의 언니였다면 엄마에게 물어보며 바쁘게 움직였을 텐데 언니는 무심한 표정으로 집안일에 아랑곳하지 않고 햇볕이 따스하게 올라오는 마루에 앉아 멍하니 먼 산을 쳐다보곤 했다. 인희에게 살가웠던 언니의 따뜻했던 손길도 등한시해진 지 오래였다.

어떻게 옮겨져서 도회지로 나왔는지 인희는 차멀미에 못 견뎌 토악질을 여러 번 했던 것으로 기억을 한다. 가까운 거리에 외삼촌과 이모님이 살고 계시는 덕으로 살림집을 마련해 놓으셨던 것일 거다. 한참을 걸어서 가는 전학을 온 새로운 학교에 낯선 동무들과 어울리기보다 외삼촌 댁, 이모님 댁으로 놀러 가는 날들이 다반사였다. 넓디넓은 고향 집이 아닌 눈에 가득했던 눈앞의 논과 밭은 두 번 다시 시야에 들어오지 않았다. 초가지붕이 보이지 않는 벽돌로 쌓아 지은 집 위채는 주인이 살고 두 개의 방과 부엌이 딸린 아래채 작은 집이었다. 마당 한쪽에 우물이 아닌 펌프가 놓여 있었다. 펌프의 손잡이를 잡고 물을 조금 부은 뒤 펌프질을 연속적으로 하면 물이 올라와 펌프 입으로 물을 펑펑 쏟아냈다. 물을 길어오지 않아도 물 걱정을 하지 않게 되었다. 언니는 옮겨진 집에서 종일 방에 있거나 작은 마루에 걸터앉아 있다가 끼니때가 되면 밑에 집에 있는 돌절구통에 보리쌀을 찧어오라고 인희 손에 들려줬다. 이사를 온 뒤부터 집안에서 밖으로 나오려 하지 않는 언니에게 인희는 시간이 날 때마다 언니의 비서직을 완벽히 해내려 애를 썼다. 보리쌀을 절구에 찧으면 거무스레했던 보리쌀이 하얗게 벗겨져 나왔다. 그러고 난 뒤 삶아서 쌀을 섞어 밥을 지으면 덜 까매져서 찧어오라고 했을 것이다. 저녁밥을 지을 무렵이면 돌절구통 앞에 서너 둘씩 이웃의 아줌마, 언니들이 차례를 기다리고 있었다. 이사 올 때 절구통을 가져오지 않은 탓으로 이웃에 절구를 빌려 써야 했을 것이다.

아버지는 무슨 일이 바쁘신지 아침 일찍부터 나가시고 엄마는 외숙모님이 시장에서 채소 장사를 하셔서 외숙모님의 도움을 받아 손수레를 준비하시고 채소 장사를 시작하셨다. 집에서 먼 거리에 있는 시장에서 장사를 마치고 어두움이 깔릴 때쯤이면 힘겹게 손수레를 끌고 돌아오시곤 했다. 고향 집에서는 종손 며느리로 쉴 새 없이 농사일과 식솔들의 끼니를 채워 주시던 엄마는 도회지로 나오신 뒤에는 더 무거운 손수레를 끌며 가족의 삶을 책임지기 위해 더없이 무거운 삶의 짐을 지셔야 했다. 아버지, 엄마께서 농사일만 지으시고 살아오시다 도회지로 나와보니 맘먹은 대로 세상살이가 순조롭게 받아들여지지 않으셨다. 아버지가 외삼촌의 안면 있는 사람에게 집을 사셨던 것이 사기를 당해 샀던 집도 건네줬던 돈도 물거품처럼 사라졌다. 그리고도 꽤 오랫동안 사기당한 집값을 받으러 가신다며 꽤 먼 동네까지 자전거를 타시고 가시곤 하셨다. 그렇게 사기당한 돈을 받고자 아침 일찍부터 나서셨다. 도회지로 나온 후 고향에서 전답을 팔아온 돈으로 살 집을 마련하시려 했던 큰돈을 사기를 당해 돌려받지 못했던 것이었다. 그래서인지 열 달 동안 살 돈을 미리 주고 사글셋방을 얻어 살아서 어렸던 인희의 기억에는 친구를 사귀어 친해질 만하면 또 다른 곳으로 이사를 하곤 했다.

산으로 들판으로 뛰어놀며 사시사철 먹거리가 부족함이 없었던 고향 집이 그리웠다. 언니는 막내 연희가 엄마를 따라 시장에 가지 않은 날 보채는 연희의 간식거리로 줄 것이 없어 보리쌀이 많이 섞인 밥에 조선간장, 참기름, 깨소금을 뿌려 비벼서 짭조름한 무장아찌하고 건네주었다. 연희는 그때서야 미소를 지으며 야무지게 한 숟가락씩 떠서 맛있게 먹어 주었다. 가진 돈을 잃고 딸린 식구는 많고 아버지, 엄마는 고향으로 다시금 되돌아갈 수는 없어서 무던히도 애쓰시며 치열한 삶과 싸워야 했다. 주로 기댈 곳은 엄마의 친정인 외 가집에 도움을 청했다. 인희는 꿈속이라고 느껴야 할 만큼 멀게 느껴지는 고향에서 보냈던 날들과 가진 돈이 있어야 사는 것도 평안한 도회지 생활에서 우리 집은 가난한 집이라는 사실에 눈을 뜨며, 눈만 감으면 고향 집 넓은 마당으로 들어서곤 했다. 아버지는 고향 집도 손수 지으셨을 만큼 손재주가 있으시다 보니 직접 집을 지을 것을 돈만 날리고 집도 갖지 못한 사기꾼에게 속은 것을 한탄하시며 반복되는 시름에 젖어 계셨고 말도 잘 안 하고 침묵으로 창백한 얼굴에 수척해져 가는 언니가 힘든 일을 하지 못해 인희는 학교를 마치고 오면 집에서 조금 걸어가면 있는 개울가에서 작은 고사리손으로 빨래를 빨아오고 저녁밥을 지으려는 언니의 곁에서 언니가 시키는 대로 뒷받침을 해주었다.

그래도 엄마가 시장에서 팔다 남은 채소로 여러 가지 반찬을 만들어 곁들여진 풍성한 저녁 밥상을 가족 모두 둘러앉아 맛있게 먹을 수 있어서 나름 화목하고 행복했다. 그러던 어느 날 아버지와 엄마가 점점 쇠약해져 축 늘어져 누워만 있으려는 언니가 안 되겠다 싶으셨는지 일으켜 세워 언니의 매무새를 도닥이고 부추겨서 병원으로 향했다. 병원으로 들어간 언니는 그 길로 곧바로 입원하고 3개월 남짓 병원 생활을 했다. 고향 집에서 불이 타오르는 화마에 놀란 것이 여러 가지 병이 되어 말 못 할 고통을 겪어왔던 것이라고 했다. 언니가 병원에 입원한 뒤부터 인희는 어린 나이에 동동거리며 끼니때가 돌아오면 언니가 밥을 지을 때의 잔심부름을 해주고 곁눈질로 지켜봤던 덕으로 언니의 흉내를 한껏 부려 연탄불 위에서 언니가 지은 밥 비슷하게 밥을 지어냈다. 장사를 마치고 돌아온 엄마가 옆에서 거들어 주시고 밥상을 차리시며 "꼬맹이 우리 둘째 딸 다 컸네. 시집

보내도 되겠어. 신통하구먼."하고 웃으시며 칭찬과 더불어 대견해하셨다. "이거 다 언니 하는 거 보고 흉내 내서 한 거야." 어깨에 힘이 들어간 듯 으쓱 올리며 인희는 다 자란 것처럼 느껴졌다.

입원해 있는 언니가 보고 싶어 학교를 마치기가 무섭게 달음박질쳐서 언니를 보러 갔다. 땀이 송글송글 맺혀서 발그스레 붉어진 얼굴로 달려온 인희를 보며 언니는 "며칠만 더 있으면 집에 갈 건데 뭣하러 힘들게 뛰어왔냐." 하며 가느다랗고 따스한 손으로 인희의 얼굴을 쓰다듬어 내렸다. 그런 언니의 얼굴은 집에서 누워만 있을 때의 힘없이 창백하고 하얀 얼굴이 아닌 분홍빛의 진달래꽃과 같이 환하게 피어있었다. "언니는 병원이 집보다 좋은 거야! 그래서 예뻐진 거지. 병원에서 살고 집에 안 올 거야." 예뻐진 언니가 병원이 좋아 집에 오지 않을까 봐 겁이 나서 인희는 재차 "연희가 언니 보고 싶어서 맨날 우는데 이제 그만 집에 가자."라며 조른다. 그러는 인희를 대하는 언니의 손길이 아픈 언니가 아닌 고향 집에서의 살가웠던 언니로 돌아온 것 같은 그리웠던 언니 모습에 인희도 예전처럼 언니 품에 볼을 부비며 당장이라도 언니 손을 잡고 집으로 가고 싶었다.

언니가 병색이 완쾌됐다는 소식이 어떻게 연락이 닿았는지 고향에 계시는 할아버지가 집에 오셨다. 언니의 밝고 건강해진 모습에 할아버지는 언니의 두 손을 어루만지시며 "앞으로 건강한 몸을 잘 지켜서 후딱 시집 가야 혀. 알긋지. 예쁜 얼굴 보니 이제는 죽더라도 눈감고 죽을 수 있겠구먼. 너, 할미가 얼마나 다행스러워하는지 몇 년 묵은 체증이 다 내려간 것 같다고 혀. 다신 아프면 안 되는 거여. 영희야, 알긋지." 하시며 편안한 눈빛으로 껌벅이신다. 할아버지가 다녀가신 후 아버지와 엄마가 분주하게 어딘가를 다녀오셨고 얼마 지나지 않아 살림집과 가게가 붙어있는 일곱 식구가 살기에 풍족한 집으로 이사를 했다. 할아버지께서 작은아버지와 합치시고 아버지 몫으로 남은 전답 등을 팔은 돈을 고향으로 돌아오지 말고 도회지에서 발붙이고 잘 살아야 한다고 아버지께 건네주셨다. 그로 인해 넓은 집과 가게가 있는 집을 사게 되었고 아버지와 엄마는 가게에 팔 물건을 잔뜩 사서 진열해 놓고 각가지 채소와 콩나물이 가득 차 있는 콩나물시루도 가게 앞에 놓여 있었다.

인희가 더없이 좋아했던 것은 새로운 학교로 전학을 온 학교가 이사한 집 가까이 있다는 것에 마냥 즐거웠다. 이사를 자주 다녀 먼 거리를 걸어서 학교를 다녔던 인희에게 최고의 선물 같은 집이었다. 그리고 가게 곳곳에는 손만 대면 먹을 수 있는 삼양라면, 쇠고기라면, 뽀빠이 과자, 별사탕이 들어있는 건빵, 각종 사탕, 셀레민트, 스피아민트 껌, 작은 쪽지 만화가 들어있는 풍선 껌, 새우깡, 샤브레, 샌드 과자, 다이제스트 등 먹고 싶은 것이 잔뜩 쌓여 있었다. 이사를 하고 한동안 아버지와 엄마가 가게를 맡아 장사를 하시다 아버지는 건축일을 하시러 다니셨고 엄마와 언니가 주로 맡아 장사했다. 아버지가 가게에 계실 때는 인희는 아침에 학교에 가려고 나설 때면 "학교에 다녀오겠습니다." 인사를 하고는 아버지 앞에 두 손바닥을 펼쳐 보였다. 과자를 달라고 내미는 손바닥에 딱 원하는 과자 한 가지 한 봉지만 올려주셨다. 껌을 달라고 하면 공부 시간에 껌 씹으면 불량 학생이라고 주지 않으시고 뽀빠이 과자처럼 작은 봉지에 과자만 골라 주셨다. 팔아서 이익금을 남겨야 잘살 수 있다는 진심의 말씀 대신 과자를 많이 먹으면 입맛을 잃어 밥을 많이 못 먹는다는 이유에서였다. 아버지의 속내를 알면서도 "아버지, 오늘은 뽀빠이 과자 한 봉지만 먹을게요."라고 밝은 인사말을 남기고 학교 길을 갔다.

아버지가 바깥으로 일하러 가신 후 엄마가 바쁘게 채소 정리 등을 하며 한눈을 팔 때 언니는 인희, 연희에게 후한 인심으로 먹고 싶어 하는 과자와 유리병의 오란씨, 사이다, 콜라 등을 먹으라고 하는 대신 엄마에게 안 들키게 먹어야 했고 입을 싹 닫고 비밀에 부쳐야 했다. 그렇게 언니의 후한 대접으로 맛있는 과자와 알싸하고 달달하며 톡톡 쏘는 음료수를 과분하게 먹은 날 저녁 밥상에서 인희, 연희의 밥 뜨는 숟가락질이 어설퍼서 결국은 양껏 먹은 과자와 음료수 이름을 대며 실토해 냈고 벌칙으로 앞으로는 엄마의 허락 없이는 맛있는 과자, 음료수를 먹을 수 없는 금지령이 내렸다. 언니도 한통속으로 낙인이 찍혀 일절 간식거리를 주지 말라는 명령을 받았다. 다만 작은오빠는 중학교 3학년이 되면서 고등학교 갈 준비로 늦은 밤까지 공부에 열중했기에 열심히 공부하는 작은오빠만이 알아서 간식으로 마음껏 먹으라는 최고의 대접을 받았다. 아버지, 엄마는 작은오빠가 공부를 잘해 크게 성공하길 바라는 커다란 기대를 하고 있었다. 그래서인지 작은오빠와 네 살 차이가 나는 초등학교 5학년인 인희의 똑똑하고 똘똘함은 오빠의 그림자 속으로 묻혀 별로 크게 부각되지 않았다. 그래도 인희의 낙천적인 성격 탓인지 항상 웃음을 잃지 않고 집안의 심부름은 언제나 인희의 몫이었고 학교에서도 집에서도 사려 깊게 행동하며 막내 연희를 돌보고 놀아주면서 든든한 버팀목이 되어 주었다.

초가을이 지나갈 무렵 어느 날 언니는 가게를 보고 남은 가족이 모여 냇가에 모래들을 큰 고무 다라에 퍼담아 개울 뚝에 모래성을 쌓아놓고 있었다. 아버지가 건축 일을 하시면서 모래를 팔면 돈이 된다고 돈을 벌기 위해 개울가에 있는 모래를 퍼 옮겨놓는 중이었다. 돈을 벌기 위한 모래를 퍼 옮겨놓는 일은 아랑곳하지 않고 인희는 연희와 냇가에서 모래성을 쌓아서 "두껍아, 두껍아. 헌 집 줄게, 새집 다오."를 되뇌며 모래성 속에 한 손을 넣고 다른 한 손으로 단단하게 다져가며 쌓아서 허물고 또 쌓기를 반복하고 깔깔대며 모래가 즐거운 장난감이 되어 놀았다. 그러다 엄마가 숨이 가쁜 말로

"인희야! 모래 퍼 올리지 않으면 이따가 맛있는 국수 안 준다." 하시며 엄포를 놓으셨다. 인희가 좋아하는 맛있는 국수를 안 준다는 말에 그제야 정신이 번쩍 들은 듯이 "엄마 안돼! 두 배로 퍼담아 나를게. 국수 많이 줘요." 하며 좋아하는 국수를 먹기 위해 엉덩이에 모래를 털어내며 일어나 작은 양은 그릇에 모래를 퍼담아 세숫대야로 옮겨가며 열심히 둑 위에 쏟아놓기를 반복했다. 온몸에 모래를 달라붙이고 맨발로 퍼 나르기가 지쳐서 둑 위에 벌러덩 누워 일어나기에 뜸을 들일 때쯤 작은오빠가 짐 자전거로 언니가 해준 국수를 고무다라에 담아 싣고 왔다.

개울 뚝 가장자리에 국수가 담긴 고무 다라 옆으로 둘러앉아 양은 대접에 수북이 국수를 담아 양념간장을 끼얹고 김치를 얹어서 젓가락으로 한껏 떠 올려 후루룩, 쩝쩝 먹으며 "엄마! 매일 모래 퍼 날라서 돈도 벌고 국수도 많이 먹으면 좋겠어요." 하고 힘들게 모래를 퍼 나르고 좋아하는 국수를 볼을 불려 가며 맛있게 먹으며 인희가 말하자 연희는 덩달아 "그려, 매일 돈 많이 벌고 맛있는 국수도 많이 먹었으면 좋겠다." 한다. 그러자 엄마가 "금방 배 꺼져버리는 국수가 그리도 맛있냐. 인희, 연희는 모래만 퍼 나르고 살아야 하겠다." 하신다. 땀이 맺혀서 얼굴에 때 국물 자국이 맺혀 있어도 만난 국수가 가족의 모든 시름을 씻어 주었다. 국수에 멋진 고명 하나 얹어있지 않아도 맛깔스러운 반찬이 딸려 있지 않아도 초가을 반짝이는 햇볕을 받으며 쌓은 모래성으로 돈을 벌고 가족이 함께 나누었던 개울 뚝 언저리의 맛깔난 국수의 만찬은 뜻깊은 별식이 되어 주었다. 모래를 퍼 나르느라 동동거리며 개울가에서 둑 위를 분주히 오갔던 오빠, 인희, 연희는 장딴지에 알이 배겨 걸음을 걸을 때마다 아프다고 앓는 소리를 냈다. 그래도 자식들보다 아파도 더 아팠을 나이가 지긋하신 아버지, 엄마는 아프다는 말 한마디를 하지 않으셨다. 삶의 무게를 어깨에 짊어지시고 힘들게 쌓아온 생의 고락 깊이깊이 스며 있는 한숨 소리가 일순간 무너지는 모래성 같다는 생각이 든다.

학교 간 지 얼마 안 되어 아침나절 급한 전보를 받고 언니가 교실로 찾아왔다. 할아버지가 돌아가셔서 인희, 연희를 데리러 온 것이다. 급히 들어선 집에 숨죽여 눈물짓는 아버지, 엄마가 서둘러 나갈 채비 하라고 재촉하신다. 작은오빠도 연락을 받고 한걸음에 달려왔다. 시외버스를 타고 참기 힘든 멀미에 토악질하며 도착한 고향 집 주변에는 동네 사람들 친척분들이 "아~이구, 아~이구." 곡 소리를 내며 울음을 토해내고 있었다. 타지에 가 있던 큰오빠는 이미 도착해 있었다. 할머니는 들어서는 인희네 식구들을 눈물을 가득 머금은 채 "아~이구, 그에 저승길을 밟았구먼. 같이 갈 것이지, 남은 목숨 우에 살아야 할고."를 되뇌시며 애틋하신 정을 못 잊어 구구절절이 할아버지를 찾고 계셨다. 할아버지가 돌아가신 고향 집 마당에 천막을 치고 돌아가신 지 2박 3일 만에 선산으로 상여가 옮겨질 때까지 큰 행사라도 치르는 양 많은 사람들로 북적였고 이후 삼우제가 끝나는 날까지 인희네 식구들은 머물러 있었다. 아쉬움으로 허전해하시며 장손인 아버지가 떠나가야 하는 현실에 할머니는 아버지의 손을 잡고 부비며 "언제 올 것이여, 너 아버지 사십구재 때나 돼야 올 것이여." 하시며 눈 속 가득 아버지를 담아 놓으실 것처럼 아련한 눈빛으로 바라보셨다. 아버지, 엄마는 작은아버지, 작은어머니께 할머니를 잘 부탁한다는 간곡한 당부의 말씀을 남기시고 발길을 옮기셨다.

어느 날 학교를 마치고 가게에 언니를 부르며 들어서니 낯선 남자와 이야기를 나누다 언니가 깜짝 놀라며 "인희 학교 다녀왔니! 인사드려라. 언니 병원에 입원해 있을 때 알게 된 분이란다." "안녕하세요. 언니 동생 인희예요." "그래, 예쁘게 생겼구나! 언니 친구란다." 라는 말을 받고 인희는 어정쩡한 모습으로 후다닥 방으로 들어왔다. 그리고 언니를 잃어버리지는 않을까 하는 두려움에 엄마에게 달싹 붙어 "엄마! 왜 쫓아내지 않고 언니를 남자하고 이야기하게 내버려 두고 있는 거여?" 하니 "아냐, 너 언니가 건강하게 잘 있는가 궁금해서 물어물어 찾아왔대. 엄마가 이야기 나누다 가라 했구먼. 착한 사람 같이 보이는구먼. 너 언니가 부끄러워 얼굴이 새빨개졌어." 하셨다. 시간이 조금 지나자 그 남자는 "또 뵙겠습니다."라고 엄마에게 정중히 인사를 하고 갔다. 그 후에도 그 남자가 찾아오는 날들은 잦아졌고 인희는 예전의 언니가 아닌 다른 사람처럼 느껴져서 말도 잘 안 붙이고 토라져서 언니가 말을 걸어오면 툭툭 내쏘는 말로 괜한 투정을 부리기도 했었다. 혹여나 언니를 뺏길까 봐 조바심이 들어 마음에도 없는 생떼를 부리기도 했다. 연희도 인희가 하는 대로 언니 말을 듣지 않으려 하고 언니를 왕따라도 시키는 양 가까이하려 하지 않았다. 동생들의 돌변하는 마음을 꿰뚫어 보기라도 했는지 언니는 포근히 감싸주고 항상 살포시 웃음을 지으며 더 살갑게 대하려 애를 썼고 잠자리에 들 때면 따스한 손길로 쓰다듬으며 인희, 연희 곁을 지켜줬다.

언니는 언제부터인가 활력을 찾고 꽃다운 아가씨의 모습이 되어 가게에 손님이 적은 주말일 때나 아버지, 엄마, 오빠가 가게를 볼 수 있을 때는 그 남자와 데이트를 하고 영화도 보며 나날이 예뻐져 가는 모습이 확연히 눈에 띄게 드러나고 있었다. 새로운 세상에 발을 들여놓고 밝고 환한 모습으로 연애에 들떠 생기를 찾은 언니를 아버지는 염려하셨다. 그 남자를 탐탁지 않게 여기고 계셨기 때문이다. 나이도 많은 노총각인 데다 집안 내력이 뚜렷하지 않은 사람이라는 이유였다. 그런 아버지의 편치 않은 마음을 알아채기라도 했는지 더이상 그 남자가 집에 찾아오는 일이 없었고 언니는 설레는 가슴으로 그 남자와 데이트하면서도 다른 볼일이 있다는 핑계를 대고 외출을 하곤 했다.

잔잔한 물결이 퍼지듯이 세월도 쉼 없이 흐르고 친척분이 하시는 한의원에서 한방의술을 익히러 갔던 큰오빠는 검정고시로 고등학교를 졸업하고 군대 전역을 마친 뒤 여러 해에 걸쳐 눈으로 보고 몸으로 배워가며 낮에는 침술원에서 일하고 밤에는 침술 공부와 한의사가 되기 위해 독학에 열중하는 세월을 보내고 있다는 근황을 알려왔다. 작은오빠는 큰오빠와는 달리 공부를 잘하면서도 늘 노래랑 춤을 좋아하고 뮤지컬배우를 꿈꾸며 소프라노 고음의 노래들을 잘 부르곤 했다. 공부를 잘해서 안전한 공무원이 되어 주길 소망하는 부모님의 바람과는 다른 길을 가기 위해 부모님과 정신적으로 대립을 하면서도 나름대로 계획을 세우고 방향을 잡아 나가는 것 같았다. 가부장적인 시대에 어른의 관점에서는 용납되지 않는 작은오빠의 진로 문제를 놓고 이야기가 시작되면 곧바로 충돌이 빚어져서 아버지와 작은오빠는 점점 의견을 나누려 하지 않았다. 부모님과의 대화의 대립에 있으면서도 인문계 고등학교를 졸업한 오빠는 바로 대학을 가지 않고 무얼 하러 다니는지 밖으로 돌며 부모님의 애간장을 타들어 가게 했다. 그러는 세월이 수개월이 지난 어느 날부터 오빠는 집에 돌아오지 않았다. 들어오기만을 고대하던 몇 날 며칠이 지나도 소식이 없자 수소문 끝에 오빠의 친구로부터 뮤지컬배우가 되기 위해 서울로 갔다는 소식을 전해 들었다. 공무원이 되어서 무사안일하게 미래를 살아주기를 바랐던 아버지는 하라는 공부는 안 하고 아무짝에도 쓸모없는 짓거리를 하러 집을 나갔다고 깊은 한숨으로 속을 태우고 계셨다. 부모님의 가장 큰 바람의 버팀목이었던 작은오빠의 가출로 부모님의 시름과 적막한 집안에서 언니와 인희, 연희는 목소리마저도 낮아져야 했고 숨죽여 가며 하루하루를 보내는 날들이 이어지고 있었다.

두어 해가 지나갈 무렵 군대에 입대하라는 소식이 전해왔고 추석 명절을 맞이할 때쯤 작은오빠는 멋있는 성인의 모습이 되어 돌아왔다. 어떻게 지내는지 근황을 묻는 부모님께 학교 선배의 도움으로 이름있는 극단에서 뮤지컬배우의 길을 열심히 배우는 중이라고 했다. 군대에 입대하고 군 복무를 마치고 나면 본격적으로 뮤지컬배우로서 무대에 오를 것이라는 포부를 밝혔다. 뚜렷한 자신의 갈 길에 목표를 두고 있는 오빠의 모습에 부모님은 체념하고 한편으론 안심되신 듯 몸 건강히 돌아온 것으로 만족해하셨다. 작은오빠가 공무원이 되기를 원했던 부모님은 인희의 고등학교 진학 문제가 앞에 놓이자 두서에도 없었던 여상을 가라고 하셨다. 여자는 공부를 잘하기보다 상업고등학교를 나와서 취직을 잘해야 한다는 이유에서였다. 부모님이 최고의 직업으로 여기는 은행에 취직하기를 바랐던 것이다. 공부를 잘해서 인문계 고등학교에 가고도 충분한데 오빠로부터 실망을 받은 부모님의 소망을 딸에게서라도 이루려 하시는 뜻을 알기에 인희는 묵묵히 상업고등학교 진학을 수용했다.

할머니의 많으신 연세로 몸져누우신 지 오래되어 작은아버지, 어머니가 수발을 들어드리느라 힘겨워하시는 날들이 깊어 가던 중 할머니마저 돌아가셨다는 연락을 받고 가지 않고 가게를 보겠다는 언니를 남겨놓고 부모님과 인희, 연희만이 고향 집으로 할머니의 장례를 치르러 향했다. 큰오빠와 멋진 군복 차림으로 작은오빠도 다 함께 할머니의 마지막 가시는 길을 배웅을 해드렸다. 할아버지가 세상을 떠나시고 여러 해가 지나면서 장례 형식도 예전보다 간편하고 간소하게 치러졌다. 할아버지, 할머니가 떠나신 고향 집은 구석구석 할아버지, 할머니의 그림자가 스며들어 있었고 금방이라도 "할아버지! 할머니!" 하고 부르면 "왜~그려, 뭔 일로 그리 싸게 불러 젖힌다냐?" 하시며 바쁜 걸음걸이로 반갑게 맞이해주실 것만 같은 생각에 허전하고 안쓰러운 여운만이 맴돌고 있었다. 이제 다시는 아름답고 소박한 행복이 맴돌던 옛 시절로 돌아갈 수 없다는 애잔함이 씁쓸하게 와 닿았다. 삼일장의 장례를 마치고 큰오빠는 침술원으로, 작은오빠는 군대로 돌아가고 삼우제를 마치고 오신다는 부모님을 남겨놓고 인희와 연희도 학교에 가기 위해 고향 집을 떠나와야 했다.

차만 타면 심하게 겪었던 차멀미도 자라면서 자주 타고 다니다 보니 몸에 익어선지 차멀미를 하지 않고 나른한 기분으로 타고 올 수 있었다. 집안에 들어서기가 바쁘게 "언니 우리 왔어! 언니!"를 부르며 가게 앞에 다다르자 가게 문이 닫힌 채로 두툼한 자물쇠가 채워져 있었다. 인희는 연희 얼굴을 마주 보며 이게 어떻게 된 일인지 의아해하며 가게 옆의 집 대문으로 들어가려 하니 대문에는 굵은 철사로 동그랗게 여러 굴레를 만들어 놓은 철사 굴레가 대문 고리에 채워져 있었다. 화들짝 놀란 가슴으로 철사 고리를 풀고 있지도 않은 언니를 불러가며 집안에 들어섰다. 들고 들어선 짐 보따리를 팽개치고 언니의 흔적부터 찾으려 두리번거렸다. 아무리 눈을 크게 뜨고 이리저리 언니 모습을 눈에 담으려 해도 언니는 눈에 들어오지 않았다. 이곳저곳을 둘러봐도 사랑을 가득 담아 쳐다보며 "어서 와라, 우리집 두 똑순이 학교 잘 갔다 온 거여! 언니가 맛난 것 해줄게, 조금만 기다려라." 하며 따스하고 보드라운 손길로 볼을 어루만져주며 맞이해 주던 내 언니가 집안 어디에서도 보이지 않았다. 한참을 정신없이 둘러보다가 책상 위에 하얀 편지 봉투가 놓여 있는 것이 눈에 들어왔다. 열어져 있는 편지 봉투 속의 편지지를 꺼내 다급히 읽어 내렸다. "적지 않은 나이가 들어가면서 집에 있는 것이 부모님께 죄송스럽고 동생들 볼 면목도 없습니다."라는 내용의 글과 함께 이제라도 직장에 취직하여 돈을 많이 벌어오겠다며 인희와 연희에게 부모님 말씀 잘 듣고 공부 열심히 하라는 당부의 글을 남겨놓고 어딘가로 떠나버린 언니의 흔적을 볼 수 있었다.

언니가 병원에 입원해 있을 때 알게 되어 한동안 집으로 찾아오고 밖에서 데이트도 즐기고 했던 그 남자를 노총각인 데다가 집안 내력이 확실치 않다고 만나지 않길 바라시는 부모님의 바람을 다른 핑계를 대고 밖에서 종종 만나는 것 같았는데 최근에 와서는 바깥출입을 하지 않고 왠지 모르게 수심이 가득한 표정을 언니의 얼굴에서 느낄 수가 있었다. 말수도 적어지고 무언가를 깊이 생각하고 있는 듯한 모습을 보여주곤 했었다. 큰일이 일어난 것이다. 내 언니가 어디로 갔는지 흔적을 찾을 수가 없었다. 우리 집 건너편 가게에 언니의 친구가 있는데 그 언니도 도통 알 수 없는 일이란다. 가게 문을 열어놓지도 못하고 인희와 연희는 혼이 나간 듯 언니가 없는 밤을 지새우다시피 하면서 부모님이 할머니 삼우제가 끝나고 돌아오실 때까지 정신이 멍한 상태로 보내야 했다.

집으로 돌아오신 부모님은 언니가 가게를 잘 맡아 잘 보고 있을 줄 알았는데 가게 문은 굳게 닫혀있고 방바닥에 언니의 편지를 보시고 넋이 나간 표정으로 어찌할 바를 몰라 예전에 시골 고향 집에서 큰 어미 소가 죽어서 한탄을 하시며 넋두리로 식구들을 숨죽이게 했던 할머니의 한 맺힌 푸념을 이어받기라도 하셨는지 엄마는 눈물, 콧물 범벅이 되어 "어디로 찾으러 가야 한단 말이여. 영희야! 우째 너까지 애간장을 태우냐. 야속하다 못해 내 속이 숯검정이 되겠구먼. 다 큰 처녀가 어디서 밥을 먹고 잠을 잔단 말이여. 하느님은 다 쳐다볼 수 있어서 아실 터구만. 소인 꿈에라도 딸년 있는 곳을 제발 가르쳐 주시오." 하시는 이런 엄마에게 아버지는 보라는 선을 보고 시집이나 갈 것이지 가라 늦게 무슨 돈을 벌어 올 것이라고 집을 나갔느냐며 다 큰 것이 어디서든 밥이야 굶겠느냐고 하시며 너무 걱정하지 말고 기다리면 소식이 올 거라고 엄마에게 편안한 맘으로 지내라고 엄마의 어깨를 도닥여 주셨다.

방 안 가득 화롯불 가에 둘러앉아 군밤을 구워 까서 뜨겁다며 호호 불어서 입 안에 넣어주던 언니, 초가지붕 속에서 참새를 잡아 아궁이 잔불에 구워 와 오동통한 다리 살을 발라서 먹여주던 숯검정으로 까맣게 물을 들인 오빠의 손, 커다란 요 한 채, 이불 하나로 서로 잡아당기며 겹친 다리를 부딪치며 도란도란 이야기꽃을 피우고 까르륵거리며 잦아들지 않는 웃음소리에 기름 닳는다고 등잔불 끄고 그만 자라는 할머니의 호통 소리를 듣고도 속닥임이 끊이지를 않으면 언니의 "모두 다 합죽이가 됩시다, 합!" 소리에 입을 다물다 재차 "까르륵, 깔깔깔" 숨이 넘어갈 듯이 웃어 젖히기를 반복하다 정겨운 언니의 품에서 꿀잠이 들곤 했었던 고향 집의 북적이던 식구들이 하나 둘씩 흩어져 부모님의 넋두리 속에서 인희와 연희의 밝았던 성격도 감추어졌고 속절없이 기다림만이 반복되는 헛헛한 날들을 보내는 부모님의 언니 걱정은 날이 갈수록 짙어져 갔다. 전화도 귀했던 시절 전보나 편지가 정보를 전해 주던 때였으니 집을 나간 언니가 연락하지 않으면 찾아 나설 방법이 없었다. 속수무책 답답한 심정으로 기다림에 지치셨는지 다른 가게들은 전화도 있고 하던 차에 조그만 가게라서 그리 필요치 않아 사놓지 않았던 전화를 언니의 소식을 전해 듣기 위해 들여놓기까지 하셨다.

봄의 햇살이 완연하던 빛살 속으로 멋진 군복차림을 한 작은오빠가 집에 들어서며 "필승, 본인은 무사히 군 복무를 마치고 전역을 하였습니다." 하고 쩌렁쩌렁 울리는 큰 소리로 부모님께 인사말을 하고 넙죽 엎드려 큰절을 올렸다. 텅 빈 듯한 집안에 활력소가 되어 준 오빠의 전역으로 언니가 떠난 빈자리가 다소나마 채워지는 느낌이 들었다. 언니가 집을 비운 지 1년이 훨씬 넘는 세월이 지나가고 있는 터라 부모님의 걱정은 밥은 안 굶고 잠은 어디에서 잘 것인가에서 "살았는지 죽었는지 소식이나 알아야 할 것 아닌 거야."로 바뀌어 걱정을 태산 더미처럼 하시는 부모님께 오빠는 책임지고 언니의 소식을 알아보겠다며 부모님의 걱정을 덜어드리기 위해 무슨 수를 써서라도 알아낼 참으로 나설 것이라며 부모님이 안심하시도록 위로해 드렸다. 아무런 근거 없이 언니 혼자서는 집을 나갔을 리가 없다며 언니를 찾아왔던 그 남자를 찾아봐야겠다고 했다. 작은오빠는 이튿날부터 언니가 입원했던 병원을 찾아가서 그 남자의 주소지를 알아내어 찾아가 보니 그 남자의 남동생이라는 사람이 그 남자가 강원도 춘천에서 살고 있다며 춘천의 주소지와 연락할 수 있는 전화번호까지 알아 왔다고 했다.

전화로 확인하면 피할지도 모른다며 직접 찾아가 눈으로 확인을 해봐야겠다며 작은오빠는 길을 나섰다. 이제는 오빠로부터 좋은 소식이 올 거라는 기대감으로 부모님은 전화기 옆에서 벨이 울려오기만을 기다리고 계셨다. 전화벨이 울리지 않자 전화기가 잘못 놓여 있는 것은 아닌지 몇 번이나 수화기를 들어 귀에 대보며 통화음을 확인하셨다. 엄마는 밤새 소식을 들으려고 전화기 옆에서 뜬눈으로 밤을 지새우시고 축 늘어진 어깨로 힘없이 "분명 뭔 일이 난 것이여. 하룻밤이 지나도록 아무런 소식을 전하지 않는 그것을 보면 큰일이 난 것이 분명하구먼. 이 일을 어쩌야 할꼬." 하시며 초점을 잃고 움푹 들어간 멍하신 눈빛으로 의식을 잃어버리신 듯했다. 인희, 연희는 이러한 엄마를 두고 학교 가기 위해 집을 나서기가 안쓰러워 "엄마! 힘내세요. 무소식이 희소식이라고 하잖아요. 작은오빠가 곧 좋은 소식 들고 올 거구만. 조금만 더 기다려 보세요."라며 인사말을 대신하고 학교로 향했다.

학교에 가서도 집안 걱정으로 편안히 수업에 열중할 수가 없었다. 어영부영 수업을 마치고 한걸음에 달려와 집에 들어서기가 바쁘게 언니의 얼굴부터 찾았다. 수업 중에도 언니가 집에 와있을 거라고 수십 번 되뇌며 기대했던 언니는 아무리 둘러봐도 눈에 들어오지 않았다. 풀썩 주저앉은 인희 옆에서 작은오빠는 애잔한 눈빛으로 인희를 바라보며 "조금만 기다리면 누나가 온다고 했어. 그러잖아도 너와 연희 많이 보고 싶어 하더라." 한다. 그러자 인희는 "왜? 언니를 안 데리고 왔어! 집에 안 돌아올 거래? 나를 언니한테 데려다주라! 언니가 없어서 공부도 할 수가 없어. 난 언니만 옆에 있으면 된다고!"라며 펑펑 울어 재꼈다. 그리고는 언니가 집에 오지 않는 이유가 무엇 때문인지 정확하게 알려달라며 작은오빠를 부추겼다. 연희도 인희 옆에서 훌쩍거리며 "큰언니는 우리 생각을 조금도 하지 않는 거야. 이제는 큰언니가 미워. 나도 큰언니 생각 앞으로는 절대로 안 할 거야!"라며 연희는 흐르는 눈물에 콧물을 훔치며 엉엉 울어 댔다.

언니의 근황의 자초지종은 잘 알 수가 없었다. 작은오빠는 부모님께 안심하라고 하며 언니의 상황을 자세히 알려드렸지만 인희와 연희에게는 직장을 다니며 잘 있다는 정도의 이야기만 들려주었기 때문이다. 조금 세월이 지난 뒤에 알게 된 언니의 근황은 그 남자를 만나지 않기를 바라는 아버지의 반대로 그 남자가 언니를 가출하도록 권유를 했고 몇 날 며칠을 고민하다가 할 수 없이 그 남자의 의사에 따라 집을 나서게 되었다는 것이었다. 그날 이후 언니의 품에서 잠이 들던 날은 두 번 다시 찾아오지 않았다.

살아야 하는 이유

하지만 맑은 눈동자로 엄마만 바라보는
수진이와 예진이를 보며 살아야 한다고
이를 악, 물어본다.

언니의 지독하도록 매몰찬 인생과
결판이라도 할 참으로 버텨본다.

몇 벌의 옷가지와 얼마 안 되는 저축한 통장만을 들고 그 남자의 의견에 따라 무작정 기차를 타고 그 남자의 본고향이었던 강원도의 한 도시로 온 언니는 여관방에서 한동안 머무르다 조그만 단칸방의 세를 얻어 생활했다. 먹고사는 일이 다급해서 형부라고 존칭을 바꿔야 할 그 남자가 고향이었던 곳이니만큼 지리에도 밝아 운전 기술을 이용해 영업용택시로 돈을 벌며 살림살이를 꾸려 나가고 있었다. 언니나 형부도 노처녀, 노총각으로 늦은 출발 시점에서 동거하게 되었다. 순박하고 세상의 때라고는 묻혀보지도 않은 언니는 형부가 벌어서 틈틈이 주는 돈으로 소박한 밥상을 차리며 살림만을 했다. 70년도 후반 80년도 초였던 때였으니 그때만 해도 여자가 밖에서 돈을 벌기란 흔한 일이 아니었다. 더구나 직장 생활도 해보지 않고 집안에서만 있었던 언니는 세상 물정에도 밝지를 못했다. 다만 착하고 순진한 여자다운 여자일 뿐이었다. 작은오빠가 초라한 살림살이를 하는 것을 보고 온 뒤 엄마에게 언니의 근황을 말해줬고 엄마는 아버지 모르게 작은오빠를 통해 보증금 걸린 좀 나은 셋방이라도 얻는 데 보태라고 100만 원을 건네주었다. 집안의 장녀로 아무 말 없이 집을 떠나온 언니는 부모님과 동생들 볼 낯이 없다며, 집에 올 것을 권유하는 작은오빠에게 고맙지만 지금은 볼 면목이 없어서 나서지를 못하겠고 수일 내로 찾아뵈러 가겠다는 약속을 하고 작은오빠를 돌려보냈다.

그 시절에는 어느 날이고 밤 11시 30분이 되기 무섭게 예외 없이 "에에엥~~~" 하는 사이렌 소리가 울렸다. 미리 야간통행 금지이하 야통를 알리는 예비 사이렌이었다. 동시에 늦었다고 귀가하라는 메시지를 TV이나 라디오 청취음으로 보내고 있었다. 충북 청주시는 교육도시라서 통행금지를 정해놓지 않았는지 통행금지가 없었지만 다른 타지역은 통행금지도 있고 흐르는 사회적 분위기가 시끄럽고 삼엄할 때였다. 영업용 택시 기사인 형부가 퇴근해 오기만을 손꼽아 기다리던 언니는 통행금지 시간이 지나서도 집에 들어오지 않는 형부에게 무슨 사고라도 난 것이 아닌지 걱정하며 밤새 뜬눈으로 지새우고 걱정 끝에 날이 밝기가 무섭게 형부의 택시회사로 찾아갔다. 몇몇 사람들이 있는 사무실 안에 있던 형부는 아무런 일 없다는 듯이 "통행금지

시간이 눈앞이 임박해서 사무실에서 잘 수밖에 없었다."라며 찾아온 언니를 밀어냈다. 다행이라고 생각하고 돌아서서 터벅터벅 걸으며 왠지 마음 한편이 석연치 않다는 이상한 직감에 머리를 저으며 집으로 향했다. 노처녀인 언니의 약한 몸 탓인지 동거 생활이 2년 여가 지나도록 임신 소식이 없었다. 그래서인지 형부가 집에 들어오지 않는 날이 가끔 이어졌고 그럴 때마다 통행금지에 걸렸다는 둥, 회사 직원 누구의 장례식에서 밤을 보냈다는 둥, 장거리 손님을 태워서 못 돌아왔다는 등 항상 핑계거리를 대곤 했다. 반복되는 형부의 외박으로 언니는 누구에게도 말 한마디 할 수도 없는 객지에서 속 끓이는 애간장을 태워야 했다.

영업용 택시로 일을 하면서 가끔 던져주는 적은 돈으로 생활해 나가며 무사히 하루가 지나가기만을 바라는 날들을 보냈다. 그러다 형부의 택시회사 동료 직원의 아내를 알게 되어 언니의 소중한 말벗이 생겼고 그 아내로부터 여러 가지 이야기를 전해 듣게 되었다. 그분은 아이도 둘이나 낳아 키우며 네 식구의 살림살이를 하면서 속도 많이 썩었고 힘들게 생활하고 있다고 했다. 형부가 밤에 들어오지 않는 까닭이 궁금해 묻자 다 그렇진 않지만 택시 기사들이 모여서 자주 화투로 놀음을 하고 이유 없는 외박도 자주 한다며 그 아내도 가정을 지키기 위해 남모르게 울음을 삼키며 살아왔다고 한다. 든든한 부모님과 동생들을 저버리고 형부만을 믿고 타지로 온 언니는 형부에게서 무시당하는 듯한 행동에 누구의 탓도 하지 못하고 항상 좋을 것만 같았던 기대감이 무너져 또다시 의기소침한 모습으로 변하고 어찌할까를 몰라 번민에 가득 쌓인 채로 하루하루를 보냈다. 번민이 불러온 소용돌이 속에서 가장 듬직하고 푸근한 엄마의 품이 그리웠다. 그 길로 언니는 형부에게 엄마가 보고 싶어 뵙고 오겠다는 말을 하고 집으로 돌아왔다.

고등학교를 졸업하고 전자제품 회사에 취직한 인희는 완연한 아가씨의 모습으로 언니 눈을 휘둥그렇게 만들었다. 막내 연희가 근사한 교복 차림으로 언니를 맞이하니 "너가 연희여! 정말 예쁘구나. 벌써 처녀가 다 되어버렸네. 인희는 얼굴이 뽀얗게 피었구나. 예쁘게 자라 줘서 정말 고맙다."라며 감탄사를 연발하는 언니를 바라보며 인희, 연희는 "언니는 우리가 보고 싶지도 않았어! 어떻게 그렇게 매정할 수가 있어. 진짜 미워, 미워서 말도 하기 싫어. 다시는 우리 집에 오지마. 언니 잊은 지 오래야! 작은오빠가 서울로 가기 전에 올 거라고 했는데 오빠가 서울 간 지가 1년이 넘도록 안 왔잖아!"라고 쏴붙이며 제 방으로 들어갔다. 언니도 훌쩍이며 울었고 인희, 연희도 말없이 한참을 훌쩍였다. 그래도 엄마는 언니가 왔다고 언니가 좋아하는 고급 요리로 드물게 먹었던 잡채를 부랴부랴 장만하시고 청국장찌개까지 끓여서 밥상을 차리셨다. 밥상에 둘러앉아 밥을 먹으며 아버지는 약하기만 한 언니가 건강한 모습으로 옆에 와 있다는 것만으로도 태웠던 애간장이 가셔지셨는지 언니 머리를 쓰다듬으시며 많이 먹으라고 잡채가 담긴 접시를 언니 앞으로 당겨 놓으셨다. 부모님은 속을 썩였던 자식임에도 그저 옆에 있다는 것으로 가슴을 진정시키고 자식의 안위가 평안하기만을 바랐다. 한밤중이 되어 언니를 가운데 눕히고 양쪽에 인희, 연희가 누워서 언니 없던 날들의 이야기를 나누느라 밤새는 줄 모르고 이른 새벽녘이 되어서 잠이 들었다.

언니는 엄마에게 심정을 털어놓았고 엄마는 언니를 데리고 점쟁이를 찾아가 알 수 없는 언니의 앞날을 알아보려는 참이었다. 점쟁이 말인즉 형부와 살면 많은 고생과 환란을 겪어야 한다고 하더라는 말을 듣고 이참에 돌아서서 다시 한번 생각해 보라는 엄마의 걱정 섞인 바람에 언니는 아버지도 안 계시고 의붓엄마 밑에서 자라온 형부가 불쌍해서 돌아설 수가 없다고 하며 어쨌든 잘 살아 보겠다고 했다. 자식을 이기고 살 수가 없었던지 엄마는 아버지 모르게 또다시 얼마간의 제법 많은 돈을 언니의 손에 쥐여주었다. 연약하고 착한 언니는 며칠이 안 되어 또 오겠다는 말을 남기고 형부에게로 돌아갔다. 사회생활도 직장 생활도 해본 적이 없는 언니는 오로지 형부만이 언니에게 전부라고 생각했다. 아이를 갖는 일이 우선이라고 여기고 있던 차에 생리가 두 달을 거르고 입덧에 가까운 역겨움도 느껴져 언니는 반가운 소식을 전해 받을 것을 기대하며 산부인과를 찾아갔다. 검진 결과를 말하는 의사는 상상 임신이란다. 상상만으로도 생리가 없고 입덧 증상을 느끼기도 한다는 말을 건네주면서 너무 임신에 대해 몰두하다 보면 상상으로 임신을 한 것처럼 신체의 변화가 온다는 검진 결과였다. 조바심이 불러온 신체 변화로 언니는 자신을 탓하며 편안한 마음을 갖자며 내면의 아이에게 말했다.

한편 집에서는 언니의 심정을 전해 들은 엄마가 하루빨리 결혼식을 올려주면 마음을 다잡고 단단히 살아갈 수 있을 거라는 염려로 아버지와 언니의 결혼식 문제를 의논하고 계셨다. 결혼식 문제를 전해 받은 언니는 형부 쪽에서 결혼식의 참여할 의사를 아직 내세우지 않아서 나중에 하겠다고 없었던 이야기로 돌려놓았다. 이때쯤 어린 나이서부터 집을 떠나 한약방에서 한방의술을 익히고 침술 공부를 오랫동안 해왔던 큰오빠는 독한 마음으로 독학으로 공부에 심열을 쏟으며 한방의술에 필요한 국가고시 자격증을 따내어 어엿한 한의사로 거듭나고 친척분 밑에서 나름대로 중요한 역할의 직분을 맡아 열심히 잘 해내고 있다고 했다. 인희가 생각하는 큰오빠는 집을 떠나 한방기술을 배우러 간 여러 해의 세월이 흘러가도록 명절에만 잠시 얼굴을 보이고 갈 뿐 다른 나라 사람 같다는 생각이 들었다. 언니 다음으로 말 한마디라도 살갑게 해주던 작은오빠도 군대 전역하고 언니를 찾아 부모님이 안정하시는 모습을 보고 서울로 간 지 얼마 안 되어 뮤지컬 배우로 무대에 오르며 잘나가고 있으니 걱정하시지 말라는 좋은 소식을 전해왔다. 인희는 뮤지컬 배우라는 작은오빠에게 혹하는 관심을 가졌다. 끼는 못 속이는지 다음에 작은오빠가 오면 새로운 도전을 할 것을 의논해 볼 참이었다.

1979년 10월 26일 밤 꿈속에서 형부와 똑같이 닮은 아이가 언니 품으로 달려들었다. 이상한 꿈이라고 생각하며 날이 밝으니 밤새 박정희 대통령이 김재규의 총에 맞아 서거하셨다고 TV에 속보 뉴스가 방영되고 있었다. 언니는 간밤에 꾼 꿈이 그 당시에는 태몽인 줄 몰랐다고 했다. 한 달이 지나고 두 달이 지나도 생리가 없자 산부인과를 찾아가 확인을 하니 정말 임신 소식을 듣게 되었다. 언니는 왜 하필이면 10·26사태가 일어난 날 첫아이에 태몽 꿈을 꾸었는지 수십 년이 흐르도록 이유를 알 수가 없었다. 그냥 우연한 일이라며 훗날 웃으며 처음으로 꾸었던 태몽 꿈이었다는 이야기를 들려주었다. 기다리던 임신 소식으로 언니는 한껏 들떠서 얼굴에도 생기가 돋아나고 행복한 미소를 지으며 온 세상을 다 가진 기분이었다. 임신 소식으로 얼마 전에 형부도 안정적인 직업을 찾던 중 큰 회사 사장님의 자가용 기사로 일하게 되었다. 형부의 고향이다 보니 알음알이로 알게 된 형부의 아버지 쪽 친척분들이 찾아오기도 하셨다. 언니가 가장 반갑게 여기는 시고모님은 마침 언니 집과 멀지 않은 곳에 살고 계시는 터라 외출을 나오는 김에 들렀다고 하시며 입덧으로 고생하는 언니에게 입에 맞는 고구마와 비싼 과일까지 손에 들고 오셔서 먹고 싶을 때 먹으라며 살갑게 챙겨 주셨다.

어느 날 시고모님이 오셔서 언니와 신 김치를 넣은 수제비를 끓여 맛있게 드시면서 언니에게 "질부, 여동생이 가끔 놀러도 오고 한다지? 며칠 전에 공원에 바람 쐬일 겸 산책 갔는데 조카가 자네 동생이라며 공원에서 같이 구경하고 있는 것을 봤지. 동생이 참하고 예쁘게 생겼더구만. 자네도 같이 구경 가지, 왜 갑갑하게 집에만 있어! 조카랑 구경도 다니고 해야지."라고 하신다. 언니는 쿵쾅거리는 가슴을 누르며 "아~ 예, 그땐 피곤해서 동생하고 바람 쐬고 오라고 했어요. 다음엔 같이 구경 갈게요."라며 시고모님에 말씀을 마무리했다. 시고모님이 다녀가신 후 바보처럼 착한 언니는 형부에게 한마디 말로 물어보지도 못하고 혼자서 가슴앓이를 했다. 자가용 기사로 일을 하면서부터 부쩍 매무새에 신경을 쓰고 요즘 들어 예전에는 없던 멋까지 부리는 형부를 단정한 차림을 하려고 그러는 줄 알았던 언니는 머릿속으로 형부가 달라진 모습을 되짚어 보며 멋 부려야 했던 이유를 알게 되었다. 택시 기사로 일을 할 때도 집에 들어오지 않던 날 출근할 때의 모습을 떠올리면 평상시와는 달리 외모에 신경을 많이 쓰며 차려입고 출근을 했었던 것을 떠올렸다. 그래도 표정 하나 흐트러지지 않고 무던하게 형부의 뒷받침을 하며 임신부의 몸으로 살림살이에 여념이 없었다.

하루는 퇴근할 시간이 안 되어 같은 회사에 근무하는 아가씨라며 아리따운 아가씨와 형부가 일찍 집에 왔다. 언니는 손님 대접을 하기 위해 가까운 시장으로 가서 과일을 사고 빵집에서 빵과 도넛을 사와 다과상을 차려 아가씨를 대접해 주었다. 얼마 후 아가씨를 데려다주고 온다며 형부는 아가씨와 나갔고 밤늦은 시간이 되어서 들어왔다. 착해서인지 바보였는지 언니는 그 아가씨가 회사 직원으로 어쩌다 형부를 따라 집에 놀러 온 줄로 알고 별다른 나쁜 생각을 하지 않았다. 세월이 많이 흘러서 형부가 아가씨와 사귀며 만나는 연인 사이라는 것을 알게 되었다. 언니는 멍청이처럼 바람기 많고 노름을 일삼고 거짓말로 꾸며대며 생활비도 제대로 줘어 주지 않는 형부를 믿고 의지하며 살아가고 있었다. 산달이 코앞에 다가오는데 형부는 자가용 기사직을 그만두고 쉬고 있었다. 언니는 아기를 낳고 나면 안정적인 일을 찾게 될 것이라고 기대하며 묵묵히 지내고 있었다. 아기를 낳을 예정일이 가까워지자 엄마는 언니의 산후 뒷바라지를 하기 위해 산모에게 좋다는 줄 미역을 잔뜩 사 들고 이것저것 언니에게 먹일 음식과 여러 가지 생필품을 한 보따리 가득 준비해서 언니 집으로 향했다. 애틋한 엄마의 정성스러운 밥상을 받으며 이삼 일이 지난 뒤 언니는 노산으로 힘에 겨워 기계로 아기의 머리를 집어내어 힘겹게 첫딸을 낳았다. 오랜 시간 동안 진통을 겪으며 힘겹게 출산한 탓인지 아기의 온몸이 새파랬고 울음 소리도 내지 않아 체온을 올려주기 위해 제대로 씻기지도 못하고 아기 이불을 덮어서 언니 옆에 눕혔다. 혼미해진 정신으로 한참 동안 아기를 지켜보고 있었다.

언니는 힘들었던 출산의 고통도 잊은 채 아기가 건강하기만을 간절히 바랐다. 시간이 흐르면서 아기의 체온도 정상으로 돌아오고 세상 빛을 보기 위해 얼마나 힘든 터널을 지나왔는지 울어 젖히기 시작한 아기의 울음은 오래도록 계속 이어졌다. 아기를 씻기고 언니와 아기가 안정을 찾고 이튿날 퇴원을 하게 되었다. 출산 비용 32,000원이 없어 엄마의 쌈짓돈으로 계산을 하고 병원문을 나섰다. 미련한 탓인지 주변머리가 없어서인지 아기를 낳을 출산 비용까지도 준비하지 못한 형부와 언니를 보고 엄마의 걱정이 태산 같았다. 기계로 집어낸 아기의 머리는 큰 혹이 달린 것처럼 부풀어 올라 있고 긴 시간동안 이어진 출산의 난관으로 새파란 낯빛을 띠어 울지도 않고 저체온 증세를 보여 바로 씻기지를 않아서 아기의 눈에 노란 눈곱이 두껍게 끼어 낳은 지 며칠 안 되어 안과에 가야 했다. 낳아서 바로 씻기지를 않아 나쁜 불순물이 들어가 눈곱이 낀다고 의사가 말했다. 신생아인 아기에게 별다른 처방을 할 수가 없어서 '안연고'를 눈에 조금 넣어 줄 뿐이었다. 언니는 안쓰러운 마음으로 부풀어 오른 아기의 머리를 손으로 덮으며 "이것만 들어가면 진짜 예쁜데." 했다. 그런 언니를 보며 엄마는 "자주 따뜻한 손으로 눌러주면 부풀어 오른 머리가 곧 제자리로 들어갈 거구먼." 하셨다. 엄마가 가지고 있는 돈으로 산후 뒷바라지를 하며 3주 정도 지났을 무렵 엄마는 돌아올 차비만을 남겨놓고 남은 얼마의 돈을 언니 손에 쥐여주고 단단히 몸을 추스르라고 언니에게 신신당부를 하고 떨어지지 않는 발걸음으로 집으로 돌아오셨다.

노총각, 노처녀였던 형부와 언니는 가진 것이 없어도 첫 딸아이의 탄생으로 마냥 행복했다. 형부도 이제는 놀 수만은 없었던지 다시 영업용택시 기사로 일하며 생활에도 활력소가 되었다. 그러나 형부는 택시 기사로 돈을 벌면서도 일정하게 생활비를 주지 않고 몇 푼 안 되는 돈을 주고는 운전 도중 차가 고장 났다는 둥, 접촉 사고가 났다는 둥, 늘 갖은 핑계를 대며 돈이 없다고 했다. 이제는 한술 더 떠서 친정집에서 돈을 빌려 달라고 하라며 언니를 재촉했다. 돈을 벌면서도 어떻게 된 셈인지 푼돈으로 생활비를 주면서 빌려 오라고까지 하는 영문을 몰라 언니는 첫아이를 낳은 기쁨도 얼마 가지 않아 어떻게 살아가야 할지 걱정 근심으로 살아냈다. 엄마 볼 면목이 없어서 돈 이야기를 못 하다가 형부의 성화에 못 이겨 빌리기 시작한 것이 툭하면 돈을 내놓으라고 억지를 쓰는 형부의 처사에 진저리를 치면서 엄마에게 도움을 청하곤 했다. 아버지 모르게 수차례에 걸쳐 이어져 오던 엄마의 도움의 손길이 들통이 나고 일절 언니와 연락을 하지 말라는 아버지의 명령에 더 이상 엄마가 언니를 도와줄 수 없게 됐다. 어쩔 수 없다는 듯 엄마도 언니에게 연락하지 않았다. 친정집과도 연락이 끊긴 채 전전긍긍이 살아오던 세월 끝에 어느새 첫아기인 수진이가 네 살이 넘어서고 있었다. 간간이 들러주시던 시고모님이 예전과 다름없이 별반 나아지지 않은 생활을 하는 것을 보시고 언니에게 시고모님이 다니시는 보험회사에 가자고 하셨다. 수진이를 데리고 다닐 수도 있고 잘만 하면 어느 정도 생활에 보탬이 되기도 한다고 하시며 보험회사에 나올 것을 권유하셨다.

세상 물정에 밝지 못한 언니는 시고모님이 하라는 대로 하면 된다는 말씀을 믿고 한 푼이라도 돈벌이를 할 수 있다는 생각에 수진이를 등에 업고 보험회사에 나갔다. 멋모르고 들어간 보험회사에 출근하자마자 수진이에게 먹을 간식거리로 요구르트, 우유, 빵, 과자, 사탕 등 여기저기서 사원들이 반갑다며 한껏 주셨다. 그리고 얼마 동안 교육을 받고 시험을 치고 보험 설계사 시험에 합격만 해도 소량의 돈을 준다고 했다. 그렇게 이어진 보험회사 활동으로 몇 개월 동안 반찬 비용과 수진이의 간식비는 충당할 수가 있었다. 그러나 뚜렷한 실적을 올리지 못해 눈치가 보여 계속해서 보험회사를 나갈 수가 없었다. 그러던 중 연락 두절하고 지냈던 부모님께서는 수진이가 어느새 다섯 살이라는 나이를 먹어감에 하루라도 빨리 결혼식을 올려줘야 한다고 걱정이 많으셨다. 그런 이유로 엄마는 언니 집을 찾아왔다. 몇 년 만에 찾아온 언니 집은 예전과는 다른 조금 넓은 집으로 수진이를 낳은 뒤 이사를 해서 나아 보였지만 결혼식 문제를 이야기하니 여태껏 살아오면서 모아둔 돈 한 푼 없이 그날그날을 살아왔을 뿐 아무런 준비가 되어 있지 않았다.

형부는 일하면서도 '세 살 버릇 여든까지 간다'라는 속담처럼 수진이가 태어나 다섯 살이라는 나이를 먹도록 예전과 변함없이 툭하면 외박하고 푼돈으로 주는 적은 돈을 아껴서 몇 푼이라도 모아놓으면 갖은 핑계를 대고 모아둘 수 없이 가져갔다. 이런 얘기를 들은 엄마는 빼도 박도 못하는 언니의 실정에 애타는 한숨만을 내쉬셨다. 언니가 형편없이 사는 생활이 모두 엄마의 책임인 양 못난 어미를 만난 탓으로 돌려놓았다. 그렇게 언니의 결혼식 준비는 모두 엄마의 몫이 되었다. 형부가 밖으로 도는 이유가 '결혼식을 올리지 않아 마음을 잡지 못하는 것이 아닐까?'싶어 늘 어깨를 짓누르는 짐이었다. 그래도 장녀이고 자식으로 처음 맞이하는 결혼식이라는 이유로 엄마는 바쁘게 혼수 준비를 하셨다. 솜이불, 형부와 언니의 예복, 가까운 친척에게 드릴 혼수 선물 등 하나부터 열까지 모든 준비는 엄마로서 비롯되었다. 형부 쪽에서는 무엇 하나 결혼식에 필요한 준비를 해줄 사람 하나 없었다.

결혼식 당일이 되자 하객은 모두 우리 집 친척분들뿐이었고 형부 쪽 친척은 시고모님 내외분과 고종사촌 남매와 형부의 남동생 한 사람뿐이었다. 그렇게 단출하고 간소하게 부모님의 딸자식에 대한 책임과 의무를 다하신 결혼식이 치러졌다. 처음으로 맞이한 자식을 여의는 결혼식이 너무나 초라해서 친척분들 뵙기에 민망스러워 부모님은 낯을 들 수가 없었다. 시간이 지나 친척분들이 댁으로 돌아가시고 집으로 돌아온 엄마는 언니가 가여워서 많은 눈물을 흘리셨다. 착하고 착한 딸이 세상 물정 모르고 남자 하나 잘못 만나서 저렇게 가슴앓이하는 삶을 산다며 애초부터 말리지 못한 안타까움에 울고 또 우셨다. 그러시다가 잘 다니던 직장을 그만두고 작은오빠를 따라 뮤지컬을 배우겠다고 따라나선 인희가 언니의 결혼식으로 집에 오게 되자 "인희야! 너만은 정신 바짝 차려서 사람을 잘 만나야한다. 부질없이 아무에게나 정 붙이지 말고, 너 오빠 허락 없이는 남자를 절대 사귀지 말아야 혀. 명심해야 혀. 알겠지?" 하신다. "엄마! 배우 일 배우느라고 사람 만날 시간도 없어. 잠자고 나가기 바빠서 아무것도 못 해. 제 걱정은 하지 마세요. 전 시집 같은 것 안 갈 거예요."라고 말하며 인희는 엄마를 다독여 주었다.

당차고 야무진 막내 연희는 상업고등학교를 가서 일찍서부터 직장생활해야 한다고 부추기는 부모님의 바람은 아랑곳하지 않고 똘똘함으로 열심히 공부하더니 인문계 고등학교에 들어갔고 졸업을 한 뒤엔 제 앞길은 제가 알아서 살겠다며 교육대학에 들어갔다. 아버지는 가르쳐 보려고 했던 작은오빠는 엉뚱한 곳에 눈을 팔고 고등학교 졸업하고 직장 생활하다 시집이나 갈 것이지 여자가 무슨 대학 공부까지 한다고 하는지 모르겠다고 푸념하시면서도 한편으로 대견하셨던지 이왕 대학에 들어갔으니 열심히 공부하라고 하시며 등록금을 대주셨다. 연희는 어릴 적에도 누가 무어라 해도 제 할 일은 두말없이 하고야 마는 막내였다. 아마도 저대로 나간다면 훗날 무엇이 되어도 반드시 될 듯한 연희였다. 언니의 결혼식으로 큰오빠도 오랜만에 집에 들러 부모님과 밀린 이야기와 앞으로의 살아갈 방편을 나누었다. 큰오빠도 사귀고 있는 아가씨가 있다고 했다. 아마도 머지않아 곧 결혼할 것 같다는 의사를 밝혔다. 오래도록 떨어져 살아온 큰오빠는 거대한 거인처럼 왠지 가까이 있어도 좀처럼 예전의 고향 집에서 살갑게 보살펴주던 애잔한 정이 느껴지지 않고 타인과도 같은 이방인처럼 느껴졌다. 그래도 많은 책임감을 느껴서인지 큰오빠는 작은오빠에게 "인희가 너를 따라 뮤지컬을 배운다고 나섰는데, 이왕 시작한 일이니만큼 후회하지 않도록 리드를 잘해주고 모나지 않게, 잘 헤쳐 나갈 수 있게 단도리를 잘 해줘야 한다."라며 부탁의 말을 해줬고 "인희, 너도 작은오빠 말 잘 듣고 최선을 다해서 열심히 배워야 한다."라고 인희에게 주입시켜 줬다.

결혼식을 마칠 동안 시고모님 품에 안겨 있던 수진이를 데리고 형부와 언니는 아쉬움에 신혼여행이라고 여기고 서울 구경하기로 하고 나들이를 나섰다. 조촐하게 올린 결혼식이었지만 묵은 숙제를 해치운 것처럼 문제를 해결 지은 듯 속 시원히 세 식구가 웃음 띤 얼굴로 훤히 밝아진 모습이었다. 가벼워진 발걸음으로 서울 나들이를 하고 새로운 기분으로 마음을 다잡고 애쓰신 부모님께 보답하는 길은 앞으로 잘 사는 것이라고 결심하며 형부와 언니는 돈독한 애정으로 거듭날 것이라고 다짐했다. 그렇게 다짐하고 지나온 날들이 얼마 지나지 않아 형부는 언니에게 친정집에서 돈을 빌려 오라고 재촉했다. 트럭을 사서 화물 짐을 실어 나르면 큰돈을 벌 수 있다는 이유였다. 언니는 더는 부모님께 폐를 끼치고 싶지 않아 이러지도 저러지도 못하고 형부와 냉전을 벌이고 있었다. 그렇게 버텨 내는 날이 여러 날 지속되자 형부는 아예 며칠씩 집에 들어오지 않았다. 가진 돈도 없이 애를 태우며 들어오지 않는 형부를 기다리다 못해 낮이고 밤이고 형부가 있을 만한 곳을 수소문해서 물어물어 찾아다니다 들어오곤 했다. 길을 걷다 약국이 보이면 무턱대고 들어가서 불면증으로 밤잠을 못 잔다며 수면제를 달래서 사 모으기 시작했다. 기다림으로 밤을 지새우다 무너져 내리는 가슴으로 눈물을 흘리며 빈 노트에 가득가득 하소연을 채우는 날이 연속되었다.

언니는 어느 날 밤 이대로는 더 이상 살 수가 없을 것 같았다. 집을 하숙 집만큼도 여기지 않고 모녀를 나 몰라라 하며 밖으로 도는 형부의 처사로 인해 살고 싶은 생각이 사라지고 심신이 피폐해져 가고 있었다. 얼마 전 화장실에 붕대로 끈을 묶어 목숨을 끊으려다 이뤄지지 못했던 적이 있는지라 많은 수면제를 모아 왔었다. 속 타는 어미 맘을 아는지 모르는지 옆에서 잠이 든 여섯 살 박이 수진이를 보고 있자니 미치도록 가슴이 저려 왔다. 부모 잘못 만나서 행복한 가정을 만들어주지 못하는 죄책감이 시리도록 아파온다. 흐르는 눈물을 주체 못 하며 더 좋은 부모를 만나길 바라는 마음으로 이불을 다독여 덮어주고 세상과의 인연을 끊기 위해 노트의 빈 여백에 수

살아야 하는 이유   77

진이에게 남기는 유서라는 제목의 글자를 옮겨 적는다. 지나온 날들이 영화 속 장면처럼 속속들이 떠오르다 사라진다. 어디서부터 어떻게 잘못 살아온 것인지 한 남자를 믿고 사랑했던 이유가 결국 불찰이었던지 언니의 무엇이 잘못된 것인지 진정 답을 찾을 수가 없었다. 정작 세상과 인연을 끊고자 하니 눈에 넣어도 아프지 않은 새끼가 안타까웠고 뵐 면목이라고는 찾아볼 수 없는 불효자식이라는 것이 가슴을 찢어 놓았다. 한 서린 눈물, 콧물에 숨죽인 통곡에 설움 덩어리를 품어내며 유서라는 글을 남기고 한 알 한 알 모아둔 한 주먹을 넘길 양에 제법 많은 수면제를 입에 넣어 삼키고 있었다.

얼마의 시간이 흘렀는지 흐느껴 우는 수진이의 울음소리와 손등으로 미지근한 물이 떨어진다는 느낌에 눈이 떠졌다. 멍한 눈빛으로 사방을 둘러보니 저승이 아닌 현실 속에 팔에 링거 주사기를 꼽은 채 병실에 누워있다는 그것을 직감할 수 있었다. 언니가 눈을 뜨자 언니의 손을 잡고 울음바다를 이룬 수진이가 "엄마! 나야, 수진이! 나 알아보는 거지? 엄마 왜 그랬어." "알고~ 이제 정신이 드는 거여! 왜 이 좋은 세상을 버리려고 혀. 새끼는 어쩌라고 눈을 감는단 말이여! 어미가 되어서 악착같이 보란 듯이 살아야지, 업장을 왜 쌓으려혀. 닦고 가기도 벅찬데 새끼 앞에 못 할 짓 하면 안 되는 거여."라고 하시는 엄마와 수진이, 시고모님이 넋이 나간 표정으로 언니를 내려다보고 있었다. 늦은 아침까지도 잠에서 깨어나지 않는 언니를 아무리 흔들어도 기척이 없자 어린 수진이가 언니가 죽은 줄 알고 문밖으로 나와 엉엉 울어대는 소리에 가깝게 지냈던 이웃 아주머니가 무슨 일인가 싶어 달려와 유서를 보고는 119에 전화해서 병원으로 옮겨졌고 위세척을 하고도 하루가 지난 뒤에 깨어났다고 했다. 이웃 아주머니가 언니의 상태가 심각해 엄마와 시고모님께 알렸고 형부는 연락이 안 돼 알릴 수가 없었다. 한걸음에 달려 온 엄마 앞에 시고모님은 가정을 돌보지 않는 조카인 형부로 인해 죄인 아닌 죄인이 된 것 같았다.

병원에서 나온 뒤 엄마는 언니와 수진이의 여벌 옷을 챙겨 집으로 데려왔다. 그때만 해도 이혼하는 일을 큰 흉으로 여기는 시절임에도 엄마는 이대로 내버려 두다가는 자식을 잃을까 싶어 이혼을 시켜야 한다고 아버지께 의논을 내세웠다. 그러던 중 어떻게 연락을 받았는지 집에 온 형부가 부모님께 무릎 꿇고 용서해 달라며 빌고 있었다. 화물차의 대체 기사로 멀리까지 가게 돼서 집을 비웠다고 했다. 부모님은 예전부터 행실이 모가 나 있었고 한두 번 집을 비웠던 형부가 아니기 때문에 이참에 이혼을 시키려고 단정 짓고 있었다. 그러나 여리디여린 착한 언니는 그렇게 형부가 외박이 잦고 돈 씀씀이도 헤프고, 빌려서라도 돈을 달라는 형부로 인해 죽을 고비를 넘기고도 언니 아니면 아무도 같이 살아주지 않을 거라며 불쌍해서 헤어질 수 없다고 한다. 아빠 없는 수진이로 만들기 싫다며 부모님께 비

는 형부를 용서해 달라고 했다. 부모님은 모질지 못한 언니의 성품
에 형부에게 굳은 다짐을 받아내고 화물차를 사려고 돈을 빌려 오
랬던 언니의 이야기를 듣고 끝내는 자식이 잘 살아주길 바라는 마
음으로 큰돈을 형부에게 쥐여 주셨다.

　언니가 힘든 세월을 보내는 동안 큰오빠는 같은 곳에서 일하는 아
가씨와 결혼을 하게 됐고 빠르게 아들을 낳았다. 그리고 세 살 터
울로 둘째 아들을 낳았다. 어린 나이로 객지 생활을 했던 큰오빠
는 고생을 많이 해서인지 계획성 있게 생활을 잘 꾸려 나갔고 부모
님이 걱정하는 일 없이 모든 앞가림을 잘 해내 주고 있었다. 그러면
서도 자주 부모님 건강을 걱정하며 몸에 좋다는 보약 등을 보내오
곤 했다. 엄마는 장손은 어딘가라도 다르다며 큰오빠가 최고라고 여
기셨다. 뮤지컬배우인 작은오빠도 동료였던 아가씨와 결혼했고 듬직
한 아들을 낳았다. 작은오빠 밑에서 뮤지컬을 배우던 인희는 공부를
더 해서 극작가의 꿈을 키우기 위해 스스로 대학에 들어갔고 끼가
많아선지 틈틈이 연극 무대에도 서며 다양한 활동을 활발히 하게 되
었다. 차분하고 제 할 일은 틀림없이 해냈던 막내 연희만이 부모님과
생활하며 공무원이 되어 부모님의 튼튼한 버팀목이 되어 주었다. 엄
마로부터 간간이 언니의 소식을 듣다가 언니가 목숨을 끊으려 했다
는 이야기를 전해 받은 인희는 불같은 성격으로 형부에게 당장 쫓아
가 멱살이라도 잡고 실컷 두들겨 패주고 싶었다. 세상 물정 모르고

여린 여자일 뿐인 바보 멍청이처럼 순해 빠진 언니가 불쌍해서 미칠 것 같았다. 얼마나 사는 게 고통스러웠으면 자식을 두고 목숨까지 끊으려 했을까? 집에 인연을 끊은 듯 살면서 외롭고 아팠을 언니를 생각하니 울컥울컥 목이 메어왔다. 조만간 시간을 내서 찾아가 봐야겠다고 마음을 먹어본다.

부모님이 애써 모아둔 큰돈을 자식을 살리기 위해 형부 손에 쥐여줬는데 할부금을 끼고 화물차를 사들여 운행하면서 여기저기 들어갈 돈이 많다며 예전이나 지금이나 언니에게 들려주는 생활비는 푼돈에 불과했다. 생활비보다 적은 돈을 주니 가계부 쓰기는커녕 적은 돈이라도 모을 수가 없다고 했다. 큰맘 먹고 언니를 찾아온 인희에게 이런 실정에 관해 오랜만에 만나보는 동생이어서인지 여러 가지 고민했던 일들을 털어놓았다. 방황하며 안정되지 않는 형부였기에 수진이가 여섯 살이 되도록 수진이에게 동생을 낳아 줄 수가 없었다. 이웃이나 아는 분들이 왜 동생이 없냐고 물을 때마다 언니는 얼버무리며 지나친다고 한다. 형부에게 무슨 일을 어떻게 하길래 큰돈을 들여 화물차를 사도록 도움을 줬는데 예나 지금이나 푼돈으로 생활비를 주는 것인지 따져봐야겠다고 말하는 인희를 언니는 두 손을 절레절레 흔들며 절대로 그래선 안 된다고 하지 못하게 말린다. 돈벌이가 잘 되면 생활비도 넉넉히 주게 될 거라며 괜히 꼬투리 잡고 집에 들어오지 않을까 봐 겁이 난다고 했다. 이런 말을 하는 나약한 언니를 보고 좋지 않은 불상사를 일으키지나 않을까 하는 염려가 되어 인희는 뒤로 물러서며 어쨌든 수진이를 봐서라도 절대로 두 번 다시 나쁜 마음 먹지 말고 몸 건강히 잘 지내야 한다고 하며 가지고 있는 돈을 털어 언니에게 건네주고 언니 집을 떠나왔다.

인희는 언니를 뒤로하고 걷는 발걸음이 한없이 무겁게 느껴졌다. 예쁘고 착한 언니를 무엇이 부족해서 가슴을 졸이며 아픔을 겪게 하는지 형부가 너무 원망스럽고 미웠다. 마음 같아선 언니와 수진이를 데리고 같이 살고 싶은 마음마저 들었다. 탐탁지 않은 형부 때문인지 인희는 언제부터인가 옆에서 치근대는 남자에게 냉정하게 말을 쏘아붙이며 관심을 가지지 않게 대했다. 활발하고 화통한 성격에 선배와 후배들이 항상 같이했지만, 관심을 가지고 접근해 오는 남자에겐 전혀 마음을 열어 주지 않아서 제대로 사귀는 남자 친구 한 사람이 없었다. 그런 인희에게 결혼 얘기를 꺼내는 부모님 말씀에 결혼 같은 그것은 하지 않을 거라며 결혼 얘기는 하지 말아 달라고 빽빽거리며 성질을 부렸다. 얼마의 세월이 흘러서도 언니의 사는 형편은 크게 달라지지 않았다. 엄마는 언니의 사는 형편이 나아지지 않아 걱정이 앞서 용한 점쟁이를 찾아가 알아보니 형부 쪽 조상들을 위로해주는 굿을 해줘야 한다는 말을 믿고 언니가 잘 살아주기를 바라는 마음으로 많은 돈을 들여 굿을 해주기까지 하셨다. 그런 중에 수진이의 동생을 가졌다는 반가운 소식이 들려왔다. 엄마는 굿을 해

준 덕분이라며 수진이의 동생으로 아들을 낳으면 형부도 좀 더 가정에 애착을 갖게 될 것이라며 언니가 아들을 낳기를 소원하고 소원하셨다. 언니도 수진이를 낳고 7년 만에 얻은 임신으로 기뻐하며 점차 생활도 나아졌고 형부도 예전과는 달리 가정적인 남편의 모습을 보여주곤 했다.

예전보다 안정적인 생활을 하게 된 언니는 수진이를 유치원에 보내고 뜨개질을 하는 손뜨개 방에서 털실을 사서 형부를 위해 고급스럽고 품격있게 스웨터도 뜨개질해서 만들어 입혀 주었고 수진이의 조끼도 떠서 예쁘고 따뜻하게 만들어 입히며 천상 여자다운 일상을 보내며 조금이나마 행복한 생활을 할 수 있었다. 가끔 장거리 화물 짐을 싣고 다녀온다며 이삼일 정도 외박하는 형부에게 아무런 의심도 하지 않으며 하는 일이니까 그러려니 하고 넘겼다. 오랜만에 갖은 둘째의 임신으로 만족해하며 입에 맞는 음식을 나름대로 맛있게 해 먹으며 태교에 좋은 밝고 긍정적인 마음으로 평온함을 가지며 태교에 임하는 생활 태도에 힘썼다. 먼 훗날 둘째를 임신하고 낳기까지 보냈던 시간들이 언니의 인생에서 최고의 행복을 느꼈던 때였다고 그 시절을 떠올려 회상하듯이 미소를 지어 보이며 옛이야기처럼 들려주었다. 평안함 속에서 보냈던 태교 덕분이었는지 둘째로 태어난 예진이는 생각하는 면이 폭넓고 넉넉한 마음을 가진 아이로 자랐다. 다만 형부는 7년 만에 얻은 둘째도 딸아이라는 것으로 별로 반가운 기색을 하지 않았다. 자식을 낳아준 것만으로도 감사는 못할망정 딸을 낳은 것이 언니의 탓인 양 심드렁하니 산후 뒷바라지를 해주는 엄마마저도 형부의 불편한 심기로 눈치를 보며 언니를 돌보아야 했다. 죄가 많아 여자로 태어난 의무이자 책임이라며 언니가 마음을 다치기라도 할까 싶어 엄마는 위로의 말로 다독거려 주셨다.

예진이가 태어난 이후부터 형부가 하는 화물업도 제법 잘 되어 돈도 그런대로 버는 것으로 보였다. 그런데도 언제나 여러 가지 핑계를 대며 푼돈의 생활비를 줄 뿐으로 조금의 여윳돈을 모을 수가 없었다. 그날그날이 한 달 전이나 일 년 전이나 매한가지였다. 예진이가 돌이 지나고 두, 세 살이 될 무렵부터 형부의 바람기는 보라는 듯이 대놓고 드러나고 있었다. 이유라고 한다면 딸을 둘이나 낳았다는 이유 같지 않은 핑계를 댔다. 하루는 이른 저녁 일을 마치고 들어온 형부는 세안하고 다른 옷차림으로 갈아입고는 들고 들어왔던 선물이 들어 있음직한 포장된 종이 가방을 들고 나갔다 온다며 나갔다. 왠지 안 좋은 느낌이 들어 언니는 가지 말라고 형부를 붙들어 봤지만, 형부는 아랑곳하지 않고 붙잡는 언니 손을 뿌리치고 밖으로 나갔다. 둘째 예진이를 업고 뒤쫓아가는 언니를 쳐다보지도 않으며 언니가 바라보고 있는 앞에서 택시를 잡아타고는 형부는 어디론가 향했다. 그리고 나면 이삼일이 지나야 들어오곤 했다. 그럴 때마다 기다리다 지친 언니는 늦은 밤이 되면 기다리는 것이 무서워 수진이에게 예진이를 보고 있으라고 해놓고 형부가 갈 만한 곳을 여기저기 찾아다니다 지칠 대로 지쳐서 들어왔다. 그런 일이 반복되는 날들 속에서 짓뭉개지는 가슴앓이를 해야 했다.

모질고 모진 세월 속에서 있어서는 안 될 전혀 생각지도 못한 일들도 겪어야 했다. 저녁을 먹고 집안 정리와 아이들의 잠자리를 준비해 주고 들어오지 않는 형부를 기다리는 중에 낯선 여자가 약간의 술 냄새를 풍기며 형부를 찾아왔다며 집안에 들어섰다. 무슨 연유로 형부를 찾아온 것인지 얘기를 들어본즉 형부가 찻집을 한다는 낯선 여자의 기둥서방이라고 이야기를 했다. 여리고 착한 언니였지만 그 순간만은 엄청난 힘을 발휘하는 마력의 언니로 돌변해 낯선 여자를 인정사정없이 온몸을 두들겨 팼다. 그것도 모자랐던지 얼굴도 짓밟아 입술도 터져 피가 흐르고 금방 낯선 여자의 얼굴은 사람의 얼굴이 아닌 듯 부풀어 올랐다. 수진이와 예진이가 난폭한 엄마의 행동에 무서워서 울고불고 난리통을 이루자 놀란 이웃 사람들이 우르르 몰려와 무슨 영화 구경이라도 보는 듯이 모여들었고 두들겨 패는 언니를 그만하라며 말리기도 했다. 그러는 사이 낯선 여자와 짜맞추기라도 했는지 이내 형부가 들어와서는 낯선 여자 손목을 부여잡고 밖으로 나갔다. 그러자 언니는 집안에 문이라는 문은 꽁꽁 걸어잠그고 밤새도록 분이 안 풀려서인지 신세가 억울해서인지 밤이 깊어지도록 꺼이꺼이 한스러운 통곡의 울음을 울어야 했다.

간덩이가 부을 대로 부었는지 감히 어떻게 낯짝을 들고 그것도 야밤에 낯선 여자가 형부를 찾아 집에까지 오도록 만든 형부는 똑같이 미치광이가 됐는지 밤새 들어오지 않았다. 아무런 이유 없이 이런 수모를 당하고도 살아야 한다는 모진 목숨이 부질없다는 생각이 들었다. 그 이튿날 혼미해진 정신을 가다듬으며 수진이를 학교에 보내고 예진이 밥을 챙겨 주면서도 혼이 빠진 사람처럼 멍한 상태로 보내고 있는데 낯선 여자의 언니라며 두 여자가 찾아왔다. 언니는 대꾸할 힘도 없이 왜 왔느냐고 물으니 어젯밤에 찾아왔던 낯선 여자의 온몸과 얼굴이 얼마나 많이 맞았는지 사람 꼴이 엉망이 됐다며 무슨 일로 그렇도록 많이 맞은 것인지 화가 나서 알아보고자 왔다고 했다. 그러자 언니는 대뜸 주먹을 불끈 쥐고는 "오밤중에 술에 취해서 남의 가정에 기둥서방 찾아와 두들겨 맞은 것이 잘한 짓인가요? 그게 억울해서 찾아왔나요? 그럼 제가 고소라도 해 드릴까요?"라고 퀭한 눈을 부릅뜨며 윽박질러 대는 언니를 보고 낯선 여자의 두 언니는 더 이상할 말이 없었는지 "죄송합니다, 제 동생이 사람을 잘못 만난 것 같네요. 용서해 주세요. 두 번 다시 이런 일이 없도록 단단히 타이를게요."라고 말하고는 연거푸 용서해 달라는 말을 남기고 집에서 나갔다.

제법 괜찮게 벌어들이는 돈이 생기자 다른 여자에게 한눈이 팔려 온전한 가정은 나 몰라라 하고 밖으로 나도는 형부는 예전과 달리

건드리면 터질 듯이 살벌한 기세를 보이는 언니가 무서워서인지 점점 더 심하게 외박을 일삼고 있었다. 언니는 어디선가 다른 살림집을 차려 잦은 외박을 하는 것이라고 일축했다. 잦아졌던 외박 끝에 이제는 아예 집과는 담을 쌓았는지 줄곧 들어오지 않았다. 언니는 시간만 나면 화물 짐을 싣는 근처의 찻집과 식당 등을 돌아다니며 형부의 근거지를 찾아다니기 일쑤였다. 그러나 도통 어디에서건 형부의 모습은 찾을 수가 없었다. 집에 들어오지 않는 날이 길어지자 걱정스러운 마음이 들어 실종 신고를 해야 하는 것이 옳지 않을까 싶기도 했다. 그즈음 주위의 들려오는 소문으로는 형부를 시내버스 안에서 보았다고도 하고 먼 곳에 있는 시장에서 다른 여자와 장을 보는 모습을 보기도 했다고 했다. 같은 세상에서 부부가 다른 삶을 살고 있다는 기가 막힌 삶을 살아가고 있었다. 어디서부터 무엇이 잘못되어 가고 있는 것인지 형부의 배신감에 정말, 정말로 완벽하게 목숨을 끊고 싶었다. 하지만 맑은 눈동자로 엄마만 바라보는 수진이와 예진이를 보며 살아야 한다고 이를 악, 물어본다. 언니의 지독하도록 매몰찬 인생과 결판이라도 할 참으로 버텨본다.

해 바 라 기

언니가 사라졌다

이제는 조카들에게 아빠가 아닌
엄마가 자리를 비웠다는 사실이
TV에 나오는 연속극 얘기인 양
한편의 드라마를 연상케 했다.

형부의 흔적을 사방팔방으로 수소문해서 찾아봤지만 형부의 그림자조차도 눈에 띄지 않았다. 초등학교 4학년 수진이를 학교에 보내놓고 네 살배기 예진이를 데리고 할 수 있는 일을 찾기란 쉬운 일이 아니었다. 살길이 막막한 현실에 더 기가 막힌 일이 벌어지고 말았다. 예상치 못한 입덧으로 예진이의 동생, 셋째 아이를 임신한 사실을 알게 되었다. 하늘도 무심하시지 이 엄청난 난관을 지아비도 없이 어떻게 살아가란 말인지. 어느 누구를 붙잡고 하소연도 할 수 없이 엄청난 시련에 눈물 젖은 나날을 보내야 했다. 이따금 들려주시던 시고모님은 언니의 임신한 이야기를 들으시고는 당신의 조카가 집을 나가서 들어오지도 않고 소식도 두절됐는데 이게 무슨 일이냐며 낙태하라고 권하셨다. 그러나 언니는 시고모님의 말씀대로 따를 수가 없었다. 수진이와 일곱 살 터울로 임신해 아들을 바랐는데 아들이 아닌 예진이를 낳아 늘 불만이 많았던 형부의 탓도 있었지만 여린 언니의 심성으로는 힘든 상황이었지만 배 속의 아이를 죽이는 살인 행위는 도저히 할 수가 없었다. 시고모님은 안타까운 마음으로 또다시 예진이를 데리고 보험회사에 나오라고 하셨다. 비빌 언덕이라고는 시고모님뿐인 현실에서 언니는 두말할 이유도 없이 예진이를 데리고 보험 회사에 다니기 시작했다.

며칠에 한 번씩 한밤중에 전화벨이 울려서 받으면 아무런 말 없이 듣고만 있다가 끊는 전화가 오고 있었다. 어디에선가 나가 있는 형부가 세 모녀가 죽었는지 살았는지 안부가 궁금해선지 확인하는 행위인 듯했다. 언니는 얼마나 사람이 미치면 저런 짓거리를 할 수 있는 것인지 형부라는 사람이 짐승보다도 못한 인간으로 여겨졌다. 예진이를 데리고 보험회사에 다니며 버스비 한 푼이라도 아끼려고 먼 거리를 걸어 다니며 보험회사 사원분들이 챙겨 주는 빵 한 봉지 우유 한 팩도 아껴 먹이며 피눈물을 흘린다는 말을 실감하며 뼈저리게 아픈 시련의 삶을 살아내야 했다. 점점 불러오는 배를 감추려고 커다란 셔츠에 고무줄 바지를 입고 한여름 내리쬐는 햇빛 속에 버스비를 아끼려고 걸어 다녀서 언니의 얼굴엔 검은 기미가 잔뜩 덮였고 곱디고왔던 매무새는 찾아볼 수가 없었다. 엊저녁에 끓여 먹고 남겨

놨다가 이튿날 먹으려니 맛이 변해 버린 쉰 수제비도 고픈 배를 채우기 위해 먹어야 했고 버릴 수가 없었다. 눈물겹도록 사는 것이 안타까웠는지 이웃분들이 굶지 말라고 쌀 한 말씩을 사서 보태주기도 하셨다. 세월이 많이 흐른 어느 날 언니는 그때의 이야기를 들려주며 절실히 겪었던 배고픔 때문에 김치 국물도 버릴 수가 없었다며 사람으로서 살아서는 안 되는 삶을 어떻게 살아왔는지 아마도 모성애로 버텨 낸 삶이었다고 씁쓸한 미소를 지으며 눈시울을 붉혔다.

언니가 힘들게 다가오는 속 시끄러운 일로 걱정을 끼쳐 드릴까 봐 친정집에 통 연락을 안 한 지 오래 되자 이렇다 저렇다 아무런 연락이 없어 사는 것이 궁금했던지 느닷없이 큰오빠와 올케언니가 언니 집을 찾아왔다. 처음으로 언니 집을 찾아온 큰오빠 내외는 언니의 기가 막힌 현실에 할 말을 잊은 듯 천장이 무너지듯 꺼질 듯한 한숨을 내쉬었다. 얼굴엔 기미가 잔뜩 덮여 새까맣고 볼품없는 모습에 불룩해진 배를 쳐다보며 한심하다는 표정으로 측은한 마음이 들었는지 고기를 파는 식당으로 데려가서 먹고 힘내라며 돼지갈비를 사주었다. 처음으로 찾아온 남동생에게 못난 꼴을 보여서 몸 둘 바를 몰라 눈도 제대로 못 맞춰보며 모처럼 먹어보는 고기를 맛있게 먹는 수진이와 예진이를 보니 눈물이 흘러내리고 있었다. 큰오빠 내외는 누나인 언니에게 몸만 건강하면 살 수 있다고 마음 편히 가지라며 언니를 위로해 주고 가진 돈을 털어 언니 손에 쥐여주고는 아쉬운 발걸음으로 돌아갔다. 다녀간 큰오빠로부터 언니의 얘기를 전해 들은 엄마는 억장이 내려앉듯이 어찌할 바를 몰라 하셨고 "아비 없는 새끼를 어찌 낳아 어떻게 키우겠다고 저 지경을 하고 있냐."며 애끓는 속을 썩이고 있었다.

언니는 셋째를 임신하고 아침이면 무거운 몸으로 따라나서기를 짜증 내는 안쓰러운 네 살 박이 예진이를 데리고 보험회사에 다니며 근근이 삶을 지탱해 나갔고 병원에도 한 번 가보지도 못하고 추운 겨울이 시작될 즈음 11월 산달이 다가오고 있었다. 어린 수진이와 예진이를 두고 아이를 낳아야 한다는 생각에 보호해 줄 사람 하나 없어 불안하고 무서움이 엄습해 왔다. 할 수 없이 차마 말 한 마디 못하고 지냈던 엄마에게 와 달라고 부탁의 연락을 드렸고 엄마는 자식이 원수라며 언니 집에 들어서시며 태산 더미 같은 배를 안고 맞이하는 언니의 참담한 모습에 방바닥에 털썩 주저앉으시며 "영희야! 어쩌려고 살다가 어째 이런 일을 다 겪도록 한단 말이여. 이 어미가 전생에 무슨 죄를 저질렀기에 이런 꼴을 봐야 한단 말이여. 어째 살아야 할꼬."를 반복하시며 언니 손을 잡고 한 서린 통곡의 눈물을 흘리셨다. 언니도, 수진이와 예진이도 덩달아 울음바다를 이루었다. 다행으로 엄마가 오시고 하루가 지난 뒤에 출산 여부를 알리는 진통이 늦은 아침부터 오기 시작했고 그날 밤 안으로 출산을 할 것 같은 예감에 언니는 엄마와 수진이에게 주말 연속극 보고 아기를 낳고 전화할 테니 걱정하지 말라고 당부를 하고는 출산에 필요한 출산용품을 챙겨 일요일인 저녁 6시쯤 시내버스를 타고 둘째 예진이를 낳았던 병원으로 향했다.

병원에 들어서자 컴컴한 밤에 보호자도 없이 출산하러 왔다며 당직 의사 선생님이 의아해하는 표정으로 그동안 진료 여부를 물었고 셋째 임신으로는 진료 기록이 없고 둘째 예진이를 낳은 기록만을 보시고 이 진료 기록이 없었다면 받아 주지도 않았을 거라며 언니에게 겁도 없이 간도 크시다며, 가슴 시린 언니의 사정을 모르시고 하시는 말씀에 언니는 속울음을 울어야 했다. 그렇게 언니는 출산의 무서움보다 처절하도록 초라하게 늦은 밤까지 혼자만의 산고를 겪으며 셋째 아기를 낳아야 했다. 아기를 받아낸 의사 선생님께서 "건강한 왕자님입니다."라고 하시는 말씀이 꿈속에서 들려오는 노래 소리처럼 귓전을 맴돌았다. 힘든 노산의 산고로 기진맥진한 탓에 반가움도 느낄 수 없었다. 언니 곁에서 누구 하나 축하 인사말 한마디 수고했다고 손 한번 잡아주는 이 없는 기막힌 현실에 뜨거운 눈물만이 흘러내리고 있었다. 한참 동안 정신을 가다듬고 몸을 추슬러 병원 공중전화로 전화를 한다. 신호음이 가자마자 받는 수진이의 다급한 목소리가 들린다. "엄마! 아기 낳았어? 남동생이야, 여동생이야?" "응, 남동생이야." "남동생이네." "엄마! 할머니가 바꾸래." "수진 엄마야! 몸은 괜찮은 거여? 아기도 건강하고? 아들 낳은 게 맞는 말이여? 아이고~ 고생했다. 참말로 잘했구먼." "엄마! 걱정하시지 말고 내일 갈 테니까 편히 주무세요." 자정이 가까운 시간에 아기를 낳아서 그날 밤을 병원에서 보내야 했다. 안부를 알리는 전화를 끊고는 거대한 산을 넘어왔다는 생각에 홀가분하게 비워낸 배를 만지며 옆에 자그만이 자고 있는 아기를 바라보니 무슨 인연법으로 언니 몸을 빌어 세상 빛을 보려는지 처량하고 가엾어서 하염없이 눈물이 흘러내렸다.

무슨 운명으로 이 아기가 이렇게 험난한 운명 속에 언니로 인해 세상 빛을 봐야 하는지 가련한 생각에 또 다시 넘어야 할 운명의 높은 산들이 눈앞에 이르는 것에 그저 눈앞이 캄캄해졌다. 출산한 이튿날 온전하지 못한 몸으로 아기를 안고 택시에 몸을 실어 집에 들어서니 엄마는 소리 없는 눈물을 억지로 감추시며 혼자서 새끼를 낳아 품에 안고 들어선 가여운 딸자식이 애달파 언니를 쓰다듬으며 이부자리를 깔아 놓은 아랫목에 어서 누우라고 권유하셨다. 뜨끈뜨끈한 미역국을 끓여 놓으셨다가 떠와서는 식기 전에 푹푹 먹으라고 하시며 아무 탈 없이 건강한 아기를 낳아서 다행이라고 하시며 몸만 성하면 살수 있으니 아무 걱정 말고 미역국하고 밥 많이 먹고 어서어서 쾌차해야 된다고 하신다. 수진이와 예진이는 올망졸망한 아기 동생을 신기한 듯 바라보고 귀엽다며 생글생글 웃으며 좋아했다. 언니는 임신으로 생긴 치질이 출산하면서 상처를 입어 덧이 나 앉기도 불편해했고 아픔에 고통스러워했다. 엄마는 굵은 소금을 볶아서 스테인리스스틸

요강에 넣어 테두리에 수건을 얹고 소금 열로 치질을 가라앉히게 하셨다. 그리도 원했던 아들을 낳았음에도 기쁨보다 눈물겨운 산후조리를 해야 했다. 3주일 정도 산후 뒷바라지를 해주던 엄마도 언제까지 머무르고 계실 수는 없는 실정이라 떨어지지 않는 발걸음으로 언니 곁을 떠나와야 했다.

엄마가 몸이 건강해야 살 수 있다며 한동안 몸조리를 단단히 해야 한다고 마련해 놓고 가신 미역과 쌀, 발길이 안 떨어져서 손에 쥐여준 제법 많은 돈에 의지하며 살아야 하는 상황, 두 딸에 아들까지 낳아 여느 가정 같으면 얼마나 다복한 생활을 하련만 엄마마저 집으로 돌아가시고 나니 여기저기에 엄마의 그림자가 어른거린다. 허전하고 텅 빈자리에 덩그러니 남아 있는 수진이와 예진이, 거기에 핏빛도 채 가시지 않은 갓난 아기를 품에 안고 살아가야 할 일에 눈앞이 캄캄해 왔지만, 이제는 크게 두려움도 들지 않았다. 배가 남산만큼 불러서도 먹고 살아왔는데 세상에 나온 아기를 데리고 어떡하든 살아내야 한다고 언니는 모진 결심을 한다. 주위에서 가련한 듯한 시선으로 바라봤지만 고달픈 날들을 겪어왔던 언니는 앞으로 겪어야 할 그 어떤 시련도 두려워하지 않았다. 그 와중에 발신자가 형부일 거라고 짐작되는 전화가 이따금 걸려왔다. 하루는 수화기를 든 수진이가 "아빠! 맞지. 엄마가 남자 동생 낳았어. 아빠! 언제 집에 올 거야!"라고 하니 듣고만 있다가 전화를 끊었다고 한다. 말 한마디도 할 수 없는 무책임한 아빠라는 것을 알고 있기라도 하는지 그렇게 듣기만 하고 끊는 전화는 예전보다 자주 걸려 오고 있었다.

어린 세 아이를 데리고 어떡해서라도 살아가야 한다는 생각으로 동사무소에 찾아가 도움의 손길이 있으려나 알아봤지만, 형부가 집을 비운 지 오래되었고 어린아이들을 돌봐야 하고 일을 할 수가 없어서 생활이 어렵다는 언니 말에 동사무소 직원의 말은 실종 신고도 안 되어 있고 호적상으로 아무 이상이 없어서 아무런 도움을 드릴 수가 없다고 했다. 처해진 현실이 막막할 따름인데 어디에서도 도움의 손길을 바라볼 수가 없었다. 다만 큰오빠, 작은오빠, 인희, 연희가 간간이 보내주는 돈이 있어 생활을 지탱해 가고 있었다. 부모, 형제, 자매의 변함이 없는 핏줄의 힘으로 연명해 가며 옹알이하던 셋째인 혜성이가 백일이 지나가고 예닐곱 달이 넘어 기어 다니며 스스로 앉기도 할 만큼 자라도록 형부는 돌아오지 않았다. 간간이 이어지던 듣고만 있다가 끊는 전화는 집에 들어오려는 마음이 들어선지 하루가 멀다 하고 걸려 왔다. 형부를 기다리다 지칠 대로 지쳐버린 언니는 할 수 없이 예진이를 인근에 있는 교회에 설립된 선교원 어린이집에 보내놓고 적은 돈이라도 벌어야 했고 다른 일을 할 수도 없는 상태로 또 다시 셋째 혜성이를 등에 업고 보험회사에 나가기 시작했다. 그때만 해도 어린 아이들을 걸리고 업고서 보험회사 다니는 젊은 아기 엄마들이 제법 눈에 띄게 보일 때였다. 셋째를 임신하고 예진이를 데리고 다녔던 보험회사에 이제 셋째를 등에 업고 또다시 들어오자 사원들이 반가워 하며 한편으론 안타까운 시선으로 바라봤다.

언니의 집안 사정을 알고 있는 사원들은 신문 기사에 날 정도로 있을 수 없는, 있어서도 안 되는 기가 막히게 고달픈 시련을 겪고 있는 언니를 보고 동정심에 앞서 '왜 고생을 사서 하느냐'고 '미련한 짓'이라고 수군거리기도 하였다. 바보 같다고 비아냥거리는 소리에도 들리지 않는 듯 언니는 꿈쩍도 하지 않았고 세 아이들과 먹고살아야 한다는 문제가 코앞에 놓여 있어 어떤 비난의 소리에도 아랑곳하지 않았다. 이렇게라도 살아갈 수 있다는 것에 감사하며 아침이면 수진이 도시락을 싸서 학교에 보내고 셋째를 등에 업고 예진이를 어린이집에 데려다주고는 바쁜 걸음으로 두, 세 정거장을 걸어서 보험회사를 다녔다. 그러던 중 무슨 이유에선지 젖먹이였던 혜성이가 몇 날 며칠이 지나도록 멈추지 않는 묽은 변, 설사를 하기 시작했다. 안 되겠다 싶은 마음에 소아·청소년과에 들려 진찰하니 언니가 먹는 음식이 영양가가 없어서 모유에 부족한 영양으로 설사가 이어지는 것이라고 했다. 그 말을 듣고 언니는 설사를 멈추게 한다고 하는 그때만 해도 비싼 바나나와 홍시 감을 사서 먹이고 시장에서 새끼를 위해 무청 시래기를 얻어와서 눈물을 머금고 끓여 먹으며 여러 날 반복한 결과로 혜성이의 설사가 멈추게 되었다. 형부가 집을 비운 지 이 년 여의 세월 가까이 흐르자 이제는 아이들도 당연히 아빠 없이 사는 생활이 익숙해졌는지 아빠

를 찾지도 않았고 저녁이면 옹기종기 세 아이와 모여앉아 아이들의 재
롱으로 다소나마 시름을 달래며 그날그날을 살아가고 있었다.

　부모님께서 오랜 시일 동안 들어오지 않는 형부를 기다리고 고생하
며 살고 있는 언니에게 세 아이들을 데리고 모두 다 정리하여 친정집
으로 들어오라고 하셨다. 부모님께서 멀쩡히 두 눈 뜨고 살고 있는데
딸자식이 피눈물 흘리며 사는 꼴을 더는 보고만 있을 수가 없다고 하
시는 말씀이셨다. 그럼에도 언니는 죽어도 아이들과 같이 죽을 거라
며 부모님 얼굴에 먹칠까지 하고 싶지 않다며 꿈쩍도 하지 않았다. 그
런 세월이 흐르는 동안 큰오빠도 두 아들과 탄탄한 기반을 잡고 잘
살고 있고, 작은오빠는 아들 둘을 낳고 배우의 생활을 반듯하게 하며
서울이라는 대도시에서 자리 잡고 살았다. 언니 사랑을 끔찍이도 소
중히 여겼던 인희는 부모님 다음으로 소중한 언니의 고달픈 결혼 생
활이 머리에 박혔는지 아니면 형부 같은 남자를 만날까 봐 두려워선
지 결혼 얘기는 꺼내지도 말라며 스스로 학비를 벌어서 대학 공부를
마치고, 혼자서도 여러 방면으로 재능을 발휘하며 극작가로서 자신을
반듯하게 세워 나가는 딸이어서 부모님은 걱정하지 않으셨다. 그런 인
희는 언니가 걱정스러워 자주 전화 연락으로 안부를 주고받고 수시로
생활에 보태쓰라고 제법 되는 돈을 보내주곤 했다. 부모님의 가장 큰
버팀목이었던 막내 연희도 동료 교사와 결혼하여 행복한 결혼 생활을
하고 있었다. 언니만이 부모님의 마음을 아프게 하는 걸림돌이 되어

날이면 날마다 잠 못 이루는 날들을 보내셔야 했다. 틈틈이 아버지가 알게 모르게 엄마는 언니에게 알뜰히 모아둔 돈을 부쳐 보내곤 안도의 숨을 고르고는 하셨다.

그런 날들을 보내던 어느 날 낮부끄러웠는지 밝은 대낮을 피해 한밤중에 문을 두드리는 소리에 언니가 나와보니 형부가 우두커니 서 있었다. 언니는 순간 놀랍기도 하고 의아해서 멍하니 형부를 바라봤다. 옅은 미소를 지으며 들어서는 형부를 아무 말 한마디 못하고 보고만 있었다. 아니, 말이 나오지 않았다고 해야 맞는 말이었다. 꿈인지 생시인지 분간할 수가 없었다. 잊혀갈 즈음 뜬금없이 마주하는 아빠라는 사람을 수진이와 예진이는 데면데면하며 다가서지를 않았다. 형부는 "우리 수진이 많이 컸구나. 예진이는 더 예뻐졌네!"라고 말하며 안아보려고 팔을 벌려 가까이 다가섰지만 두 딸은 뒷걸음질 치며 어리둥절한 표정으로 멀찍이 물러나 앉았다. 어이가 없다는 듯 눈물을 글썽이며 언니가 내놓은 말은 "이참에 이혼하고 영영 인연 끊고 삽시다. 이제는 간 졸이며 사는 것도 지긋지긋하고 바라볼 건덕지도 없으니 인연 끊고 사는 것이 속 편한 일이라고요."라고 말하고는 분하고 서러움에 울음이 터져버렸다. 수진이, 예진이도 덩달아 쏟아지는 울음이 터져 눈물바다를 이루었다. 형부는 자신의 잘못을 아는지 모르는지 방 한쪽에 누워 잠이든 혜성이를 눈물을 머금은 아련한 눈빛으로 바라보며 머리를 쓰다듬고 어루만지고 있었다. 시간이 흘러 수진이와 예진이가 잠자리에 들고 형부가 비어 있던 자리에 누워있자 언니는 불편해진 어색함으로 잠을 이루지 못하고 있었다. 어디서 무엇을 하며 어떻게 살다 왔는지에 대해서도 궁금하지 않았다. 형부 스스로도 집을 비워야 했던 어떤 이유의 말도 하지 않았다. 며칠이나 있다가 다시 나가버릴 사람이라고 각인되어 있어 지아비라고 기대고 싶은 한 치의 기대감도 들지 않았다. 언니는 두 번 다시 형부에게 의지하며 살지는 않을 거라고 마음속으로 혼자만의 단단한 결심을 하며 깊은 잠이 들 수 없는 밤을 보내야 했다.

언니는 아무 말 없이 아침밥을 대충 준비해 수진이, 예진이를 챙겨 먹이고 형부의 밥상을 봐주고는 집에 들어온 형부가 있든 없든 평상시와 똑같이 수진이를 학교에 보내고 혜성이를 업고 예진이를 어린이집에 데려다주고는 머릿속이 텅 빈 듯 아무 생각 없이 보험회사로 향했다. 마음속으로 없는 사람이라고 여겨야 된다고 믿지도 말고 살아가야 한다고 다짐하면서 발자국을 뗀다. 아마도 며칠 있으면 소리 없이 분명히 또 나가버리고 없을 사람일 거라고 이미 가슴 깊이 뿌리 깊게 박혀서 반가움도 작은 애정도 느껴지지 않았다. 집을 나간 지 2년 여 만에 돌아온 사람이 돈을 벌어 온 것도 아니고 어디서 무엇을 하며 살다가 들어와서는 없는 돈뭉치라도 들고 나갈 참인지 모를 속셈이라서 도통 더 이상 믿고 살 수가 없다는 생각에 이혼하고 없는 사람으로 사는 것이 나을 것 같았다. 아마도 형부가 없는 동안 사는 게 힘들어 언니와 두 딸, 그리고 배 속에 아이를 품은 채 죽음을 택했더라도 형부는 나 몰라라 하고도 남을 사람이라고 여겨질 만큼 언니는 형부에게 한 치의 희망적인 바람마저도 들지 않았고 그가 딴 세상 사람처럼 여겨졌다. 어정쩡한 모습으로 다만 세 아이의 재롱으로 인해 간혹 입가에 미소를 띄우며 하루하루 살얼음판을 걷는 듯한 날들을 보내야 했다.

며칠을 집안에 틀어박혀 있던 형부는 어디를 다녀오겠다며 나가서는 이삼일이 지나 들어왔다. 이제 지긋지긋하게 애간장 저리며 지옥 같은 삶을 살지는 않으려고 미덥지 않은 지아비 없이 굳은 마음으로 살기 위해 이혼하자는 언니의 말에 형부는 아랑곳하지 않았고 일자리를 알아보고 다닌다고 말한 지 여러 날이 지나서야 큰 화물 트럭 기사로 일자리를 얻고 형부 나름대로 성실한 면모를 보여주려 애쓰는 듯한 모습으로 가장의 자리매김을 채우려 최선을 다하는 것 같았다. 점차 형부의 바뀐 태도에 언니도 혜성이를 업고 힘들게 다녔던 보험회사를 그만두고 아이들을 돌보며 살림살이에 여념이 없었다. 다소나마 느껴보는 행복이라는 단어가 조금씩 실감이 나고 있었다. 가슴 시렸던 시련의 아픔들이 언제 적 얘기였는지 눈앞에 놓인 곶감이 우선이라고 달달한 곶감으로 지난 세월 아픔들이 멀어져 갔다. 형부가 돌아온 지 두 달여가 지나서 혜성이의 첫돌이 되었다. 아들인 혜성이의 첫돌을 무의미하게 흘려보낼 수는 없었는지 언니는 최선을 다해 음식을 마련하여 첫돌 상을 차려주고 형부가 집을 나가고 두 딸아이와 불러오는 배로 힘들게 사는 것이 안타까워 틈틈이 먹을 것과 마음을 써준 이웃들에게 첫돌 음식을 나누어 전해 드렸다. 이웃분들도 형부가 돌아오고 혜성이의 첫돌 잔치에 참으로 다행스럽다며 언니에게 고생한 보람의 덕택이라고 감사해하셨다.

처음으로 혜성이의 첫돌기념 사진 겸 가족사진을 찍었다. 언니를 각별하게 생각하는 인희가 엄마와 함께 형부도 돌아오고 혜성이의 첫돌을 맞아 큰맘 먹고 언니 집을 찾아왔다. 수진이와 예진이는 항상 전화상으로 염려해 주고 금전적으로도 살뜰히 챙겨 주던 외할머니와 이모인 인희의 방문에 무척이나 좋아했다. 형부가 일을 마치고 돌아와 저녁밥을 먹는 자리에서 엄마와 인희는 다시는 언니를 아프게 하지 않겠다는 각서를 쓰라고 종용했다. 그 말을 들은 형부는 무안해하며 각서를 쓰지 않아도 앞으로 절대 그런 일은 없을 거라며 엄마와 인희에게도 미안하다고 하며 많이 애써주고 도움 줘서 고맙다고 했다. 엄마나 인희는 믿음이 가지 않지만 믿어보겠다고 했고 또다시 나쁜 행동으로 언니를 대하면 사위나 형부라고 생각도 않을 거고 아이들도 고아원에 보내고 언니를 데려갈 것이라고 엄포를 놓았다. 형부에게 이렇게 말하는 엄마와 인희 옆에서 착한 언니는 그만하라고 눈짓을 보냈다. 그러자 인희는 대뜸 "세상에서 해선 안 될 고생을 다 하고도 언니는 아직도 제정신이 안 드는 거야! 두 번 다시 형부의 무책임한 꼴을 난 더 이상 못 봐준다고." 언성을 높였다. 언니를 지키려는 마음에서 엄마, 인희는 형부에게 특별한 마음의 각오라도 받아내야만 속이 편안해질 것 같았다. 이런 엄마, 인희의 모습에 수진이와 예진이가 놀란 눈빛으로 정색을 하며 형부와 언니, 엄마, 인희의 얼굴을 번갈아 바라보며 안 좋은 일이라도 생길까 눈치를 보고 있었다.

인희가 형부가 미덥지 않아 언니의 살아갈 일을 걱정하자 곁에 있던 엄마가 형부에게 몸 성히 돌아와 줘서 한시름 덜었다며 애들 커 가는 것을 봐서라도 이제부터라도 정신 바짝 차리고 열심히 살아야 한다고 거듭 강조하며 말했다. 그렇게 형부가 정신 차리고 잘 살아주길 바라며 저녁 밥상을 물리고 언니는 오랜만에 만나보는 엄마와 인희에게 힘들게 살아왔던 이야기를 들려주며 아마도 부모, 형제가 없었다면 극단적인 행동으로 이 세상 사람이 아니었을 거라고 했다. 힘들 때마다 도움을 준 엄마는 물론이고 인희의 손을 잡으며 잊지 않겠다고 못난 언니로 힘들게 해서 미안하다고 했다. 이제는 언니 걱정 말고 좋은 사람 만나서 더 늦기 전에 결혼해야 한다고 한다. 그러자 인희는 언니 사는 거 보니 결혼하고 싶은 생각조차도 들지 않는다며 내 걱정은 하지 않아도 된다고 일침을 놓았다. 그러잖아도 인희는 요즘 들어 갈팡질팡 마음을 잡지 못하고 있었다. 대학 다닐 때부터 해왔던 산악 동아리에서 주말마다 등산을 하면서 자주 만나게 된 선배인 남친과 가끔 만나서 마음을 주고받게 되었고 여태까지 느껴보지 못한 각별한 애정도 느껴져 인희 스스로 이건 아니라고 도리질하면서도 뭔가 모르게 남친에게 빠져들고 있었던 것이다. 여러 날 만남이 지속되던 중 선배 언니로부터 남친의 사생활 얘기를 듣게 되었다. 남친한테서 들어보지 않았던 생각지도 못한 얘기를 듣고 말았다.

　선배인 남자친구는 결혼한 지 7년 만에 이혼하고 아이가 둘이나 딸려 있다고 했다. 남친의 어머니가 아이들을 돌봐주고 살림을 도맡아 하신다고 한다. 인희는 선배 남친에게서는 전혀 들어보지 않았고 인희처럼 독신주의라고 했던 남친 말이 거짓이었다는 말에 어안이 벙벙했다. 자존심 때문이었는지 아니면 인희를 놓치지 않으려는 마음에서 속였던 건지 이런 남친의 사생활을 알게 된 후에도 인희는 남친에게 물어보지도 못하고 언젠가는 남친 스스로 말해 줄 거라고 믿고 있었다. 만남을 지속하면서 결혼 얘기를 하지 않았던 남친의 의도를 조금은 이해가 되었다. 인희는 한편으로 이혼남이라는 남친이 안쓰럽게 느껴졌다. 가슴속에 아픈 상처를 지니고 겉으로 표출하지 않으며 나이 든 노총각으로 인희를 대해야 했던 남친의 아픈 마음이 인희에 마음을 아프게 했다. 굳이 속내를 드러내지 않는 남친을 탓하고 싶지도 않았다. 결혼을 전제하지 않고 선배 남친으로 산악 동아리 친구로 만나면 될 뿐이라고 생각하면서도 자꾸만 무엇인가에 끌리는 듯한 가슴앓이에 인희는 "사랑이라는 단어가 이런 마음

일까?"에 고뇌하게 되었다. 이런 복잡한 마음에 차올라오는 말로 혹여나 들킬까 봐 입을 꾹 다물고 처연한 듯 언니의 하소연을 듣는 둥 마는 둥 하다 잠이 들었다. 날이 밝아 인희가 나서려 하니 수진이, 예진이가 가지 말라고 손을 잡고 놔주질 않는다. 여름 방학 때 꼭 다시 온다고 약속을 하고 엄마는 언니 집에 며칠 더 머무르신다고 해서 인희만이 언니 집을 나섰다.

얼마나 시간이 흘렀어도 형부는 원했던 아들인 혜성이 덕분인지 제정신을 차렸는지 한동안 딴짓 없이 여느 집 성실한 가장처럼 생활해 가고 있었다. 그러나 생활비는 예나 지금이나 정해진 금액 없이 여전히 푼돈을 건네주었다. 다섯 식구에 생활비가 만만치 않게 들어가는데도 늘 부족한 생활비에 언니는 엄마나 인희에게 수시로 손을 벌리곤 했다. 엄마와 인희는 언제나 언니의 버팀목으로 언니의 손에 돈을 보내줘야 했다. 끊을 수 없는 '보이지 않는 쇠사슬이 묶인 것'처럼 끊기지 않는 핏줄의 사슬이었다. 그렇게라도 가정이란 울타리를 지켜나가 주길 바라는 마음에서 반복될 필요를 채워줘야 했다. 장거리 화물짐으로 정해진 날보다 이삼일씩 늦게 집에 오는 형부를 언니는 또 다른 곳에 눈을 팔고 있다는 직감을 하면서 모른 척 덮어두고 지냈다. 이미 마음속에서 벗어나 버린 지아비였기에 괘념치 않았다. 텅 빈 가슴속 빈자리를 달래보기라도 하려는 듯 언제부턴가 언니는 혜성이를 데리고 버스를 타고 먼 곳에 있는 절에 스님을 찾아뵈러 다니곤 했다.

예전에 형부가 오랜 시일 동안 집에 돌아오지 않을 때 지인으로부터 알게 되어 힘들어 못 견딜 지경일 때 찾아갔던 스님이었다. 스님을 뵈러 온 언니를 그윽하고 애잔한 눈빛으로 안쓰러움에 그저 어깨를 쓰다듬어 주시며 힘든 걸음을 옮겨 왔다고 편안한 마음으로 머물다 가라고 편안한 자리를 만들어주셨다.

아마도 스님은 언니를 알고 난 뒤부터 언니의 평탄치 않은 삶을 예견하고 계셨을 거다. 언니에게 대놓고 직접적으로 말을 하지 못했을 뿐 언니를 바라보는 스님은 가슴 저린 팔자소관을 속일 수 없어서 안쓰러움이 가득한 눈길로 바라보고 계셨다. 언니는 언제부턴가 이곳 절에 오면 내 집인 양 아무런 걱정 근심 없이 아늑한 고향 집처럼 느껴졌다. 그저 부처님 전에 모든 것을 내려놓고 정진하고 싶은 절실함, 내면에 알지 못하는 무언가가 언니를 잡아 이끄는 듯 만사를 제쳐두고 머무르고 싶은 마음이었다. 따라온 혜성이도 산 중턱에 위치된 절 주변에 이름 모를 나무와 꽃들에 신기해하며 여기저기 두리번거리며 상기된 얼굴로 마냥 즐거워했다. 이렇게 스님을 만나 뵙고 하루, 이틀 절에 머무르다 오면은 언니의 텅 빈 가슴이 조금이라도 달래졌는지 생기 있는 얼굴이 되어 삶의 활력소를 찾곤 했다. 그러나 처한 현실을 마지못해 억지의 삶을 살고 있다는 언니 아닌 또 다른 언니가 언제부턴지 부메랑이 되어 혼자이고 싶다는 생각이 내면에서 점점 더 커져가고 있었다. 그렇게 마음이 떠 버린 채로 하나도 아닌 세 아이를 돌보며 집에서 입고 간 옷이 아닌 다른 옷을 입고 들어오고 언니 눈치를 보며 몰래 전화 통화를 수시로 하는 형부의 미심쩍은 행동으로 분명 어딘가에 다른 살림집을 차려 놓고 이중생활을 하고 있다고 확신이 들게 하는 처사에 언니는 가슴에 시퍼런 멍울이 져 소리 없는 아픔을 겪어야 했다. 무엇이 잘못됐고 원인이 무엇인지 건강하게 잘 자라 주는 세 아이와 알뜰살뜰히 야무지게 살림살이하는 언니인데 무엇이 부족해선지 밖으로 도는 형부를 알다가도 모를 심정으로 죽고만 싶을 때가 한두 번이 아니었다.

하루가 다르게 커가는 세 아이들에게 보람을 느껴보려 애쓰며 하루하루를 지내던 어느 날 막내 연희가 다급한 목소리로 아버지가 오래전부터 앓고 계시던 지병으로 병원에 입원하셨는데 위독한 상황이 되어 며칠 못 넘기실 듯하고 언니를 찾으신다고 빨리 오라는 전갈을 전해왔다. 갑자기 전해 들은 아버지의 위독 상황에 멍하니 시간이 멈추어진 것 같았다. 이렇게 돌아가시면 안 되는데 자식 된 도리로 효도는커녕 불효만 끼쳐 드려 뵈올 낯짝도 없는데 어찌해야 될지를 몰라 한참을 멈추지 않는 눈물을 흘리며 멍하니 앉아 있었다. 위독한 상황에서도 못난 자식 얼굴을 보시려고 찾으신다는 아버지를 생각하니 미어져 오는 죄스러움에 옭을 죄어 오는 통곡의 울음이 복받쳐 올랐다. 정신을 가다듬고 형부에게 학교 가야 하는 수진이를 맡기고 예진이와 혜성이를 데리고 부랴부랴 고속버스에 몸을 실어 아버지가 누워계신 병원으로 향했다. 언제 적에 뵙던 아버지인지 건강하셨던 모습을 잃고 병원에 누워 백지장 같은 얼굴에 앙상한 뼈와 거죽만 남은 아버지의 모습에 가슴이 무너져 내리는 듯 애간장이 타들어 갔다. 모두 언니가 너무 많은 불효를 끼쳐서 이런 지경에까지 이르게 된 것 같아 죄스러운 눈물이 한없이 흘러내렸다. 아버지는 눈물범벅이 된 언니 손을 잡으시며 숨이 곧 넘어갈 듯하신 목소리로 띄엄띄엄 힘들게 한 마디씩 "내 딸 영희가 왔구나. 얼마나 보고 싶은 줄 모른다. 애들 아비도 돌아와서 다행이고 이제라도 맘 맞춰서 잘 살면 되는 것이야. 몸 성하면 다 사는 것이야. 서로 맘 아프게 하지 말고 잘 살아야 혀. 그리고 울지마라. 어차피 한 번 왔다가는 인생 지사 아니냐! 내 딸 얼굴 봤으니 이젠 죽어도 여한 없다." 하시며 언니 손을 꼭 잡아주셨다.

위독한 상황에서 언니를 찾으시던 아버지는 언니를 보고 난 뒤 마음에 안정을 찾으셨는지 한고비를 넘기시고 회복되는 듯한 기미를 보이셨다. 이삼일을 친정집에 머물던 언니도 아버지의 병세가 좋아지는 차도를 보고 조금은 안심이 되어 집으로 돌아왔다. 집에 돌아온 지 일주일이 채 지나지 않았는데 이번엔 큰오빠가 연락을 취해왔다. 병세의 차도를 보이던 아버지는 언니가 왔다 가고 삼 일이 지나서부터 다시 위급한 상태가 되어 병원에서 임종이 가까웠다고 집으로 모셔갈 것을 권유했다고 한다. 그 시절에는 병원에서 장례를 치르지 않고 집에서 장례를 치르는 일이 다반사였다. 언니가 와서 아버지의 마지막 모습을 보고 염殮을 해야 한다고 되도록 빨리 오라는 급한 상황을 전해왔다. 속절없이 속을 썩여도 자식이라고 언제나 살갑게 보듬어 주시던 아버지를 이제는 두 번 다시 뵈올 수 없다는 절박함에 하늘이 무너져 내린 것 같았다. 억장이 내려앉는 심정으로 눈물이 앞을 가렸다. 돌아가시기 전에 딸자식 얼굴 한번 보고 안쓰러운 딸에게 잘 살아주길 바라는 바람으로 당부의 말씀 한마디라도 해주시려고 애타게 찾으셨던 딸을 보시고 이제는 편안히 하늘나라로 가시는가 보다. 큰딸로 태어나 못난 딸이 되어 효도 한번 못해 드렸는데 기다림에 지치셨는지 못난 딸자식 때문에 애끓는 가슴앓이만 하시다가 이렇게 속절없이 세상과의 이별을 하신다니 이 불효자식이 부모님께 지은 죄를 어찌 갚아야 한단 말인가? 언니는 집에서 나서서 친정집에 들어설 때까지 눈물이 마를 새 없이 흐느껴 울었다. 안방에 평온하신 얼굴로 눈을 감으신 아버지의 마지막 얼굴을 손으로 어루만지며 자식의 도리를 다하지 못한 죄스러움에 한 맺힌 통곡에 울음을 쏟아냈다.

형부도 장인이신 아버지께 가슴앓이를 하시게 한 못난 사위의 죄스러움 때문인지 꺼이꺼이 목젖을 젖히는 울음을 토해냈다. 되돌릴 수 없는 아버지의 장례 삼우제까지 모시고 집에 돌아온 언니의 집안은 불효자식의 후회스러움으로 아버지를 잃고 한 맺힌 삶이 서러워 말 한마디 붙이고 싶지 않은 형부와 언니의 태도에 싸늘한 기운이 맴돌았고 언니는 살아야 하는 이유가 도대체 무엇인지 삶의 의미를 잊어버린 듯 혼이 나간 사람처럼 간신이 아이들의 뒷바라지를 하고 있었다. 모든 걸 잊고 어디론가 훌쩍 떠나서 혼자이고 싶은 마음이 간절해 왔다. 부부 사이에 이렇다 저렇다 삶을 살아가는 이야기나 아이들에 관한 얘기조차도 나누는 일이 없었고 어딘가에 숨겨져 있는 언니가 알지 못하는 여자와 언니 눈을 피해 가며 소통을 나누고 이따금 머물다 온다는 그것을 확신이 들 만큼 행동하는 형부에게 정이라고는 손톱만큼도 남아 있지 않았고 다만 아이들의 아비라는 피할 수 없는 팔자소관(八字所關)이 원망스러울 뿐이었다. 그런 형부를 처연한 모습으로 바라볼 수밖에 없는 언니는 소름이 돋을 만큼 적대심이 들었다. 세상천지에 누구도 알아주는 이 없는 언니 혼자 동그마니 남아 숨을 쉬니까 할 수 없이 살아가고 있다는 서글픔이 가득히 몰려왔다. 한 번씩 동생 인희에게 전화 통화로 속앓이 하소연을 털어놓는 게 마음을 다스리는 유일한 방법이었다. 어딘가로 떠나고 싶다고 울음 섞인 애절한 언니와의 긴 전화 통화로 특별히 전할 말이라고는 없어도 언니를 위로하고 달래주며 밝은 마음이 들도록 아이들하고 바깥바람도 쏘이고 활력을 찾아보라고 권유하며 인희는 언니를 칭얼대는 밑에 동생 달래주듯이 달래며 길어지는 통화를 마무리해야 했다.

선배 남친이 아이가 둘 딸린 이혼남인 정체에 대해 자존심 때문인지 말해 주지 않고 인희와의 만남을 이어가자 그런 사연을 알고 있는 인희는 한편으로는 안쓰러웠고 한편으론 자신이 결혼 대상이 아니라 굳이 말할 필요성을 느끼지 못하고 있는 것인지 헷갈렸다. 남친의 그런 태도에도 내색을 비추지 않고 만남이 이어지면서 노처녀인 인희는 남친에게 사랑을 느꼈고 아무도 모르게 속이 타들어 가고 있었다. 정작 의논을 나누고 하소연하고 싶은 인희는 언니가 마음을 다 잡지 못하고 무엇엔가 홀린 듯 마음 뜬 듯이 억지 춘향으로 하루하루를 보내고 있다는 말에 왠지 무슨 일이라도 있을 것처럼 석연치 않았고 걱정스러웠다. 아버지를 여의고 홀로 남으신 엄마는 꾸려가던 조그만 가게를 그만 접으라는 자식들의 말을 듣지 않으셨다. 할 일이 있어야 몸을 움직거리고 아픈 데도 덜어진다고 하시며 쉬엄쉬엄 꾸려 나가실 거라고 하셨다. 큰오빠는 가게를 이어가시려는 엄마의 고집을 꺾을 수가 없었는지 친정집에서 멀지 않은 거리에 사는 막내 연희에게 친정집으로 들어와 살아 달라고 부탁했고 연년생 자매를 둔 연희 내외도 두 딸을 키우는 데 외할머니가 곁에 계시면 좋다고 큰오빠의 부탁을 마다하지 않고 흔쾌히 받아들였다. 엄마를 위해 아버지의 빈자리를 연희네 가족으로 채웠으나 부족함이 없는 자식들 중 노처녀로 남아 있는 인희가 엄마의 노심초사가 되어 '세월 다 보내고 언제 시집을 갈 것이냐'며 최고의 걱정거리로 남았다.

형부가 집을 비우고 돌아오지 않을 때는 부모님과 두 오빠와 인희, 연희가 언니의 걱정으로 일관하다시피 하며 서로 언니를 도우려고 애를 썼다. 그런 애달픈 날들이 지나고 형부가 돌아온 뒤로 한시름을 덜은 듯 언니가 앓고 있는 가슴속 사연을 모르고 노처녀인 인희의 결혼 재촉으로 관심사가 바뀌었다. 단지 인희만이 안정을 찾지 못하고 마음이 벗어난 채로 수시로 하소연을 일삼는 언니의 태도로 불안감을 안고 걱정을 하고 있었다. 그러던 어느 날 중학생이 된 수진이가 훌쩍거리는 울음소리로 전화를 걸어왔다. 언니가 수진이에게 동생들을 맡기고 절에 다녀온다고 나간 뒤로 온다고 하던 날짜가 지나도 돌아오지 않는다는 어쩔 줄 몰라 하는 안쓰러운 말을 했다. 예전에도 동생들을 데리고도 절에 다녀왔고 언니 혼자 절에 다니러 갔다 올 때도 있었는데 이번에는 온다는 날이 지나고도 돌아오지 않자 형부가 이모인 인희에게 전화해 보라고 시켰다고 했다. 수진이의 전화를 받고 언니가 하소연할 때마다 가끔 비추었던 "인희야! 만약 내게 무슨 일이 일어나면 세 아이 부탁한다. 부탁할 곳이 너밖에 없구나. 미안해." 이런 말을 하곤 했었다. 그럴 때마다 인희는 "언니! 말도 안 되는 소리 하지 말고 정신 바짝 차리고 잘 살아야지! 언니가 어떻게 살아왔는데 이제 와서 무슨 엉뚱한 말을 하는 거야. 그런 부탁 난 몰라, 안 받아들일 거야!"라고 대응했던 말이 훅하니 둔기로 머리를 맞은 듯 아무 생각을 할 수가 없었다. 이제는 조카들에게 아빠가 아닌 엄마가 자리를 비웠다는 사실이 TV에 나오는 연속극 얘기인 양 한편의 드라마를 연상케 했다.

도대체 형부가 어떤 식으로 처세하였기에 언니마저 집을 떠나 어디를 갔다는 말인지 언니의 부재로 당황하며 불안해하는 조카들이 가엾어 인희는 어쩔 수 없이 다급한 마음에 엄마에게 언니 부재를 알렸고 이게 웬 날벼락이라며 놀라서 펄쩍 뛰는 엄마에게 언니 집에 가주시라고 간곡히 부탁했다. 그리고 오빠들에게도 알리고 어디로 찾아 나서야 할지를 고민했다. 언니와 통 대화를 나눠보지 않았던 형부도 아이들 말만을 듣고 찾아 나설 근거지가 아무것도 손에 잡히질 않았다. 다만 돌아오기만을 기다려 보자고 했던 시간이 어느새 한 달여가 넘어가도록 이렇다저렇다 아무런 연락조차도 없었다. 입은 옷 그대로 무슨 작정으로 집에 돌아오지 않는 것인지 오랜 시간 집을 떠나 돌아오지 않던 형부에게 복수라도 하기 위해 벌어진 일인지 도통 언니의 부재를 이해할 수가 없었다. 그러던 어느 날 모르는 여자분에게 전화가 걸려왔다. 산행 갔다가 언니를 만나서 언니 부탁으로 연락을 드리는 것이라며 잘 있으니 걱정 말고 아이들이 건강하길 바란다는 소식을 전해달라는 부탁을 받고 연락을 하셨다는 말을 전해왔다. 어디에 있는 산이냐고, 아님 어느 절에서 언니를 만났느냐고 묻는 물음에는 확답해 주지 않았고 잘 있으니 걱정 말고 아이들 부탁만을 전해달라고 했다는 말을 전해 왔다.

언니 집에 다급히 갔던 엄마가 언제까지 언니가 돌아오기만을 기다리고 있을 수가 없어서 다섯 살인 혜성이만 데리고 집으로 돌아오셨다. 혜성이를 임신하고 갖은 고생을 다하며 혼자서 혜성이를 낳고도 첫돌이 가까이 되도록 돌아오지 않는 형부로 인해 가슴에 사무친 한이 얼마나 많길래 힘들게 낳은 자식들을 나 몰라라 하고 집을 나갔단 말인가? 엄마는 금쪽같은 딸자식 언니 때문에 두 오빠와 연희는 물론이고 유독 혼자라는 이유로 밤낮 안 가리고 인희에게만 언니를 찾아오라고 호통 아닌 호통을 치시며 난리를 치셨다. 인희인들 언니를 찾고 싶은 마음이 엄마보다 덜 간절할 리 없지만 그렇게 소중히 여기는 자식들을 마다하고 가정을 떠나 살길을 찾아 떠났을 때는 그만큼 절실한 마음으로 언니 본인이 더 이상 견딜 수가 없어서 택한 길이라는 생각이 들어 그냥 이대로 언니가 바라는 삶이라면 내버려두고 싶었다. 그렇게 방관하는 마음도 있었고 노심초사 돌아오기만을 바라고 있던 차에 반년이라는 세월이 흘러갔고 작은오빠가 알게 모르게 수소문해서 찾아다니더니 깊은 산중 어느 절에 머리를 깎고 스님이 되어 있다는 언니 소식을 인희에게만 알려왔다. 엄마가 아시게 되면 기절초풍하실까 봐 알려드릴 수가 없다고 한다. 스님, 스님이라니. 결국 언니는 죽을 수는 없었는지 이 시끌시끌 복잡한 인간 세상을 떠나 부처님 전에 모든 인연의 뿌리를 내려놓고자 했던가 보다.

해 바 라 기

엄마 아닌
엄마가 됐다

엄마가 자리를 비운 조카들에게
인희는 해바라기였다.

예고에도 없던 언니의 부재로 엄마가 없는 환경 속에서 중학생인 수진이와 초등학교에 들어간 예진이는 엄마의 빈자리의 몫으로 부족하게나마 아빠인 형부의 보살핌을 받으며 그런대로 생활을 지탱해 가고 있었다. 외할머니 곁에 와 있는 혜성이는 엄마 품이 그리워 엄마한테 갈 거라고 떼를 쓰던 여러 날들이 지나면서 칭얼대다가도 체념한 듯 연희의 두 자매 아이들의 각별한 보살핌으로 하루하루를 잘 견뎌내며 지내게 되었다. 엄마의 자리로 돌아올 수 없는 길을 떠난 언니에게 왜 그런 결정을 내려야 했느냐고 물어보고 싶은 마음마저도 일어나지 않았다. 속세를 떠나려고 결정하기까지에는 얼마나 많은 고민과 아픔을 겪어야 했을지를 미루어 짐작해 봐도 크나큰 시련이 따랐을 거라고 충분한 이해가 됐다. 많은 세월 동안 언니가 겪으며 살아온 날들의 고충을 누구보다 잘 알고 있는 인희는 언니가 어딘가에서라도 살아서 숨 쉬고 있다는 것에 감사했다. 작은오빠가 시간 내서 언니를 보러 가자는 제안을 했지만 지금 현재로는 만나고 싶은 생각이 들지 않았다. 보이진 않지만 얼마나 많은 눈물을 쏟아내고 있을지. 보지 않아도 훤히 눈앞에 눈물 젖은 언니의 얼굴이 확연히 떠올랐다. 세상살이에 얼마나 지쳤으면 아니 남편으로 믿고 의지해야 했던 형부에게 얼마나 멸시를 당했으면 그랬을까. 아이를 임신한 몸으로 두 딸과 상한 음식으로 배고픔을 채우며 아이를 밴 몸으로 세상과의 끈을 끊을 수 없어 모진 목숨을 연명해야 했고 삶의 쓰라린 고통을 몸소 겪으며 살아내야만 했던 시련 속에서 언니는 끝내 육신이 아닌 아픈 영혼을 치료받기 위해 속죄의 길을 선택했을 것으로 여겨진다.

형부는 언니의 갑작스러운 부재에 당황하며 어쩔 줄 몰라 하더니 하루하루 이어지는 날들 속에서 차츰 살아내야 하는 방법을 터득하고 자신이 집을 비우고 돌아오지 않았을 때를 떠올리며 뉘우침이 들었는지 가끔 인희에게 전화를 걸어와 "처제, 내가 죽을 죄를 지었어. 멀쩡한 몸으로도 아이들을 돌보며 살아내기가 힘겨운데 언니는 아이를 임신한 몸으로 살아보려고 얼마나 많은 고생을 하며 얼마나 힘이 들었을까? 혹여나 처제가 언니를 만나게 되면 내가 평생토록 사죄한다고 전해 주고 빠른 시일 안에 돌아와 달란다고 전해 주게."라고 하며 언니의 빈자리에 많은 아쉬움과 허전함을 느끼며 지난날 자신이 잘못한 자책감으로 고뇌에 젖어 절실한 아픔을 겪고 있는 것 같았다. 다행히도 큰딸인 수진이가 눈썰미가 있어서였는지 언니의 살림 솜씨를 흉내 내며 다부지고 야무진 손놀림으로 엄마의 몫을 어느 정도 해내고 있었다. 간절하게 엄마를 찾는 수진이에게 "수진아! 놀라지 말고 들어라. 작은외삼촌이 여러 사람과 곳곳을 수소문해서 네 엄마를 찾은 결과 깊은 산 중턱의 어느 암자에 머리를 깎고 스님이 되어 있더란다. 집으로 돌아올 수 없는 길을 선택했나 보다. 더 이상 기다리지 말고 울지 말고, 예진이 잘 돌봐주고 단단히 마음먹고 가엾은 엄마를 위해 기도해 드려라. 좋은 날이 오면 웃으며 만날 수 있을 거야."라는 인희 말에 수진이는 울고 불며 '왜 우리 엄마가 스님이 됐냐'며 '우리는 이제 어떻게 살라는 말이냐'고 '어디로 가면 엄마를 만날 수 있느냐'며 직접 엄마를 만나 이야기를 들어봐야 하겠다며 펑펑 울어대며 언니의 소재지를 알려달라고 졸라댔다.

이어 수진이를 통해 언니의 소식을 전해 들은 형부는 아연실색하며 얼마나 삶이 힘들었으면 마지막 선택 길을 택해야 했을까 싶어 모두가 자신의 잘못으로 빚어진 일이라는 자책감으로 탓하는 말 한마디 없이 괴로움에 시달려야 했다. 다만 형부가 할 수 있는 최선을 다해서 잘 견뎌내고 아이들을 돌보며 잘 살아가는 길이 언니에게 지은 죄를 다소나마 갚아 나가는 길일 것이라고 생각하며 언니의 빈자리는 다 채울 수 없지만 일을 하고 돌아오면 집안일을 하고 각별히 아이들을 챙기며 바쁜 일상을 보내야 했다. 엄마와 큰오빠, 그리고 연희까지 스님이 됐다는 언니 소식에 난감해하며 엄마는 "이게 무슨 날벼락 같은 소리냐고, 왜 중이 되어야 하냐고. 수진이 아비한테 땅에 머리가 닿도록 빌어서라도 데리고 오라고 해라! 무슨 놈에 팔자길래 난데없이 이놈의 집안에 웬 중이 나와야 한단 말이여. 왜 내 딸이 중이 됐단 말이여." 하시며 가슴을 두 손으로 퍽퍽 치시며 언니를 향한 애절한 눈물을 흘리셨다. 땅에 머리가 닿도록 빌어서라도 언니를 데리고 오라는 엄마 말에 형부는 이미 모진 마음으로 돌아서서 금쪽같이 여겼던 자식까지 버리고 스님이 되어버린 언니에게 엎드려 용서를 빌어도 용서받지 못할 것이고 소용이 없을 거라는 생각에 이제야 자신이 얼마나 큰 죄를 짓고 예전에 용서를 구하지 않은 것에 대해 씻을 수 없는 후회를 했다. 수진이와 예진이가 눈물범벅이 되어 형부에게 매달리며 엄마 없이 어떻게 사냐고 엄마를 데려와 달라고 간절하도록 떼를 썼다. 형부는 언니를 볼 면목도 없고 용기도 나지 않지만, 아이들을 데리고 가서라도 더 늦기 전에 용서를 구하고 언니가 돌아오도록 손발이 닿도록 빌어서라도 언니의 마음을 돌려 봐야겠다고 결심을 했다.

형부가 이제나 저제나 언니를 찾아가려고 마음먹고 있고 언니가 집을 비운 지 두 석 달이 지나갈 즈음, 엄마와 인희, 형부에게 언니의 구구절절한 긴 사연의 편지가 도착했다. 돌이킬 수 없는 선택으로 모든 것을 버리고 집을 떠나온 자신을 용서해 달라고, 자책감으로 시달리는 아이들을 저버린 못난 엄마 끝내 곁에서 가정이란 울타리를 보듬지 못한 못난 아내, 시퍼렇게 살아있는 불효자식이 아무 탈 없이 잘 살아주기만을 바라는 엄마의 바람을 저버리고 혼자만의 안위를 생각한 듯 모든 삶을 등지고 머리를 깎고 산사 암자로 안식처를 삼아야만 했던 선택의 길에 대해 아픔을 담아 시름하는 고뇌의 글이었다. 더불어 동생들에게 특히나 인희에게 늘 보탬의 손길을 바랐고 암자에 몸 담으러 오면서까지 아이들을 부탁하며 언니의 모진 삶으로 항상 언덕 받이가 되어 주는 바람에 결혼에 대한 일념도 몰입하지 못하게 하고 긴 세월을 언니의 그림자로 살아야만 했던 인희에게 씻을 수 없는 큰 짐을 남겨준 것에 언니는 깊고 깊은 애절함을 담아 "인희야! 미안하고, 또 미안하다. 하지만 너 아닌 어느 누구에게도 아이들을 부탁할 곳이 없구나. 끝내 믿을 수 없는 너의 형부에게는 아이들의 안위가 걱정되어 한 핏줄인 내 동생, 인희 너밖에 믿을 사람이 없단다, 용서가 안 되는 언니일지 모르지만 항상 기도하마. 건강하고 평안하게 잘 살아주길 바란다."라는 눈물 자국이 묻어난 긴 글에 내용을 전해 왔다.

눈물이 솟아오르는 채로 몇 번을 거듭하며 읽고 또 읽으며, 얼마나 미덥지 않은 지아비였으면 자신의 자식마저도 못 맡길 정도로 걱정하는 언니가 가여우면서도 "왜 모든 시련의 버팀목으로 인희의 희생이 따라야 하는가?"에 서러움과 앞을 바라볼 수 없는 암담함이 몰려왔다. 그러나 확실해진 것은 일상적인 삶의 테두리에 언니가 없다는 것이다. 또한 언제 어느 때고 조카들을 감싸 안을 준비 자세를 갖추고 있어야 한다는 사실이 되어버렸다. 이런 인희가 처한 언니의 바람을 알고 있는 엄마와 두 오빠, 연희는 혹여 조카들로 인해 인희의 앞날에 발목이 잡힐까 봐 아무 걱정 말고 인희의 바람대로 살아주길 바란다는 마음을 전해 왔다. 왜 이다지도 인희의 주변에 얽히고설킨 아픔의 시련들이 자신을 억누르고 있는지 인희의 마음마저도 흔적 없이 어디론가 훌훌 날아가고 싶은 심정이었다. 거기다 더불어 얼마 전 인희의 남친은 자신의 실체를 털어놓으며 인희에게 결혼해 달라는 프러포즈를 하며 고백해 왔다. 인희의 머릿속은 복잡함 투성이었다. 엄마가 자리를 비운 조카들에게 인희는 해바라기였다. 조카들이 유일하게 믿을 수 있는 엄마 몫을 대신해줄 사람이자 따뜻하게 안아줄 사람은 언제고 인희 이모뿐이었다. 자신의 조카들이 엄마의 손길을 누구보다 간절히 원하는데 남친과의 결혼으로 피 한 방울 안 섞인 남친의 아이들의 엄마가 되어 준다는 것을 인희는 용납할 수가 없었다. 아니, 조카들 핑계가 아니더라도 굳이 나이든 노처녀라는 이유로. 물론 사랑하는 사람과의 일이지만, 흔쾌히 받아들여지지가 않았다. 남친의 아이들에게 엄마의 자리를 채워 줄 자신도 없지만 그렇게까지 자신을 사랑하는 사람으로 인해 내던지고 싶은 마음은 들지 않았다. 아니, 만약 언니가 제대로 가정을 지키고 있었더라면 인희도 남친과의 결혼을 선택했을지도 모른다. 공교롭게도 남친의 결혼 제의를 듣고 생각 중일 때 언니가 집을 나갔고, 그 후 인희의 머릿속은 자신만을 위해서 살아갈 길을 선택해야 한다는 생각을 저 멀리 밀쳐내야 했다. 차마 어린 조카들을 나 몰라라 방치해 둘 수가 없었다.

인희는 남친의 딸 둘이 중학생이 되었고 결혼을 종용하는 남친에게 "결혼이 결코 중요하다는 생각이 안 들어 선배의 아이들은 사춘기에 접어들 만큼 잘 자라 주었고 중요한 시기에 아무것도 모르는 나의 실체보다 든든한 할머니가 곁에서 지켜주고 계시는데 괜히 나로 인해 안정된 생활이 흐트러질까 봐 걱정스럽고 그냥 선후배의 절친 사이로 지냈으면 좋겠어."라고 하며 아이들의 엄마인 자리도 중요하지만 가정을 지켜주고 곁에서 살갑게 보듬어 주는 아내의 자리가 절실히 필요한 남친의 자존심이 상할까 봐 조심스럽게 인희의 의사를 밝혔다. 그러자 선배 남친은 고개를 푹 떨구고 초점을 잃은 눈빛으로 결혼도 안 해보고 아이도 낳아보지 않은 인희에게 자신의 이기적인 욕심만을 내세워 아이들에게 미칠 영향과 인희의 입장을 좀 더 깊이 있게 배려해 주지 못한 것에 대해 미안해하며 마음만은 변치 말아달라고 언제까지라도 기다리겠다는 말을 건네줬다. 이런 계기로 예전과는 달리 서로의 감정이 소원해졌고 만남을 가져도 떨떠름한 입장이 되어 만남의 횟수도 자연스럽게 줄어들고 있었다. 인희는 무언가 산만했던 머릿속이 정리된 듯이 가벼워졌지만, 왠지 모르게 텅 빈 듯 혼자만이 끝없는 망망대해에 외로이 떠 있다는 허전함이 몰려왔다. 허전함을 메꾸기라도 하려는 듯 인희는 뮤지컬과 연극의 새로운 타이틀, 연출의 시나리오를 쓰기에 몰입하고 극작가인 자신의 위치를 되새기며 두문불출하고 자작 작품 창작으로 거의 하루하루를 보내며 지내는 날들이 다반사인 생활을 하고 있었다.

언니의 편지를 받은 무렵 형부는 언니에게 용서를 빌고 어떻게 해서라도 집으로 돌아와 주길 간절히 바라는 마음으로 언니를 찾아갔다. 언니가 있다고 알고 있는 암자로 찾아갔지만, 들어선 형부를 맞이한 나이가 지극하신 비구니 스님은 언니는 수행 중으로 만나지 않겠다고 전해 달라는 부탁을 받았다며 아이들을 잘 부탁한다는 말만을 전해 왔다. 그리고 두 번 다시 절대 찾아오지 말고 형부가 살아가는 데 불편함이 없도록 이혼 절차를 밟아줄 그것을 부탁한다고 비구니 스님이 전해 왔다. 언니 얼굴만 보고 가겠다고 제발 만나달라고 두 손을 싹싹 빌며 애원해도 노스님은 모든 것이 부처님의 뜻이라며 형부의 간청을 정중히 거절했다. 형부는 무너져 내리는 가슴으로 암자의 툇마루에 앉아 한참을 눈물짓다가 찾아볼 수 없는 언니의 흔적을 뒤로하고 발길을 돌려야 했다. 그 후 형부는 얼마 동안 지은 죗값 때문인지 맥이 풀린 채로 하루하루를 견뎌내느라 힘들어했고 의욕도 상실

한 듯 무기력한 날들을 보내야 했다. 그러다 장모님인 엄마로부터 항상 걱정하고 있으며 아이들을 봐서라도 나쁜 생각하지 말고 힘을 내라고 엄마도 없이 형부만 바라보는 아이들을 지켜야 한다는 형부를 믿는다는 말씀에 용기 내어 힘을 얻고 아이들에게 최선을 다하며 다시 일어섰다.

세월은 무심하리만치 흘러갔고 이제는 기다려도 돌아오지 않을 것 같은 아내의 자리, 엄마의 자리를 떠난 언니가 호적에 올려져 있어서 아이들과 생활하기에 힘이 들고 한부모 가정으로 받을 수 있는 혜택도 받을 수 없어서 형부는 언니와의 이혼 절차를 밟아 서류상 협의 이혼으로 언니는 가정에서 완전히 제외되었다. 그렇게 언니의 빈자리가 만성으로 여겨질 때쯤 형부는 알고 지내던 여인으로부터 김치와 밑반찬 등 생활에 필요한 부분의 품목들을 집으로 들여오고 있었다. 도움의 손길을 받아 생활을 조금은 수월하게 지탱해 갔고 몇 달이 지나서부터는 이따금 수진이가 학교를 다녀와 집에 오니, 형부와 본 적 없는 아줌마가 반갑게 수진이를 맞이했다. "네가 수진이구나. 아줌마는 네 아빠 친구란다. 엄마가 없어서 네가 고생이 많다고 해서 아줌마가 조금이라도 도움이 될까 싶어 찾아왔단다. 우리 친하게 지내보자. 입맛에 맞을지 모르겠다마는 간식거리 조금 준비해 왔어. 먹어보려무나."라고 말하며 수진이의 두 손을 잡고 도닥여 주었다. 생글거리며 바라보던 예진이는 수진이 손을 잡아

끌며 자기들 방으로 데리고 갔다. 그리고 "언니야! 얼른 먹어봐. 진짜 꿀맛이야!" 하며 쟁반 위에 얹은 먹음직스러운 오징어, 고구마, 고추튀김과 빨간빛으로 김이 솔솔 나는 맛깔스러운 어묵, 떡볶이 거기다 시원해 보이는 콜라를 손가락으로 가리켰다. 군침이 돌며 정말 오랜만에 앞에 놓인 먹음직스러운 음식이 유혹의 눈길을 끌었다.

수진이는 푸짐히 놓인 각종 튀김, 떡볶이를 유혹에 심취해 부지런히 먹다가 입에 잔뜩 떡볶이를 넣은 채로 벽을 등받이 삼아 두 손으로 얼굴을 가리고 엄마가 예전에 이보다 더 맛있는 간식을 해줬던 생각이 떠올라 소리 없는 눈물이 하염없이 솟구쳤다. 옆에 있던 예진이도 수진이의 흐느낌에 수진이 품에 기대어 덩달아 엄마를 찾는 애절한 눈물을 흘렸다. 수진이는 울면서 가슴으로 떨어져 있는 막내 혜성이가 더 없이 보고 싶고, 엄마를 내몰은 원인을 제공한 아빠를, 또한 그 원인의 원천이 저 아빠 옆에 붙어있는 아줌마일 거라는 생각으로 적의를 느끼는 분노를 짓누르고 있었다. 가정이란 보금자리 남편이 있는 아내와 수진이를 제외하고도 어린 동생들을 버리고 홀연히 사라진 엄마가 가엾다는 생각보다 모든 삶의 짐을 벗어던지고 엄마 자신만의 안위를 위해 떠났다는 원망이 시간이 지나갈수록 겹겹이 쌓이고 있었다. 머리를 깎고 스님이 됐다는 엄마의 모습을 떠올리면 너무도 불쌍하고 처연해서 지금은 만나보고 싶은 생각도 들지 않지만 언젠가는 엄마를 찾아가 엄마의 진심을 듣고 싶었다. 어떻게 그렇게 임신한 몸으로 혼자 아기를 낳으며 다른 어떤 엄마보다 자식만을 위해 모진 온갖 시련과 고통을 이겨내면서 버텨왔는데, 자신의 분신처럼 여겼던 자식을 일순간에 떨쳐내고 떠나갈 만큼 그 어떤 무엇이 자식보다 중요하게 현혹되었는지. 수진이의 생각으로는 스님이 된 엄마를 이해할 수가 없었고 도저히 받아들여지지가 않았다.

사춘기에 접어든 수진이가 용납할 수 없는 엄마의 부재에 아파하는 마음을 헤아려주는 사람은 아무도 없었다. 그나마 인희, 이모만이 간간이 안부를 물으며 괜스레 인희 자신이 잘못을 저지르기라도 한 듯이 "정말 미안하다. 힘들겠지만 예진이 잘 돌봐주길 바란다. 힘든 일 있으면 언제든 전화해라."라고 하며 항상 부족하지 않을 만큼 넉넉한 용돈을 보내왔다. 밖으로 분출시키지 못하는 반항심과 적의를 품은 채 믿고 의지할 곳은 수진이뿐인 언니 바라기인 예진이에게 절대적인 신봉자가 된 수진이는 예진이를 지켜줘야 한다는 굳은 일념으로 자신의 감정은 체념하고 힘든 사춘기를 보내야 했다. 아빠에게 불신하는 마음이 가득한 채로 엄마의 흔적이 남아 있는 집안 구석구석 엄마가 쓰던 물건들을 아빠의 친구라는 아줌마가 수시로 집에 드나들면서 접하며 사용하는 것을 못마땅하게 여기는 수진이의 눈치를 알아차렸는지, 아님 마누라가 집을 비운 집에 다른 여자를 들이는 모양새로 이웃의 시선이 눈 따갑게 와닿았는지 다행히 방학기간 중 형부가 살던 집에서 멀찍이 떨어진 곳으로 이사 간다고 했다. 꼭 필요한 생필품만을 남겨두고 엄마의 손때가 가득 묻은 낡은 생활 도구들과 새 옷이라고는 찾아볼 수 없는 가난으로 얼룩져 엄마의 온기를 채워 줬던 '허술그레낡고 헐어서 보잘것 없음', 잡다한 옷가지들을 버리기 위해 주섬주섬 상자에 주워 담는 수진이는 앞을 가리는 눈물을 주체하지 못하고 옷가지에 얼굴을 묻고 엄마의 냄새를 지울 수가 없어서 한없는 눈물을 흘려야 했다. 고사리손 같은 수진이의 손으로 여러 날 이삿짐을 꾸려서 새로운 보금자리로 이사를 했다. 이사를 하고도 엄마가 없는 탓으로 작은 살림살이 정리까지 수진이의 몫이 되어 마무리해야 했다.

이삿짐을 정리하고 몸이 지칠 대로 지쳐서 잠자리에 든 수진이는 어린 예진이가 옆에 누워 울면서 "언니! 우리 집 이사해서 우리 엄마 집 못 찾아올 텐데, 그러면 엄마를 만날 수가 없잖아. 그럼 진짜 엄마 못 보는 거야!"라고 슬픔 가득한 눈빛으로 바라보며 묻는 물음에 무어라 답변할 말이 떠오르지 않았다. 다만 눈물을 닦아주며 예진이를 부둥켜 끌어안고 "아니야, 공부 열심히 하고 밥 잘 먹고 하면 우리 엄마는 꼭 우리를 찾아올 거야. 혜성이 데리고 꼭 올 거야. 언니 말만 믿고 기다리면 돼, 알겠지?" 하며 예진이 등을 토닥여 주며 가슴 아픈 이사 첫날밤 잠을 재촉했다. 낯선 집에서 형부가 일하러 나가고 나면 수진이와 예진이는 서글프고 외로웠지만 서로의 버팀목이 되어 주고 수진이의 엄마 몫을 대신해 주는 손길로 예진이는 그나마 엄마를 찾는 그림자가 옅어져 가고 있었다. 이사를 하고 여러 날이 지나갈 무렵부터 아빠의 친구라는 아줌마가 집에 오는 횟수가 잦아졌다. 그러더니 이제는 한술 더 떠서 며칠씩 머물며 내 집이라도 되는 양, 잠까지 자고 가는 날이 반복으로 이어지고 있었다. 그러는 덕으로 수진이의 아빠와 아줌마에 대한 적개심으로 가슴앓이는 짙어져 갔지만 한편으로는 학교를 마치고 와서 해야 했던 저녁밥을 하지 않아도 되었고 예진이를 돌보는 일이 줄어들어 몸에 피곤함을 덜 느껴 내심 편안하게 지낼 수가 있었다.

의례적인 양, 내 집처럼 드나들던 아줌마가 무슨 까닭인지 갑자기 발걸음이 멈춰지고 오지 않는 날이 길어지던 어느 날 아빠 친구라던 아줌마가 아닌 다른 아줌마가 집으로 찾아와 아빠를 찾아왔다며 문을 두드렸다. 초등학생인 예진이가 집에 와 있었지만 낯선 사람에게 문을 열어 주면 안 된다는 아빠와 언니의 당부를 듣고 문을 열어 주지 않자 문 앞에서 아빠를 기다리고 있었는지 학교를 마치고 집으로 돌아오던 수진이가 문 앞에 이르자 수진이에게 아빠 이름을 대며 아빠를 만나려고 왔다는 말을 했다. 수진이는 처음 보는 낯선 아줌마를 무턱대고 집 안으로 들일 수가 없어서 아빠가 어디에 계신지 알아보고 전해 드리겠다고 말하며 낯선 아줌마를 대문 밖에 두고 집 안으로 들어왔다. 집 안에 들어서니 어린 예진이는 방문 앞에 오들오들 떨면서 쪼그리고 앉아 있다가 수진이를 보자 반색을 하며

"언니! 집 앞에 아직도 모르는 아줌마 있어. 누구야! 왜 우리 아빠를 찾아왔대? 언니! 어떻게 해." 하며 어쩔 줄을 몰라 했다. 이러는 예진이에게 수진이는 "괜찮아, 아무 일 없어. 언니가 알아서 할게." 하며 예진이를 안정시켜 주고 아빠에게 전화했다. 모르는 아줌마가 아빠를 찾아왔다고, 누구냐고 묻는 수진이의 물음에 아빠는 모르는 사람이라고 말하며 절대 집 안에 들어오게 하지 말고 아빠 장거리 짐을 싣고 가서 언제 올지 모른다는 말을 전해 주라고 한다. 아빠 말을 전해 들은 수진이는 모르는 사람이 왜 아빠 이름을 대며 집에까지 찾아와야 했는지, 아빠가 또 무슨 사고를 친 그것은 아닌지 의아심이 몰려왔지만 머리를 저으며 집 앞에 기다리는 모르는 아줌마에게 아빠의 말 그대로 옮겨 전했다. 그러자 아줌마가 집 전화번호를 물어서 수진이가 가르쳐 주는 것을 꺼려하니 집 앞에서 언제까지고 기다렸다가 아빠를 만날 거라고 한다. 어쩔 수 없이 전화번호를 가르쳐주니 아줌마의 전화번호를 알려주며 아빠보고 전화해 달라는 말을 전해 주라고 부탁을 하고 집 앞에서 떠나갔다.

모르는 아줌마가 아빠를 찾아온 후부터 아빠는 집에 들어오기 전에 전화를 걸어 찾아온 사람이 없는지 바깥 동태도 살펴 달라며 밤 고양이가 도둑질 하듯이 조심조심 집에 들어왔다. 왠지 모르게 안 좋은 일이 생길 것처럼 불안감이 스며드는 분위기 속에서 지내던 어느 날, 잠자리에 들 무렵 한밤중에 세차게 대문을 두드리는 소리에 소스라치며 놀라 쫓아 나온 아빠가 대문 밖에서 "집 안에 있는 거 다 알고 왔으니 문 열어라."라는 모르는 아줌마의 커다란 소리로 으름장을 놓는 말에 한참을 망설이던 아빠가 이웃의 이목이 신경 쓰여서인지 대문을 열어 주었다. 이어 모르는 아줌마는 그의 언니라는 사람을 대동하고 집 안으로 들어왔다. 화들짝 놀라 잠에서 깬 수진이와 예진이는 이 한밤중에 무슨 일로 아빠를 찾아왔는지 두려움과 무서움으로 방 안에서 쪼그리고 앉아 꼼짝달싹을 안 했다. 아줌마와 그의 언니는 다짜고짜 아빠에게 "이 나쁜 놈아, 사기를 치려면 제대로 쳐야지. 너 여편네 이혼하고 위자료 대주면 정식으로 혼인해 살자던 놈이 엉뚱한 년하고 놀아나고 지랄이냐! 너같이 사기 치는 놈은 콩밥을 먹어야 정신을 차리지. 네놈이 가져간 돈 당장 내놓지 않으면 곧바로 사기죄로 고소하고 말 테니 당장 돈을 내놓든지 아니면 경찰서로 가자."며 아빠를 윽박지르고 손찌검을 해대며 난리 법석을 피웠다. 난리통 속에서 아빠는 잘못했다고 한 번만 용서해 달라며 사정사정했다. 그러나 모르는 아줌마와 그의 언니는 인정사정 봐줄 것도 없고 두말할 필요 없이 빠른 시일 안에 돈을 갚지 않으면 바로 사기죄로 고소를 취하겠다고 하며 거침없이 대문을 열고 있는 힘껏 문짝이 떨어질 듯이 쾅쾅거리는 소리가 날 만큼 밀어 닫고 나갔다.

이날 이후 아빠에게 적개심을 가지고 있던 수진이는 아빠라는 사람이 얼마나 비열하고 부도덕한 사람인지 깨닫게 되었다. 엄마에게 위자료는커녕 한부모 혜택을 받기 위해 서둘러 이혼을 재촉하고는 위자료를 주고 이혼하고 같이 살자는 거짓말을 해놓고 살던 집에서 먼 곳으로 이사하고 다른 여자를 사귀며 집에까지 불러들이고 했던 사실들이 위자료를 준다고 해서 돈을 건네준 아줌마에게 들통이 나고 만 것이었다. 그렇게 들통이 나고 난리 법석을 떨고 간 후 형부는 거의 매일 전화통 속으로 욕지거리를 퍼부어 대며 '돈을 준다, 못준다' 하며 돈을 준 아줌마와 말싸움했다. 그러던 한 달이 채 지나지 않아 형부는 고소를 당해 법원에서 출두하라는 명칭에 등기 우편물인 서신이 날아왔다. 인희는 이런 엄청난 일들을 전혀 모르고 있었다. 이사 간다는 수진이의 연락을 받은 이후로 연락도 없고 꿈자리도 뒤숭숭하니 염려되어 안부를 알아볼 겸 전화하자 전화를 받는 수진이는 바로 "이모, 어떡해요?" 하며 펑펑 흐느껴 울어 젖혔다. 무슨 일이 있느냐고 자초지종을 묻는 인희에게 수진이는 그동안 일어났던 불미스러운 일들에 대해 있는 그대로 인희에게 말했다. 그리고 인희를 다급하게 만드는 이야기가 들려왔다. 고소장을 받은 형부가 법원 1차 공판에 나갔고 2차 공판에 위자료를 받았다는 증인이 출석해야 된다고 한다. 언니에게 위자료 한 푼을 건네주지 않았음에도 돈을 쓴 흔적을 감추기 위해 위자료로 줬다고 했다는 것이었다. 만약 증인을 서야 될 언니가 참석 못 하면 증인할 수 있는 법정 대리인이 대신 증인을 서야 한다고 했다.

그러잖아도 수진이는 며칠 전, 형부로부터 인희 이모에게 연락해 이야기를 잘해서 2차 공판 날짜를 알려주고 꼭 와 달라고 부탁하라는 말을 듣고도 너무도 기가 막힌 일을 인희 이모에게 낯부끄러워 말할 수가 없어 연락하지 못하고 있던 차에 알고 있기라도 한 듯이 인희가 연락해 왔다. 세상천지에 눈 감고 아웅 하듯 한 푼도 받지 않은 언니의 이혼 위자료를 거짓으로 받았다고 언니 대신 증인의 자리에 서야 한다는 사실에 인희는 몹시 괴로움에 시달렸다. 그렇다고 산사에 묻혀 있는 언니에게 이 사실을 알려 증인의 자리에 서라고 해도 형부의 근성을 잘 아는 언니라서 스님의 모습으로 나오기도 꺼려 하겠지만 안하무인 격으로 무시해 버릴게 뻔한 일이라 언니에게 알릴 수도 없었고 더 이상 아픔을 주고 싶지 않았다. 다만 인희는 어린 조카들의 안위를 생각해 좋은 쪽으로 받아들이자며 대리인 증인으로 나가줘야 하겠다고 마음을 굳혔다. 조카들을 보고 싶은 마음에 공판 날짜에 맞춰 형부 집으로 찾아갔다. 집에 들어서는 인희를 보고 수진이와 예진이가 반색하며 좋아했다. 인희가 사 온 수진이, 예진이 옷가지와 여러 가지 어울리는 필요한 물품을 기뻐하고 만지작거리며 품에 안아보고 새 옷을 입고 빙그르르 돌면서 두 자매는 모처럼 기쁨에 활짝 핀 웃음소리를 내었다. 언니 대신 보상이라도 하려는 듯 맛있는 음식을 사 먹이고 그동안 밀렸던 이야기를 들어주던 중 수진이가 형부로 인해 벌어진 안 좋은 일들의 아팠던 감정이 올라와 꾸역꾸역 가슴을 짓누르는 울음을 토해냈다. 이어 예진이도 덩달아 줄줄 눈물을 흘리며 인희에게 "이모 우리랑 같이 살면 안 돼? 난 이모랑 같이 살았으면 참 좋겠어. 맨날 이상한 사람들이 찾아와서 난동을 피워. 무서워도 어디로 피할 데가 없어. 이모는 우리 편이잖아. 이모가 곁에 있으면 참 좋겠어." 하고 울먹이며 간절한 눈빛으로 인희를 바라봤다.

　이튿날 법원에 언니의 대리인 증인 자리에 참석해 받지 않은 이혼 위자료를 받았다고 꾸며낸 증거 서류로 증인하는 인희에게 고소인 측 아줌마가 빈정거리는 말투로 사기를 친 형부와 똑같은 족속이라며 악의를 가득 담은 눈빛으로 야유를 퍼부어 댔다. 어떻게 심판 결과가 나올는지 모르지만, 공판을 마치고 돌아서서 나오는 인희의 뒤를 따라오면서까지 고소인 아줌마는 인희에게 삿대질을 하며 끝까지 쫓아가서라도 돈을 받아내고 말 것이라고 으름장을 놓았다. 인희는 북받쳐 오르는 오열을 꾹꾹 눌러 참으며 형부와 고소인 아줌마가 시끌벅적 소리를 지르며 해대는 말싸움을 벗어나 재빠르게 발길을 옮겨 걸어 나왔다. 저만치에서 인희를 부르며 기다리라는 형부의 말을 뒷전에 남기고 택시에 몸을 실어 그 자리를 벗어났다. 택시 기사분에게 고속버스터미널로 가달라고 말해놓고 인희는 결국 솟구쳐 오르는 모멸감에 흐느끼는 울음을 토해냈다. 제자리로 돌아온 인희는 한동안 아픈 가슴앓이를 해야 했다. 귓전에 맴돌고 있는 수진이, 예진이의 엄마가 빈자리에 인희를 대신해서 기대고 싶어 하는 안쓰러움이 자꾸만 인희 마음을 괴롭혔다. 그러는 사이 형부는 한두 번 법원에 출두를 반복하고 결국엔 고소인 아줌마에게 돈을 갚으라는 법의 판결을 받았다고 했다. 그리고 예전에 드나들던 아줌마도 또다시 빈번히 드나든다는 소식을 인희에게 수진이가 알려왔다. 소식을 접한 인희는 그나마라도 조카들에게 엄마의 자리를 채워 준다는 것이 다행으로 여기며 마음에 조금은 편안함을 느낄 수 있었다.

한편으로 엄마와 연희네 가족들이 돌보는 혜성이가 초등학교 입학할 나이가 다가와서 엄마는 형부에게 혜성이를 데리고 가라고 했다. 그러자 형부는 데리러 가겠다고 해놓고 차일피일 미루고 시간이 지나도 선뜻 오지 않고 있었다. 이유인즉 이삼 년에 걸쳐 떨어져 지낸 혜성이를 엄마도 없는 낯선 집으로 데려오려니 형부 또한 큰 짐으로 느껴졌고 엄마의 몫을 대신해 줄 아줌마가 난색을 하며 받아들이기 힘들어했기 때문이었다. 그러자 힘든 상황 속에서 고등학생이 된 수진이가 자신이 돌볼 수 있다고 하며 혜성이를 데려와 달라고 했다. 혜성이와 열 살이라는 나이 차이로 곡절 많은 가정에서 자라온 탓인지 수진이는 일찍부터 철이 들어 나이만 어렸지, 여느 어른 못지않을 만큼 생각하는 것이 어른스러웠다. 엄마 대신 외할머니 곁에서 지내던 혜성이를 떠나보내기가 안쓰러운 마음이 들어 엄마는 혜성이를 데리고 형부 집으로 왔다. 반갑게 맞이해 주는 수진이, 예진이 누나와 아빠인 형부를 바라보는 혜성이는 가끔 전화 통화로 아빠와 누나들과 안부를 주고받았음에도 낯설어하며 외할머니 품에서 발걸음을 떼지 않았다. 그러자 예진이가 혜성이 곁으로 다가와 "혜성아! 누나가 얼마나 보고 싶었는지 몰라. 이제는 누나가 놀아주고 학교 입학하면 누나 손잡고 같이 학교에 다니자 알겠지."라고 하며 외할머니 품에 안겨 있는 혜성이를 일으켜 세워 장난감을 주겠다며 방으로 데리고 갔다. 엄마는 너무 오랫동안 얼굴도 못 보고 떨어져 있어서 낯설어 그렇지 시간이 지나면 혜성이도 아빠와 누나가 곁에 있어 좋아할 거라며 걱정할 것 없다고 하셨다.

수진이가 안부를 전하는 전화 연락으로 엄마도 형부를 알고 지내는 아줌마가 자주 형부 집에 들러 살림도 맡아 해주고 여러 가지 도움을 준다는 사실을 알고 계셨기에 형부에게 떠나간 못난 내 딸 수진 엄마를 미워하지 말고 아는 사람과 마음 맞춰서 아이들 건사 잘하고 잘 살아 주길 바란다고 간곡히 부탁했다. 이제 가면 얼굴 보기 힘들겠지만, 외손자, 손녀가 원한다면 살아 있는 한 언제든지 얼굴 보러 오겠다고 하시며 낯설어하는 혜성이를 떼어놓고 금방 떠나올 수가 없어 몇 일을 머무르시다 혜성이가 누나들의 보호를 받으며 웃는 모습을 보시고 그제야 안도의 한숨을 고르시며 수진이, 예진이, 특별히 수진이의 여린 손을 잡고 동생들을 잘 보살펴 달라는 부탁과 아빠와 아줌마 말 잘 듣고 몸 건강히 잘 지내달라고 간절히 부탁의 말을 하고 무거운 발걸음을 옮겨 떠나와야 했다. 그렇게 돌아서 나와 고속버스에 몸을 싣고 엄마는 있는 고생, 없는 고생 다 하고 얼마나 전생에 죄를 많이 졌기에 평범한 삶을 저버리고 생때같은 자식을 떠나 산속 깊은 절에서 눈물에 젖어 자신을 씻어내리는 가여운 딸자식, 언니가 사무치게 보고 싶어 소리 없이 애끓는 눈물을 삼켰다. 친정집에 돌아오신 엄마는 마음고생을 얼마나 많이 하셨던지 몇 며칠에 걸쳐 극심한 몸살을 앓으셨다. 간신히 몸을 추스르고 일어나신 후로는 혜성이의 빈자리 탓인지 넋을 놓고 멍하니 깊은 한숨을 쉬시며 말수도 급격히 줄어들어 연희네 가족이 애를 쓰며 적막한 집안 분위기에 모두가 힘들어했다.

엄마의 시름 앓이에 보다 못한 연희는 인희에게 연락을 해왔다. "언니! 아무래도 엄마 모시고 큰언니 만나 보고 와야 할 것 같아. 큰언니 얼굴 보고 얘기라도 듣고 오면 엄마도 조금은 마음이 놓일 거 같아. 말 못하고 속으로 끙끙 앓으시다 몸져 누우시면 큰일이잖아" 하며 인희에게 의견을 전했다. 인희는 오빠들에게 말해보고 의논해서 언니에게 가보도록 하겠다며 고맙다고 힘들더라도 엄마를 잘 모셔달라는 부탁의 말을 했다. 이어 두 오빠들에게 의견을 물으니 작은오빠가 시간 내서 엄마를 모시고 언니에게 다녀오겠다고 하며 인희도 그때 맞춰 같이 가자고 했다. 인희도 직접 언니를 만나서 어떤 마음으로 지내고 있는지 일상에서 벗어나 산속 절에 묻혀 평안을 얻는지 분신처럼 여겼던 아이들이 눈에 밟히지도 않는지 진정으로 언니가 원하던 길인지에 대해 속 시원한 이야기를 듣고 싶고 정녕 다시 가정으로 돌아오지는 않을 건지 속 깊은 언니 얘기를 듣고 싶었다. 얼마 전 수진이, 예진이를 만났을 때 어린 예진이가 엄마 품이 그리워 이모인 인희 곁에서 떨어지지 않으려 했던 일들이 떠올라 가슴이 아파 하는 일도 제대로 손에 들어오지 않는데 하물며 자기 몸을 빌어 낳은 자식을 하루아침에 떨쳐놓고 스님이 된 언니의 심정을 이해하려 하면서도 어떻게 그럴 수가 있는지 야속하게 느껴졌다. 조만간 언니를 만나 실체적인 얘기를 들어야지만 인희의 마음이 편안해질 것 같았다.

어수선한 마음으로 편치 않던 중 수진이가 울면서 연락을 해왔다. "이모! 우리 셋이 이모 집에 가면 안 돼요? 이모 집 아니면 갈 곳이 없어요. 아빠와 친구라는 아줌마가 우리 때문에 싸우고 우리 셋 못 키운대요. 이모 어떡해요."라고 날벼락 같은 말을 전해왔다. "수진아, 이모가 너희 아빠랑 얘기해 볼게. 걱정 말고 동생들 잘 돌보고 학교 잘 다니고 있어라." 하며 인희는 수진이를 안심시켜 줬다. 이 무슨 덤터기를 처제인 인희에게까지 씌우려 하는 것인지 어이없는 한숨을 짓고 있을 때 형부가 먼저 인희에게 연락을 해왔다. 형부 말은 친구인 아줌마가 수진이, 예진이, 둘이 있을 때는 큰 불평을 하지 않다가 혜성이가 집에 오고부터 사사건건 아이 셋을 어떻게 키우냐며 불평불만을 털어놓고 겨울 방학이라 아이 셋이 집에만 붙어있으니 주눅이 들 만큼 밥 먹는 거부터 맘에 들지 않는다며 눈치를 줘서 아이들의 기를 못 펴게 한다고 한다. 거기에 덧붙여 형부 자신도 아이들에게 돈도 많이 들어가서 감당하기 힘들다며 처제가 못 맡아주면 나이 들어 혼자 몸도 살피기 힘겨운 엄마가 무슨 죄를 졌길래? 장모님께 보내든지 하겠다는 꿈에서도 생각지 못한 엄청난 말이 돌아왔다. 주지도 않은 언니의 이혼 위자료를 건네준 아줌마와 같이 사는 것이 아니어서 사기 건으로 법의 심판대로 그 돈을 돌려줘야 하고 내년이면 초등학교에 입학해야 하는 혜성이까지 얹혀 감당하기가 힘들어서 친구라는 아줌마와 잦은 실랑이의 말싸움이 빚어지고 결국은 형부만 믿고 바라보는 자신의 자식들을 떼어 내려고 작정한 모양이다.

인희는 기가 막혀서 형부에게 "형부 없이 언니는 임신한 부른 배를 끌어안고 조카들을 먹여 살렸는데 형부는 다 자란 자식을 못 키워 떠맡기려 하나요? 수진이가 살림살이를 맡아서 할 수도 있고 동생들도 잘 보살피고 하는데 그 아줌마하고 헤어지면 되잖아요?" 하며 언성을 높여 언니가 얼마나 많은 고생을 하며 지켜낸 아이들인지 알기나 하냐고 반박하는 인희에게 형부는 언니는 언니고 자기는 혼자 살아도 아이 셋을 못 키우겠다며 수일 내로 필요한 것들만 챙겨서 인희에게 아이들이 무슨 짐보따리라도 되는 양, 보내겠다고 했다. 당황스럽고 격하게 올라오는 배신감과 분함이 사그라들지 않아 목젖이 막힐 만큼 컥컥대며 오열을 쏟아냈다. 얼마 후 인희는 혼미해진 감각의 정신을 가다듬으며 늙으신 내 엄마가 겪느니 내가 겪는 게 나을 것이고 오빠들이나 연희가 아닌 싱글인 자신이어서 다행이라고 생각했다. 그렇게 마음을 굳히자 까짓것 언니가 낳아놓은 자식을 난들 키우지 못할 게 뭐야! 보란 듯이 잘 키워보겠다는 열정이 솟구쳤다. 마음을 다잡고 수진이에게 연락해 마음 편히 가지고 동생들 잘 데리고 당장에 입을 옷과 필요한 용품만 간단히 챙겨서 인희 집으로 오라는 말을 전해줬다. 수진이는 지체할 것도 없고 짐꾸러미로 여기는 자식을 내모는 아빠에게 두말할 필요도 없다는 듯 아빠와 아줌마가 집을 비운 사이 곧바로 동생들과 주섬주섬 꼭 필요한 용품만을 챙겨 어깨에 메고 양손에 들고 예진이는 혜성이 손을 꼭 잡고 좋은지 싫은지 내색도 않은 채 수진이의 명령에 따라 발길을 옮기며 시내버스를 타고 고속버스에 몸을 싣기까지 종종걸음으로 힘겨운 여정의 길을 거쳐야 했다.

세 시간 가량을 타고 고속버스 터미널에 시간 맞춰 마중 나온 인희 이모를 만나자 아이들은 그제야 구세주를 만나 살았다는 안도의 숨을 쉬며 환한 미소를 지으면서도 눈물을 흘렸다. 혜성이는 불끈 안아주는 인희가 낯설면서도 포근한지 발그레한 볼을 인희 품에 부볐다. 먼 길을 돌아 인희 집에 도착한 아이들은 짐을 벗어내고 집안 구석구석을 돌아보고 엄마 품과도 같은 이모 곁에 있다는 것에 안심이 됐던지 방바닥에 두 팔을 벌리고 세상을 다 얻은 양 편안한 모습으로 널부러져 누웠다. 넓게 느껴졌던 집안이 세 명의 조카들이 들어서자 꽉 들어찬 느낌으로 북적대며 사람 사는 냄새와 모양새가 보였다. 인희는 없는 솜씨 있는 솜씨를 다해서 부지런히 손발을 움직이며 조카들에게 최선의 맛있는 음식을 만들어 한 상 가득 차려 내고 작은 밥상에 비좁게 빙 둘러앉아 서로의 웃음 띤 얼굴을 바라보며 맛있게 음식을 먹어 줬다. 인희는 밥상머리에서 "이제부터 이모가 잘할지 모르겠지만 아빠도 되어 주고 엄마도 되어 줄 거야. 부족한 것 있으면 언제든지 말하고 이모하고 마음 맞춰서 잘 살아보는 거다. 부족하지만 최선을 다해 너희 뒷받침을 해줄 거야. 겨울 방학 끝나면 내년에 혜성이 초등학교 입학도 해야 하니까 입학하기 전에 누나들하고 한글이랑 숫자 공부 열심히 해야 된다. 수진이는 이모가 일하러 가고 집에 없을 때 동생들 책임지고 잘 돌보고 예진이는 혜성이가 의지할 수 있게 항상 같이 있어 줘야 해."라고 사랑을 담은 눈빛으로 조카들에게 말했다.

조카 세 명을 품에 안은 인희는 한편으론 뿌듯하면서도 막중한 책임감을 느끼고 더 열심히 살아야겠다는 마음을 가지며 조카들을 동거인으로 전입신고를 하고 일에도 몰두하기 위해 동분서주하며 바쁜 나날을 보냈다. 그래도 지친 몸으로 집에 오면 우르르 달려들어 서로 안기려 하며 시끌벅적하게 맞이해 주는 조카들을 품에 안으며 '부모의 심정이 이런 것인가?'보다는 행복이 몰려왔다. 뒤늦게 엄마와 오빠들, 연희가 조카들을 인희가 맡아 키운다는 사실을 알고 엄마는 펄쩍 뛰며 못난 형부에게 욕지거리를 산더미처럼 퍼부었다. 혼자 사는 딸년을 빌미 삼아 딸년의 앞길을 막는다는 이유에서였다. 그러면서도 엄마나 오빠들, 연희는 대찬 인희라서 가능한 일이라며 조카들 걱정을 덜 하게 돼서 오히려 마음이 놓인다고 했다. 이후 가족 모두가 합심이라도 했는지 서로 앞다투어 조카들에게 보탬이 되라며 물심양면으로 도움의 손길을 보내주고 있었다. 인희도 떨어져 있으면서 마음 고생하느니, 힘겹지만 곁에서 지켜줄 수 있다는 안도감으로 평안하게 느껴졌고 더 없이 감사한 행복을 만끽할 수 있었다. 아마도 스님이 된 언니가 바랬던 바람은 인희의 몫이었을 것이다. 그렇게 수많은 우여곡절 끝에 인희는 조카 세 명의 엄마 아닌 엄마가 됐다.

해 바 라 기

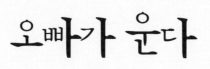

오빠가 운다

오빠가 헛헛한 미소 뒤로
눈물을 품어내고 있다는
씁쓸한 아픔이 전해져 왔다.

자식을 떠밀어 낸 형부에게 두 번 다시 돌려 보내선 안 된다는 각오와 조카들에게 더 이상 어른들의 잘못으로 아픔을 주지 않기 위해 인희는 눈코 뜰 새 없이 바쁘게 살아야 했다. 아기를 낳아 본 적이 없는 인희에게 조카 세 명을 짊어진 어깨의 무게와 책임감은 남달라 부족하지 않으려 부단히 애를 썼다. 산악 동호회 모임에도 참석하지 않고 선배 남친과의 연락도 뜸하게 지내는 중 인희의 가까운 친구들에게 조카 세 명을 맡아 키운다는 얘기를 전해 받은 선배 남친이 만남을 청해 왔다. 선배 남친의 결혼하자는 제의를 거절하고 세 명이나 되는 조카를 맡아 키우는 인희 자신이 왠지 떨떠름하니 숨길 수 있으면 숨기기라도 하고 싶은 마음에 남친을 만나고 싶지 않았다. 그러나 서로의 만남으로 이어오던 정도 있고 깔끔히 감정의 마무리도 해야 할 것 같아 흉이 아닌 이상 만남을 거절할 필요까지는 없다는 생각으로 남친을 만나게 되었다. 서로 어색한 표정으로 뜸을 들여가며 말이 오고 갔다. 그래도 현실은 이혼남이지만 결혼도 해보고 아이를 둘이나 키우는 아빠 입장의 남친은 인희에게 "대단하다, 김인희. 어렵고 힘든 선택했네, 나도 아이들을 키우는 아빠로서 자신의 자식도 아닌 조카들을 세 명이나 맡아 키운다는 네가 무척 존경스럽다. 어렵게 생각하지 말고 조카들 키우면서 힘든 일 있고 할 때 서로 연락하고 의논하며 좋은 쪽으로 만나자꾸나!" 한다. "오빠에게 괜히 미안하고 나를 믿고 내 곁에 온 조카들을 거절할 수가 없었어. 하루하루가 바빠서 연락할 겨를도 없었어. 오빠가 먼저 연락해 주고 좋은 조언도 해줘서 고맙고 마음이 편안해졌어. 정말 힘들 때, 방법이 떠오르지 않을 때, 오빠에게 사심 없이 연락하고 조언도 듣고 할게. 그래도 가까이에 동지가 있다는 생각에 저절로 힘이 나네. 고마워 오빠."라고 인희는 감사에 마음을 전했다.

극작가로 연극, 뮤지컬 무대에 오르기도 하고 연출까지 맡아가며 종횡무진 알차고 바쁜 나날 속에서 조카들의 해바라기가 되어 인희의 하루하루는 시간의 흐름도 잊을 만큼 빼곡한 일정으로 꽉 들어찬 일과의 연속이었다. 세월은 유수같이 흐른다더니 어제 인희 곁에 온 것 같은 조카들이 어느새 해가 바뀌어 새로운 학교로 전학하고 학교에 간다는 설레는 마음으로 며칠 전부터 들떠 있던 혜성이는 싱글거리며 씩씩한 모습으로 인희 이모의 손을 잡고 초등학교에 입학했다. 학생이라는 신분이 되어 좋아하는 혜성이와 마찬가지로 조카들 덕분에 학부모가 된 인희는 어깨가 으쓱 올라간 듯 감개무량했다. 자신에게 이런 날을 선사해준 조카들, 더 앞서 언니에게 언니 몫을 대신해 처음으로 느껴보는 애틋하고 경이로운 감정에 고맙고, 감사한 마음이 솟아올랐다. 조카들이 곁에 있는 덕택으로 인희는 맡아서 하고 있는 분야의 일에서도 더 큰 책임감을 가지고 열정을 쏟아 맡은 직책의 임무를 성실히 해냈다. 고등학교 이학년이 된 수진이는 일터에서 돌아오는 인희 이모가 힘들지 않도록 살림살이 전반을 맡아서 하며 동생들의 뒷바라지와 인희의 저녁밥까지도 마련해 소소하지만 맛깔스럽게 차려내 주곤 했다. 화기애애한 분위기 속에 힘에 겹다는 생각을 잊을 만큼 조카들과 인희는 똘똘 뭉친 사랑스러운 가족의 그림을 그려 주었다. 가끔 주말이나 휴일의 시간이 주어질 때는 조카들과 야외로 나가 놀이기구를 타, 기도하고 서로의 손을 잡고 산행하며 정성껏 김밥을 말고 맛있는 음식을 준비해 온 것으로 볼을 한껏 불려가며 먹는 모습에 함박웃음을 지으며 행복한 나날을 보냈다.

그래도 아빠라는 본분으로 걱정이 되어선지 형부는 이따금 수진이에게 연락해서 안부를 묻고 예진이와 혜성이의 목소리를 전해 듣기도 했다. 그렇게 이어오던 형부의 연락이 잦아지자 수진이는 싸늘한 목소리로 "아빠! 이제 앞으로 전화하지 마세요. 이모 모르게 연락 주고받는 것도 미안하고 아빠가 걱정 안 해도 우리 학교 잘 다니고 잘 살고 있으니까 아빠나 몸 건강히 잘 살고 계시면 돼요. 걱정 끼치는 일 없을 테니 맘 편히 계세요."라고 냉담한 말투로 아빠의 연락 거절을 싹뚝 잘라 말했다. 자식을 못 키우겠다고 부모의 의무를 박탈하고 떼어 낼 때는 언제고 걱정이 된답시고 시도 때도 없이 전화를 걸어와 이것저것 시시콜콜 물어 제치는 아빠가 원망스럽고 미움이 가득 가슴에 서려 수진이는 얼른 어른이 되어 보란 듯이 잘사는 모습을 보여 줄 거라고 마음속 깊이 단단한 결심을 하고 있었다. 일찍이 어른 아닌 어른이 되어버린 수진이는 자기 아빠와 실랑이하는 연락으로 마음이 언짢아 있어도 인희가 눈치를 채지 못할 만큼 인희 앞에서는 불편한 마음을 전혀 드러내지 않고 내색하지 않았다. 우여곡절을 겪고 인희 품에 안긴 탓인지 엄마 대신 이모인 인희에게 모정을 느껴서인지 참으로 살갑게 대해주는 여린 아이였다. 인희는 뒤늦게 그런 사실을 알아차렸지만, 아무것도 모르는 척 해 주었다. 스스럼없이 누가 하라고 해서 하는 것이 아닌 할 수 있는 모습 그대로, 어느 땐 친구와 엄마처럼 그리고 정겨운 이모로 조카들을 대하며 서로가 평안하고 행복한 미소를 지으며 보이지 않는 허전함 속에서도 만족하고 서로의 버팀목이 되어 주며 잘 지내주고 있어서 조카들에게 고맙고 마음 편히 감사할 따름이었다.

초등학교에 입학한 혜성이가 서너 달이 지나 학교생활이 익숙해져 가고 있을 때쯤 엄마를 모시고 언니에게 다녀오자고 했던 작은오빠가 조카들을 맡고 있어서 시간을 낼 수가 있는지 인희에게 의논을 해왔다. 어른 같은 수진이 덕택으로 예진이나 혜성이에게 인희의 손길이 그다지 많이 가지 않아도 스스로 잘 알아서 생활하고 있는 덕분에 휴일을 이용해 다녀올 수 있다는 답변을 해줬다. 며칠이 지나서 엄마를 모시고 언니를 보러 가기 위해 엄마를 찾아갔다. 언니를 보러 가자고 내세우는 작은오빠 말을 듣자마자 엄마는 손등으로 볼을 타고 내려오는 눈물을 훔쳐내시며 "내가 무슨 꼴을 더 보려고 흉하게 머리 깎고 중 된 새끼 꼬락서니까지 봐야 한단 말이여! 차라리 그 꼴 안 보는 게 속 편한 일이여. 너그도 없는 시간 내서 일부러 보러 갈 필요도 없어 제 새끼도 내팽개쳐 지 동생 앞길 망치고 저만 살자고 중 된 년을 뭣이 아쉬워 보러 간단 말이야! 저 혼자 산속에서 썩어 없어지든지 자식 하나 없는 셈 치고 눈 딱 감고 살다가 죽어 없어지면 끝나는 일이구먼. 이 꼴 저 꼴 안 보려면 오늘 밤새라도 저승사자가 날 좀 데려가 달라고 빌어야 하겠구먼." 하시며 이불을 잡아당겨 덮고 누우셔선 깊은 한숨 속에 눈물짓고 계셨다. 이런 모습의 엄마를 물끄러미 바라보던 작은오빠도 큰오빠가 웬만하면 엄마에게 언니를 만나지 않도록 했으면 한다는 말이 떠올랐다. 속세를 떠난 낯선 스님 모습의 딸을 보니 예전의 언니 모습으로 엄마 가슴에 간직되어 남아 있는 것이 엄마에게 아픔을 덜 남기는 바람에서였을 것이다.

왜 어미가 새끼를 보고 싶지 않겠는가? 새끼가 얼마나 가엾고 애달프면 이제는 더 큰 아픔을 안 남기려고 차라리 안 보는 게 낫다고 하실까? 싶어 작은오빠와 인희 둘이서만 언니를 찾아가기로 했다. 인희는 수진이에게 엄마를 만나러 가니 엄마에게 하고 싶은 말 등을 편지로 써달라고 했다. 우리도 데려가 달라고 애원하는 수진이에게 "너희까지 데리고 가면 엄마가 가슴이 너무 아파서 만나주지 않을 거야! 이모가 먼저 만나서 많은 얘기를 나누어보고 좀 더 엄마가 안정되면 그때 만나러 가도 늦지 않는다. 우리 다 잘 살아 있으니까. 너, 엄마도 걱정 없이 잘 지낼 때 그때 봐도 충분하잖니."라고 달래며 조카들의 흘러내린 눈물 자욱이 묻어난 각자의 편지를 받아 넣고 필요할 것 같은 생필품을 마련해 큰 가방 한가득 담아 작은오빠와 언니가 묵고 있는 절을 찾아 나섰다. 작은오빠는 인희를 보자 그렁그렁 눈가에 이슬이 맺힌 채로 힘껏 끌어안았다. 얼마 만에 오빠의 품속에 안겨 보는지 순간 오빠 품에서 낮익은 아버지의 향기가 물씬 코에 스며들었다. 어린 시절 많이 맡았던 고향의 집 냄새처럼 너무도 아늑하고 푸근해 왔다. 인희의 눈가에 촉촉이 젖어 든 눈물을 말없이 손으로 닦아주며 "인희야! 고맙다. 많이 힘들지? 대단하고 씩씩한 네가 있어서 오빠가 맡을 짐을 다 맡아주고 미안하면서도 형이나 내가 항상 고맙게 여기고 있단다. 너무 애쓰지 말고 어려움이 있으면 언제든 말해줘라. 최선을 다해 도움이 되도록 노력할게, 인희야! 알겠지." "아니야! 오빠들이 늘 도와줘서 그것만으로도 충분해. 그리고 조카들이 착하고 수진이가 나보다 더 어른스러워서 힘든 줄 모르게 모든 걸 잘 알아서 해줘서 잘 지내고 있어, 오빠들이 너무 걱정 안 해도 되는데 괜히 사서 걱정하는 것 같아! 언니 만나서 언니 얘기만 듣고 나면 한시름 놓을 것 같아."라고 하며 오랜만에 만난 오누이의 밀린 이야기가 이어져 가고 있었다.

간신히 작은 자동차 한 대 정도만 갈 수 있는 비좁은 산길을 굽이굽이 돌아 올라가서야 산사 중턱 웅장하니 자리 잡고 절을 암시하는 모습의 단아한 암자가 눈앞에 다다랐다. 때마침 단오절이 다가오는 시점으로 더러더러 스님과 더불어 일반 보살님들이 절 이곳저곳에 계시는 모습이 눈에 들어왔다. 작은오빠와 인희는 학교의 교무실을 찾는 듯한 눈빛으로 두리번거리며 절의 사무실을 연상케 하는 곳으로 발걸음을 들여놓았다. 힘겹게 들고 온 무거운 가방을 문 가까이 내려놓고 간단히 예절을 올리고 나서 안내해 주는 스님을 따라 들어간 자리에 어림짐작으로 중년을 훨씬 넘으신 듯한 수려한 모습의 스님이 계셔 묵례를 올리니 인자한 미소를 지으시며 무슨 연유로 내방을 했느냐고 문의하셨다. 언니의 이름을 대며 남매지간으로 출가하고 처음으로 만나보고자 왔다고 하니 엷은 미소를 보이시며 안내해 준 스님에게 언니 이름을 말해 주며 안내해 드리라고 했다. 암자의 작은방으로 안내를 받아 언니를 기다리고 삼십 분이 너끈히 지나갈 즈음 작은 소리에 인기척이 났다. 드디어 마주하는 언니 모습은 동그스름한 머리에 까만 머리칼이 하나도 없이 말갛게 반짝이고 있었다. 울음을 참느라 붉어진 눈시울로 오빠와 인희에게 두 손을 합장하여 묵례한다. 스님의 옷차림이 너무도 잘 어울려 다른 사람인 듯한 언니의 모습에 당혹해하며 오빠와 인희도 사무치게 그리웠던 언니를 마주하고 터져 나오는 울음을 꾹꾹 눌러 참으며 두 손을 모아 묵례를 했다.

동시에 터져 나온 울음과 함께 스님이 된 언니를 와락 껴안은 인희는 "언니! 이게 무슨 일이여! 보고 싶어 죽을 것 같았어! 왜 이래야만 했어! 어떻게 이럴 수가 있어? 조카들은 어쩌라고? 눈에 밟히지도 않아? 왜 언니가 스님이 돼야 하냐고! 이렇게 사는 게 정말 맘이 편한 거야? 조카들이 걱정 안 돼? 스님으로 살다 죽을 거냐고!"라고 다그쳐 물어 제쳤다. 그런 인희를 눈물을 흘리며 서 있던 작은오빠가 만류하며 언니 손을 잡고 앉혔다. 한참을 무심히 울던 삼 남매가 가슴을 진정시키고 언니의 얘기를 들었다. 만약에 스님의 길을 택하지 않았다면 자신이 죽어 세상에 없든지, 아니면 형부의 목숨을 끊어 놓든지 아이들의 목숨도 지켜주지 못했을 것이라고 했다. 형부가 집을 나가 돌아오지 않을 때 배신감으로 산다는 게 지옥 같아서 죽고 싶은 마음이 간절했지만 혜성이를 임신한 사실을 알고는 차마 새끼 목숨까지 끊을 수가 없어서 죽을힘을 다해 목숨을 연명하며 살아냈는데 이 년 가까운 세월을 처자식을 버리고 빈 몸뚱이로 돌아와서까지도 예전과 같이 뻔뻔하게 다 알고 있는데도 구차한 변명을 하며 버젓이 다른 여자와 붙어 지내며 언니를 능멸하는 벌레만도 못한 인간 옆에 죽이지 않는 한 붙어살 수가 없었다고 한다. 밤잠 한번 제대로 자본 적이 드물 정도로 절에 들어와 스님이 될 그것을 마음먹기까지 수많은 날 동안 살인에 목적을 두고 살았다고 한다. 극심한 마음고생을 하다가 절에 다니면서 알게 된 비구니 노스님의 조언을 듣고 자신의 못남을 다스리려 했지만 잠 못 이루는 격한 불면증과 못난 부모를 만나 행복한 가정을 이루어주지도 못한 아이들에게 살인자의 자식이라는 멍에를 씌워 주어서는 안 된다는 간절한 마음으로 더러워진 영혼의 때를 벗기 위해 스님의 길을 택하게 됐다고 했다.

작은오빠나 인희가 잘했다고, 잘못했다고 그 어떤 말을 할 수가 없었다. 다만 언니가 살아 있어 줘서 고맙다고 해야 맞는 말 같았다. 함구하고 있던 작은오빠가 되돌릴 수 없겠지만 언제고 누나가 원한다면 아이들 곁으로 돌아오길 바란다고 했다. 조카들도 형부가 키워내기 힘들다며 떼어 내다시피 해서 인희가 맡아서 키우고 있고 인희가 힘겨워서 안타깝지만, 조카들도 만족해하고 학교도 잘 다니고 몸 건강히 잘 자라고 있으니 아무 걱정하지 말고 누나가 편한 마음으로 지내주길 바란다고 한다. 인희 손을 잡고 하염없이 눈물을 떨구던 언니는 "인희야! 너에게 무슨 말을 한들 위로가 될 수 없겠지! 그렇게 되리라고 예감하고 있었단다. 내 본분으로 할 수 있는 것은 기도밖에 없구나. 못난 언니 만나서 큰 짐을 지게 했구나. 내 몸 빌려 낳았지만 부족한 못난 어미보다 더 잘 키울 거라고 믿는다. 이 어미를 대신해 많이 안아주렴. 그리고 곁에 없지만 잘 자라 주길 바라며 잊지 않고 사랑하고 항상 기도한다고 전해주렴."이라고 말하며 엄마에게도 아무 걱정 마시고 편안히 건강하시길 바라며 동생들에게도 애써 찾아오려 하지 말고 본분에 충실히 잘 지내주길 염원한다고 했다. 인희는 눈언저리에 눈물을 가득 머금고 여린 언니의 어깨를 껴안고는 다른 그 어떤 말도 더 이상할 수가 없었다. 다만 조카들을 최선을 다해 돌보고 보살펴 줄 테니 마음의 짐을 내려놓고 언니의 건강을 지키며 무사안일한 생활을 해주길 바라는 마음을 전했다. 그리고 엄마와 우리 남매들, 조카들이 보고 싶다면 언제든 찾아오겠다는 말을 남겼다. 여러 가지 생활에 필요한 생필품을 큰 가방 한가득 전해 받은 언니는 아무것도 필요치 않다며 두 번 다시 이런 배려에 신경 쓰지 말라는 당부를 했다.

수진이, 예진이, 혜성이가 엄마를 향한 그리움을 담아 꾹꾹 눌러써 눈물 자국으로 얼룩진 편지 세 통을 언니 손에 쥐여주니 편지를 가슴에 품고는 아이들 얼굴 바라보듯이 늘 보겠다며 영원히 간직할 거라고 눈물이 흥건히 맺힌 눈으로 말했다. 모정의 사무친 애달픔은 엿보였지만 여리고 가련한 모습의 속세에 묻혀서 살 때의 언니가 아니었다. 무언가 언니의 가슴을 지켜주는 지렛대가 튼튼하게 우뚝 서서 단단함으로 언니의 실체를 이루어주는 것 같았다. 그래서인지 언니를 뒤로하고 떠나오는 오빠와 인희의 발걸음이 무거운 짐을 내려놓은 듯 담담한 마음의 가벼운 걸음걸이로 언니를 멀리하고 떠나올 수 있었다. 몸은 비록 멀리에 떨어져 있지만, 영혼이 항상 같이한다는 그것을 느낄 수 있었다. 먹먹함이 머무르며 짠한 아픔도 남겼지만, 인희도 한결 가벼운 느낌으로 앞으로 조카들을 위해 더 열심히 살아서 언니에게 보답해야겠다고 다짐했다. 한참 만에 산사를 벗어나 오빠가 인희에게 할 이야기가 있다며 고즈넉한 찻집에 자리하고는 옅은 미소를 지으며 많은 시간 동안 가슴에 담아두고 망설임 끝에 형에게 의논해 보려는 마음도 있었지만, 일방적으로 잔소리만 들을게 뻔해서 인희 너가 아니면 딱히 의논할 사람이 없어서 이제라도 의논해 보려 한다며 간신히 입을 떼어 놓기 시작했다. 어디서부터 잘못되었는지 어떻게 이야기를 풀어나가야 할지도 모르겠다면서 이야기를 꺼내 놓으려 애를 쓰는 모습이 지켜보는 인희도 안타깝게 느껴졌다. 그렇게 시작된 이야기는 이러했다. 오빠가 뮤지컬배우로 이름을 얻어 갈 즈음, 같은 극단의 후배 동료로 올케언니를 만나게 되었고 만남을 이어오던 중 서로의 마음이 맞아 어렵지 않게 혼인할 것을 약속하고 빠르게 결혼하였다. 주변 사람들의 부러움을 사는 어울리는 한 쌍의 부부였다.

결혼 초기에는 서로가 좋아하는 감정으로 좋은 것만 보이던 일면이 세월이 흐르고 아이들이 태어나면서부터 눈에 띄게 단점들이 불거져 나와 다툼이 잦아졌다고 한다. 시골에서 태어나 도시로 나와 살기까지 어려운 가정환경 속에서 자라온 오빠와는 달리 올케언니는 경제적으로 유복한 가정에서 별다른 어려움 없이 외동딸로 곱게 자라온 탓이었는지 결혼 초에 오빠가 벌어들여 오는 일정하지 않은 적은 수입에 맞추어 생활하기에 어려움이 따르자 늘 올케언니의 부모님으로부터 돈을 조달해 생활을 지탱한다고 해도 과언이 아니었다고 했다. 그렇게 이어져 오는 생활 습관에서 더 나아가 올케언니는 TV 홈쇼핑에 중독된 사람처럼 하루가 멀다 하고 홈쇼핑 물건을 사들였고 온종일 컴퓨터 게임에 빠져 살며 아들 하나를 더 낳아 두 형제 아이들에게 냉동 음식과 배달 음식으로 간간이 끼니를 챙겨 주며 집안 꼴은 엉망이었고 오빠가 들어오고 나가는 것도 염두에 두지 않으며 부부이고 가족이지만 남이나 마찬가지인 상태에 이르기까지 되었다고 했다. 올케언니의 부모님도 올케언니를 나무라기도 하고 제대로 살림살이를 잘해나가길 부탁도 해 봤지만, 올케언니의 작심삼일로 무산되고 올케언니의 어머니가 수시로 내방을 하셔서 집 안 청소와 먹거리를 정리해 주시고 음식을 마련해 놓고 가시곤 하시는 덕택으로 하루하루를 버텨내고 있다는 쓰디쓴 이야기를 들려줬다.

오빠와 조카들 그리고 집안일에는 무관심하고 아내이고 엄마인 자리를 벗어나 가족이면서도 가족이 아닌 이방인으로 올케언니만의 세상 속에서 살며 얼마 전에는 만취 상태로 음주 운전을 해 인명피해까지 입혀서 막대한 합의금을 치르고 면허취소까지 당했다고 한다. 오빠는 이름이 어느 정도 알려진 공인으로 이혼이란 있을 수 없다고 다짐하며 참고 참으며 버텨 왔는데 더 이상 올케언니로 인한 극심한 스트레스와 아이들이 받는 상처를 방관하며 결혼 생활을 이어갈 수가 없어서 이혼을 결정하기도 했었다고 했다. 이혼 의사를 말하는 오빠에게 장인 어르신과 장모님이 애원하며 매달리다시피 하시며 조금만 더 참고 아이들의 엄마로서 올케언니를 떼놓지 말라고 간절하게 빌 듯이 이혼을 만류하셨다고 한다. 십여 년을 훌쩍 넘도록 살아왔지만 남은 것이라고는 빈 몸뚱어리에 아들 둘뿐으로 그렇게 속을 태우며 참고 살아보려 했지만, 이제는 대화마저도 단절되었고 정신적으로 힘든 상황으로 오빠는 요즘 들어 부쩍 술과 담배에 의존하게 되었고 올케언니도 걱정스럽지만 살뜰한 엄마의 손길 없이 제멋대로 방치하는 두 아들이 안쓰러워 어떤 결정을 지어야 할지 엄두가 나지 않는다며 누나를 만나보고 나니 누나가 왜 자식까지 멀리하고 스님이 되어야 했는지 죽지 못해 선택한 누나의 심정을 이해할 수 있게 되었다고 했다. 그동안 심한 스트레스로 겪는 아픔을 인희에게 속 시원히 털어놓고 의논을 하고 싶어도 그동안 누나 때문에 제일 고충이 많은 인희인지라 차마 못난 오빠의 고민까지 말할 수가 없었다고 했다.

작은오빠의 말에 한마디 대꾸도 못하고 넋이 나간 듯 듣고만 있던 인희는 귓전에 들려오는 오빠의 말이 꿈이라고 꿈속으로 지나가는 얘기일 거라고 암시하며 꿈을 꾸는 것이기를 바라고 또 바랐다. 언제나 별다른 말없이 언니 문제로 연락하는 인희에게 늘 걱정하며 어떻게든 도움의 손길을 보내 주며 아무 탈 없이 잘 지내고 있으리라고 탄탄한 믿음을 주었던 오빠마저 이렇게 엄청난 문제의 가정사로 힘들어했다니 무어라 말을 해줘야 도움이 된단 말인가? 언니도 죽지 못해 마지막 선택을 했는데 언니 선택의 이유에 대한 확답을 듣고 불쌍한 조카들을 위해 더 열심히 살아야겠다고 다짐했는데 이젠 생각지도 않은 오빠의 삶이 무너져 내려가고 있단다. 어른으로 아니 부모가 되어서 왜들 다 이러고 사는지 왜 자식을 낳고 왜 책임과 의무를 회피하는지 생각 같아서는 올케언니를 찾아가 정신 좀 차리고 올바르게 살아달라고 외쳐대고 싶은 마음이 굴뚝처럼 솟아올랐다. 오빠도 가엾고 조카들도 가엾지만, 정신 못 차리고 올바른 가정으로 이끌어 가지 못하는 올케언니로 인해 모든 것을 감수해야 하는 올케언니의 부모님이 더없이 안타깝게 느껴졌다. 오빠에게 다른 어떤 말도 해줄 수가 없었다. 언니로 인해 오빠 역시도 많은 깨달음을 얻었으리라 생각한다. 인희에게 어떤 조언을 얻기보다는 갑갑한 가슴에 맺힌 하소연을 털어내어 조금이라도 위안을 받기 위함이었다고 여겨졌다. "진작 말해 주지, 그동안 얼마나 속을 썩이며 살았어? 언니는 언니 삶이고 오빠는 오빠 삶이잖아. 오빠 스스로 현명한 선택을 할 거라고 생각해. 너무 상심하지 말고 조카들을 생각해서 좋은 쪽으로 결정하고 조카들이 안정되고 편안하게 생활할 수 있기를 바랄 뿐이야. 그리고 오빠가 힘을 내야 바라보는 조카들이 편안하니 축 처진 모습 보여주지 말아. 하늘이 무너져도 솟아날 구멍은 있다고 했어. 도움이 될지 모르겠지만, 연락 자주 해줘. 이런 사정 얘기 듣고 연락 없으면 걱정될 거야."라고 인희는 오빠에게 연락의 다짐을 재차 받아냈다.

언니를 만나보고 무겁던 마음이 조금은 가볍게 느껴졌던 순간이 삽시간에 사라지고 작은오빠의 힘겨운 가정사를 안 들은 것만도 못하게 되어버렸다. 더없이 어깨를 짓누르는 오빠의 아픔이 인희에게도 내려앉는 것만 같았다. 오빠는 헤어지는 끝자락에서 안쓰러운 눈빛으로 인희를 바라보며 마음이 안 놓였던지 조카들에게 맛있는 거 많이 해주라고 제법 되는 현금을 인희 손에 쥐어 줬다. 막무가내로 거절하는 인희를 벗어나 빠른 걸음을 옮겨 멀어져 갔다. 그렇게 오빠와 헤어지고 집으로 돌아오는 동안 선한 심성을 가진 오빠의 마음이 얼마나 많이 아플까 싶어 인희의 가슴 또한 시려왔다. 그래도 엄마를 만나보고 오는 이모에게 듣고 싶은 얘기에 한층 기대하고 있을 조카들을 떠올리며 조카들이 좋아하는 음식을 마련해 주기 위해 잔뜩 식재료를 사서 집으로 돌아왔다. 현관문을 열자마자 우르르 조카들이 달려 나와 들어서는 인희를 반색하며 한껏 기대감이 부풀어 오른 표정으로 서로 달려들며 반갑게 끌어안아 주었다. 이렇게 느끼는 격한 기쁨의 감정으로 자식을 키우는 보람을 느낀다는 부모님의 심정을 이해할 것 같았다. 인희는 내심 가뿐한 마음으로 부랴부랴 조카들이 좋아할 음식을 만들어내느라 조카들의 도움을 받아 가며 분주히 움직였다. 마련된 음식에 더불어 맛있는 치킨과 피자도 얹어 만찬이 마련된 밥상에 빙 둘러앉아 맛있게 먹으며 엄마의 얘기를 들려주는 인희를 똘똘한 눈망울로 바라보는 아이들에게 인희는 "너희가 엄마에게 써준 편지를 엄마가 가슴에 품고 너희 얼굴 보듯이 항상 본다고 했어. 너희 엄마는 몸은 떨어져 있지만 보이지 않는 마음이 항상 너희 곁에 같이 있다고 했어. 그리고 항상 지켜주기 위해 기도하신단다."라고 하였다. 그 말을 끝으로 세 명의 조카들은 눈물범벅으로 눈물바다를 이뤘다.

언니를 듬뿍 담아서 얘기를 전해 주는 인희도 감출 수 없는 아린 가슴으로 눈물이 솟아 흘렀다. 그러면서도 내심 침착하려 애쓰며 "너희 엄마가 너희에게 몸 건강히 잘 자라 주고 잘 성장해서 믿음직한 성인이 되어 주길 굳게 바라고 있어. 그때 되면 엄마를 이해할 수도 있을 거라고 했어. 우리 모두 엄마를 만나는 날 엄마가 바라는 모습으로 만날 수 있게 열심히 공부하고 잘 자라 주길 바라고 이모도 너희에게 최선을 다하도록 노력할 거야, 알겠지? 우리 모두 열심히 사는 거다."라며 조카들에게 힘을 내자며 분위기를 원만하게 만들어 갔다. 그러는 중 어른다운 수진이가 "이모! 고마워요. 언제나 힘든 내색 한번 없이 우리를 최선을 다해서 보살펴주는 이모에게 보답하기 위해서라도 저도 도와 드릴 수 있는 만큼 노력하고 이모 많이 도와 드리도록 할게요. 동생들도 더 많이 챙기고 이모가 힘 덜도록 할게요."라며 인희 손을 잡아줬다. 야무지고 욕심도 많아 인희 이모의 사랑을 독차지하려 하고 터울이 많은 수진이와 대등해지려 하던 둘째인 예진이도 혜성이가 온 뒤부터는 혜성이를 살뜰히 챙기며 혜성이가 원하면 아무리 아끼는 애장품도 동생이라고 선뜻 내어 주곤 했다. 인희는 어릴 적 고향에서 할아버지, 할머니를 비롯해 삼대가 모여 살 때에도 실감하지 못했던 애틋한 가족이란 울타리가 너무도 소중하다는 것을, 조카들로 인해 새삼스럽게 느낄 수 있었다. 서로 신뢰하고 의지하며 사랑을 바탕으로 합심하며 살아가는 가족의 모습이었다.

화기애애하던 저녁상을 물리고 안정을 찾아 한숨 돌리려 할 때 요란스레 울리는 전화벨 소리에 깜짝 놀라 수화기를 들자마자 기다리다 못해 언니의 안부가 궁금해 연락해 온 엄마의 말이 쏟아져 나왔다. "어미 애타는 심정도 모르고 어째 재빠르게 전화 한 통 없이 속을 끓게 만드는 거여. 숨 넘어가야 너그가 어미 맘을 헤아릴 거여. 수진이 어미 몸 성히 잘 있더냐?" 하시며 답변을 하기도 전에 급한 숨을 몰아 내쉬신다. 아마도 노심초사 이제나 저제나 '딸년 소식이 올까' 하며 학수고대하시다가 기다림에 지치셔서 하는 수 없이 전화

기를 잡으셨나 보다. 그제야 인희는 아차 싶어 "엄마! 미안, 미안. 퇴
근길하고 맞물려서 늦게 도착했어요, 방금 한숨 돌리고 전화하려던
참이었어요. 언니 건강하고 마음 편히 잘 있어요, 그러잖아도 엄마에
게 아무 걱정하지 마시고 몸 건강히 편안히 계시라고 전해 주라고 했
어요." "지 새끼도 안 보고 싶다더냐! 저만 잘 살고 있으면 된다더냐!
지 새끼 키우는지 동생은 걱정도 안 된다더냐! 중으로 썩어 없어진다
더냐? 썩을 년 같으니라고. 아그들 다 잘 있지? 내 강아지 혜성이 학
교 잘 다니는 거여? 언제 아그들 데리고 어미 보러 오너라 밥 많이
먹고 알겠지!" 라고 쏘아붙이듯이 할 말을 다 하시고는 마음이 놓이
셨는지 느닷없이 뚝 하고 전화를 끊으셨다. 그래, 부모님이 자식한테
뭘 그리 크게 바라는 게 있으랴. 남들처럼 평범하게 살아주는 것, 그
게 바로 자식 된 기본의 도리지 않을까 싶다. 언니가 잘 있는 모습을
보고 왔다고 했으니 오늘 밤부터는 잠다운 꿀잠을 주무시기를 간절
히 바라 본다.

　걱정하고 염려했던 바와는 달리 누구보다 잘 어울리는 스님 복장
의 언니가 마음은 편치 않을지 모르지만 잘 있다는 소식을 전해 받
은 큰오빠와 막내 연희도 고맙다며 걱정을 한시름 놓을 수 있게 됐다
며 조카들의 짐을 진 인희에게 격려를 아끼지 않았다. 인희는 언니를
만나보고 온 뒤 느슨해진 마음 탓인지 온몸이 불덩이처럼 열이 끓어
오르고 장작으로 두들겨 맞기라도 한 듯 몸 구석구석이 쑤셔오며 극

심한 몸살로 며칠째 앓아누워야 했다. 견디다 못해 병원을 찾아가서 영양제 링거를 맞고 학교에서 돌아온 수진이가 몸 둘 바를 몰라 하며 극진히 간호를 해줬고 예진이는 인희 이모의 마음에 들게 하려고 안 하던 집 안 청소를 하며 혜성이는 큰 눈에 걱정을 가득 담아 인희 곁에 누워서 "이모 내가 숙제 꼭꼭 하고 숙제 봐달라고 안 할게요. 아프지 마세요." 하고는 큰 눈에 한가득 눈물을 담아냈다. "아니야! 이모가 몸 관리를 잘못해서 몸살이 난 거야, 이모 빨리 나아서 우리 혜성이 맛있는 거 많이 해줄 거야. 아무 걱정 말고 내일 혜성이 학교 갔다 오면 이모가 거뜬히 일어나서 네가 좋아하는 치즈 토스트 해줄 거야. 맛있게 먹어 줘야 돼, 알겠지?"라고 하며 안정시켜 주고 혜성이를 품에 끌어안고 눈가에 눈물을 닦아주며 머리를 쓰다듬어 주었다. 아빠이고 엄마인 인희가 드러누워 앓는 모습으로 조카들마저도 의기소침해져서 안쓰러움에 빨리 자리를 털고 일어나려 애를 썼다. 인희는 예전의 혼자 몸이 아니었다. 조카들의 해바라기로 언제나 고개를 떨구지 않고 힘있게 하늘을 바라보며 꿋꿋이 살아가야 했다. 조카들의 해바라기로 말이다.

며칠째 앓아누워야 했던 극심한 몸살로 인해 핼쑥해진 인희의 모습에 동료 직원분들도 안쓰러워하며 힘내라고 용기를 북돋아 주었다. 예전 같으면 이럴 때 일에 욕심을 안 부리고 여유 있는 마음으로 할 수 있는 만큼만 일을 해냈던 인희는 지금 여유를 가지고 느슨하게 일을 접해서는 안 된다는 마음가짐에 며칠째 못 해낸 일까지 더불어 불철주야不撤晝夜로 일에 매진해야 했다. 훗날 잘 자란 조카들을 보며 언니가 지을 흡족한 엄마의 미소를 기대하며 조카들의 튼튼한 지지대가 되어 줘야 한다는 굳은 마음으로 인희는 다른 사람보다 몇 배의 노력을 하며 살아내야 했다. 그런 인희에게 선배 남친은 가끔 찾아와 밀렸던 얘기를 나누며 서로를 응원하고 조카들을 키워나가는 데 적잖은 지혜와 도움을 주었다. 서로의 삶에 참으로 듬직한 동반자로 인희에게 큰 버팀목이 되어 주는 믿음직한 선배 남친이었다. 스스럼없이 이어져 오는 만남으로 인희의 조카들이 자신의 아이들과 터놓고 지내는 절친이 되어 주길 바라는 마음으로 선배 남친은 본인의 아이들과 인희의 조카들이 가까이 지낼 수 있는 자리를 주선해 왔다. 그렇게 한두 번 두 집안의 가족이 어울려 밖에서 맛있는 음식을 먹으며 두 가족은 빠르게 친분을 돈독히 쌓아 갔다. 남친의 아이들도 얼추 같은 또래의 여자아이들인지라 항상 동생들을 살피고 배려해 주는 수진이가 살뜰한 마음으로 남친의 아이들에게 다가서자 언니도 생기고 동생들도 새로이 얻은 듯 예전부터 친하게 지냈던 사이처럼 금방 서로에게 관심을 가지며 아무 거리낌 없이 밝은 미소를 지으며 가까워졌다.

얼마 지나지 않아 선배 남친은 인희 집과 가까운 거리의 같은 동네로 이사를 해 왔고 선배 남친이나 인희도 두 집안의 아이들이 서로 잘 어울리며 왕래하는 덕으로 좋은 벗의 인연을 맺어 줬다는 뿌듯함을 느끼며 예전에 남친과 서로 떨떠름하던 사이도 격 없는 편안한 절친 사이로 변해갔다. 인희의 조카들이나 남친의 두 자매가 한 술 더 떠서 오고 가는 왕래에 좋은 분위기로 두 집안간 화목을 이루어갔고 커가는 과정에서 서로에게 여러 면으로 의견을 주고받으며 만남을 지속해 가고 인희나 남친은 아이들의 관심사에서 벗어나게 되었다. 인희와 남친은 다행이라고 여기며 바르게 성장해 주길 바라며 마음이 한결 가벼워짐을 느꼈다. 그렇게 무탈함 속에서 막내 혜성이가 초등학교에 다니며 바쁜 일정 중에서도 인희는 시간을 내어 당번이 돌아올 때마다 급식 도우미 학부모 역할을 했다. 그럴 때마다 혜성이는 급식을 나누어 주는 엄마의 자리에 서 있는 인희 이모를 보고 의기가 충전된 듯 멋쩍은 미소를 지으며 어깨에 한껏 힘이 실린 듯했다. 그런 모습을 볼 때마다 부모님들께서 입에 달고 하는 "눈에 넣어도 아프지 않다"는 말이 실감이 났다. 분명 언니가 낳은 자식임에도 지금 인희 앞에 초롱초롱한 눈망울로 최고의 엄마인 듯 바라보는 혜성이는 조카가 아닌 금쪽같은 내 새끼나 다를 바가 없었다. 순간 혜성이를 위해서라면 목숨을 내놓아도 아깝지 않게 느껴졌다. 이제는 결단코 곁에서 떠나보내는 일은 없을 것이라고 마음속 굳은 다짐을 했다. 혜성이가 학교 수업을 마치고 폴짝폴짝 뛰듯 걸으며 좋아서 기분이 상기되어 싱긋이 미소 띤 얼굴로 곁에서 혜성이의 손을 잡고 걷는 인희에게 더없이 끈끈한 모정을 불어넣어 주었다.

여간해서는 자신의 감정을 잘 드러내지 않는 수진이가 무언가 할 말이 있는 듯 인희 곁을 서성대고 있었다. 눈치를 챈 인희가 "헤~이, 큰딸! 이모에게 하고 싶은 말 있지? 뭐야, 우리 비밀 없기로 약속했잖아!"라고 하자 한참을 망설이던 수진이가 "이모, 비밀이 아니고요. 아빠가 전화해서 하시는 말씀이, 우리가 없으니까 집세 많이 나가는 넓은 집이 필요 없어서 작은 집으로 이사하실 거라고 하셨어요. 언제까지 이모 곁에 있으라는 말도 없이 아빠 입장만 생각하는 것 같아 제가 이모에게 미안해서 뭐라고 말씀을 드려야 될지 모르겠어요. 이모 죄송해요. 우리 때문에 힘들게 해서요." 이런 말을 맺고는 풀썩 주저앉아 울음을 터트렸다. 이렇게 속 깊은 수진이가 미안하다고 죄송하다는 말에 인희는 수진이를 안고 토닥이며 "수진아, 네가 큰딸이라고 다 너의 짐이라고 생각하지 마. 아빠가 그런 말 안 하셔도 이모는 너희 떼놓지 않을 거야! 아무 걱정 말고 지금처럼 잘 지내주면 이모는 더 바랄 게 없어. 이모가 아빠이고 엄마 몫까지 다 해줄 수 있도록 많이 노력할게. 이모 믿고 네가 많이 도와주면 돼. 우리 다 같이 힘내자, 알겠지?" 하며 다시 한번 조카들을 감싸 안을 것을 맹세했다. 형부라는 사람은 애초부터 언니를 속여가며 가정을 등한시했고 뜬금없이 집을 나가, 길다면 긴 세월 동안 돌아오지 않았다. 임신한 몸으로 어린 두 아이와 피눈물을 흘리며 목숨을 부지해 온 언니가 그렇게 힘들게 살아내며 지켜온 자식들마저 등한시하고 절이란 곳으로 머리를 깎고 스님의 길을 택해야 했는지에 언니가 겪었을 마음고생을 생각하면 다시금 형부에게 원망스러움이 물밀듯이 밀려왔다. 인희는 지금이라도 아니, 먼 훗날 형부가 조카들을 돌려보내라 한다 해도 절대로 형부에게 돌려보내지 않을 것이라고 자신과의 굳은 약속을 했다.

작은오빠와 언니를 만나고 작은오빠의 가정에 전혀 예상치 못했던 불화설을 들은 뒤 걱정스러운 마음에 오빠에게 먼저 연락을 취해보는 인희에게 오빠는 "괜찮아, 그런대로 잘 지내고 있다."라며 인희를 안심시켜 주곤 했다. 그렇게 괜찮겠지? 잘 살아주길 바라는 마음으로 안도의 숨을 고르며 걱정을 떠나보내고 두 해를 넘기고 지낼 즈음 오빠는 인희에게 인희 집에서 그리 멀지 않은 곳에 오빠가 살 집을 알아봐 달라는 부탁을 해왔다. 인희는 또 가슴이 철렁 내려앉는 소리로 온몸에 전율을 느꼈다. 오빠가 살 집을 알아보라는 까닭은 이랬다. 올케언니가 음주 운전으로 인명피해를 입혀 엄청난 합의금을 물어 줘야 했고 면허까지 취소된 이후 올케언니는 더욱 집 안에 있는 시간이 길어져 사행성 컴퓨터 게임에 빠져들었다고 한다. 거기에 더 나가, 도박사이트에 들어가 도박에 심취해 잃는 돈을 감당하기 위해 주변에 아는 지인들에게 오빠에 이름값을 담보삼아 갚아내지 못할 만큼의 엄청난 큰 빚을 지게 되었다고 했다. 올케언니 친정집이 제법 경제력이 탄탄한 집안이었지만 늘 반복되는 올케언니의 금전 요구를 충족시켜 주다 보니 결국엔 호미로 막을 것을 가래로 막아내야 하는 현실에 부딪쳐 그 지경에 이르러서도 올케언니는 처해진 현실에 반항이라도 하듯이 백화점이나 명품 신상 매장을 돌며 머리에서부터 발끝까지 명품으로 휘감고 속 빈 강정이 드러날까 봐 두려웠는지 부자 아닌 부자의 갑질 행색으로 뒤덮고 다녔다고 한다.

돈으로 사람을 사귀고 세상에서 돈이 최고인 듯이 의기양양한 올케언니의 모습이 일상화될 때쯤 한, 두 명의 지인들이 오빠에게 올케언니가 빌려 간 돈을 갚으라며 독촉해 댔다. 어리둥절 의아해하는 오빠에게 하루하루 날이 바뀌기가 무섭게 오빠가 알지 못하는 대출받은 돈을 포함하여 빌려 간 돈을 내놓으라는 사람의 숫자는 점점 늘어났다고 했다. 올케언니는 어찌 된 영문인지를 캐묻는 오빠를 피해 변명할 여지도 없이 이제는 물러날 곳이 없었던지 자신의 친정집으로 피신해 가고 돈으로 치장해서 사귀고 만났던 사람들은 전혀 모르는 사람처럼 안하무인 격이 되었는데 어떻게 하라는 영문인지 가타부타 말 한마디가 없었다고 한다. 이후 오빠 혼자로서는 감당할 수 없는 올케언니의 큰 빚을 올케언니의 부모님이 어느 정도 갚아 주었지만, 오빠의 수입이 들어오는 통장의 잔액은 0원으로 돈이 들어오기가 무섭게 빚을 채 간다고 했다. 무일푼으로 살아 낼 수가 없고 이렇게 무서운 현실을 벗어날 수가 없어서 자기 이름에 먹칠을 안 하려고 이를 악물었던 오빠는 결국 이혼을 감행해야 했다고 했다. 이후 올케언니의 빚을 갚아 주기로 약속하는 서류를 작성해 주고 빚쟁이의 멍에를 쓰고야 말았다고 한다. 결혼하기 전, 서로 알지도 못하던 시절로 차라리 되돌아가고 싶다는 말을 할 정도의 고통을 가져온 결혼에 종지부를 찍어야만 했던가 보다. 불행 중 다행으로 사춘기에 접어든 큰아들과 둘째 아들이 오빠의 심성을 닮아서인지 좋지 않은 가정환경 속에서도 올곧고 바르게 자라서 오빠의 말을 잘 따라주었고 올케언니가 집 안에 있어도 끼니 챙겨 주는 일도 등한시하다 보니 늘 두 형제가 스스로 알아서 끼니를 해결하곤 했던 터여서인지 올케언니가 곁에 없어도 그다지 불편한 기색을 느끼지 않았고 술을 마시고 담배를 피워가며 컴퓨터에 몰입하던 올케언니가 없는 집 안에 술 냄새와 자욱한 담배 연기가 사라져서 오히려 좋아하는 내색을 보였다고 한다.

가정을 지켜내지 못한 한 사람의 잘못으로 결국 십 수년간 쌓아 올린 공든 탑이 무너져 내렸고 적은 보증금에 월세가 제법 있는 그리 탐탁지도 않은 집을 구하느라 인희는 몇 날 며칠 발품을 팔아가며 가까스로 웬만한 주거지 집을 얻을 수 있었다. 세상에 일명 배우라는 공인의 명칭을 가진 오빠가 탐탁한 전세방 하나 얻을 돈이 없어서 월세 집에서 신세를 져야 한다는 생각에 심장을 도려내는 격한 감정에 아픔을 느껴야 했다. 인희의 심정이 이리도 아파 오는데 괜찮다고 위장해서 말하는 오빠는 얼마나 많은 아픔에 시달릴지를 생각만 해도 억장이 무너져 내렸다. 오빠는 이 와중에 엄마가 알면 정신을 잃으실 거라며 단단히 입 밖에 내서는 안 된다고 거듭거듭 인희 입조심을 강조했다. 작은 월세 집으로 이사 가기 위해 넓은 집에서 사용했던 많은 짐들은 삼부자가 꼭 필요한 것만을 남기고 모두 처분해야 했다. 처분하기 위해 들어낸 살림의 짐들은 어마어마했다. 사람이 살림 짐을 필요했던 것이 아니고 살림살이가 제 역할을 하기 위해 사람이 필요했던 것처럼 필요치 않은 살림살이가 수두룩하게 쌓여 나왔다. 거의 다 들어내다시피하고 간소한 살림살이로 집을 구한 지 일주일 정도가 지나서 이삿짐을 옮겨 왔다. 옮겨온 이삿짐을 마무리하고 간단한 중국집 음식으로 저녁을 대신하며 오빠가 헛헛한 미소 뒤로 눈물을 품어내고 있다는 씁쓸한 아픔이 전해져 왔다. 한 걸음 한 걸음 발자국을 떼며 살아가는 인생길이 그다지 행복한 것만은 아니라는 생각에 애처로운 아픔이 묻어 나왔다.

해 바 라 기

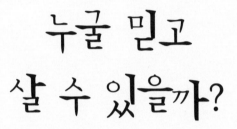

누굴 믿고
살 수 있을까?

엄마는
"이 세상 천지에 믿을 사람 하나 없어!
누굴 믿고 살라는 말이냐?"고 하시며
애석한 푸념 속에 눈물을 쏟아내셨다.

시간의 흐름을 막을 자가 없듯이 세월은 걷잡을 수 없을 만치 빠르게 빠르게 흘러갔다. 수진이는 살림 전반을 도맡아 하고 두 동생들까지 보살피면서도 틈틈이 아르바이트 해서 스스로 용돈을 해결하고 대학에 들어갈 준비자금을 저축해 나갔다. 할 수 있는 한 경제적으로 인희 이모 짐을 덜어 주려는 애틋한 마음에서 생활 전반을 게을리하는 법이 없을 만치 바지런하고 예살이 꽉 찬 아이였다. 한편으로 수진이는 인희에게 살아가는 데 힘이 솟게 만들어주는 원동력의 역할을 해주는 조카이자, 믿음직한 삶의 동반자가 되어 주었다. 공부도 밤늦도록 열심히 해 나가고 알찬 고등학교 전반의 생활로 모두가 부러워하는 손꼽을 정도 수준의 일류대학에 들어갔다. 거기에 더해 장학금을 받는 수준급의 공부 벌레였다. 여기에 힘입어 둘째인 예진이가 수진이의 뒤를 이어 살림꾼의 모양새로 집안 일꾼이 되어 주었고 양쪽 어깨에 든든한 두 누나의 백으로 혜성이는 보너스로 커 가는데 아무런 지장이 없었다. 조카들이 자라는 사이 걷잡을 수 없는 세월 탓으로 인희도 중년을 넘어가는 나이에 이르렀고 이제는 누가 뭐래도 어디에서건 떼놓을래야 떼놓을 수 없는 단단한 한 가족으로 조카가 아닌 이모가 아닌 자식과 아빠, 엄마가 된 인희로 자리를 굳혀 갔다. 한동네에 살고있는 선배 남친도 자신의 아이들과 인희의 조카들이 스스럼없이 왕래하며 가까이 지내는 덕으로 어느 땐 인희의 조카들의 아빠 몫을 살뜰히 채워 주기도 했다. 특히나 남친이 중요한 역할이 되어 준 것은 막내 혜성이를 보살필 때였다. 인희나 수진이가 집에서 씻겨 오다가 커가는 사이 남자아이로 혼자서 목욕탕을 가야 할 입장에서 다행히도 선배 남친이 흔쾌히 목욕탕에 데리고 가서 아빠의 몫을 톡톡히 해주었다.

나이가 들어 중년을 넘기는 시점에 들어서서인지 선배 남친이나 인희 역시도 젊은 날의 이성 간의 만남이 아닌 자식의 둘레를 감싸주기 위한 필요성으로 만남이 이어져가는 듯했다. 인희는 여자만이 겪는 생리통으로 고민하는 남친의 두 딸에게 거부감을 느끼지 않게끔 자연스럽게 상담해 주며 이따금 남친 어머니의 노고가 걱정스러워 어머니가 좋아하실 팥죽, 호박죽, 영양찜 등을 할 때면 잊지 않고 꼭

꼭 정성스레 챙겨 보내드리곤 했다. 음식을 건네받은 남친의 어머니는 여느 며느리에게보다 나은 대접을 받으신다며 맛있게 드셔주시고 손수 담으신 맛깔스러운 김치, 깍두기 등을 반찬통에 꾹꾹 눌러 담아 가득가득 보내오셨다. 입에 넣으면 감칠맛에 살살 녹는 귀한 음식을 맛없어도 정이라고 하시면서 싸 보내주신 것이었다. 이 모든 인연의 끈들이 세상살이는 혼자서만 살아가는 것이 아니라는 걸 깨닫게 한다. 그렇게 바쁜 일상의 틈 사이로 멀지 않은 거리에 살고 있는 작은오빠 집에도 불현듯 생각이 날 때면 느닷없이 찾아가 부랴부랴 집 안 구석구석 치워야 할 것들을 단도리하고 두 조카아이들과 음식을 같이 먹으며 이야기를 들어주고 하다 보니 처음 인희를 가까이할 때는 서먹서먹해하던 조카들이 가까이하는 날들이 이어져 옴에 따라 지금은 떠나오려는 인희의 몸동작을 보고 "고모, 또 언제 올 거야! 다음에 고모 올 때 수진이 누나하고 예진이 혜성이랑 다 같이 맛있는 거 먹으러 가요." 하며 다시 올 날을 학수고대하는 조카들로 변해 있었다. 갑작스레 바뀐 환경으로 엄마가 곁에 없어도 어긋나지 않고 제 할 일에 충실하며 반듯하게 자라 주는 조카들이 대견스러웠다.

생각지도 못한 뒤 바뀐 환경으로 작은오빠는 한동안 회오리바람에 휘말리기라도 한 듯이 헤어나오지를 못하고 집 안에서 두문불출하고 세상과의 담을 쌓기라도 하는 듯 활동을 일제히 끊어 버린 듯 했다. 그런 오빠의 모습이 아닌 모습에 염려스러워 찾아오지 말라는 오빠의 말을 저버리고 인희는 먹을 음식을 잔뜩 싸 들고 오빠 집을 찾아와 조카들에게 밥상을 차려주고 오빠와 술잔을 나누며 오빠의 넋두리를 양껏 들어 주었다. 오빠에게 "오빠 마음을 다 헤아릴 수는 없지만 저렇게 씩씩하게 각자의 본분을 다해 잘 해나가고 있는 조카들을 생각해서라도 오빠가 더 분발해야 할 판에 이렇게 자신을 탓하고 할 일에서 손을 떼고 인생 낙오자처럼 나태 지옥에 빠져있으면 조카들한테 미안하지도 않아! 올케언니로 받은 아픔도 모자라 오빠마저 더 많은 아픔을 남겨 줄 거야! 제발 내가 부탁할게. 오빤 이런 사람 아니잖아. 내게 오빠는 영웅이야! 이 악물고 힘내서 예전의 오빠로 돌아와 줘. 난 오빠가 곧 본래의 모습을 찾을 거라고 믿어 오빠가 쓰러지면 기댈 곳 없는 나는 어떡하란 말이야!" 하고 일침을 놓는 인희에게 오빠는 미안하다고 곧 정신 차려서 사람도 만나보고 일을 시작하겠노라며 나무라는 인희를 가라앉혀 놓았다. 마누라의 빚더미를 어깨에 걸머지고 고생한 보람도 없이 허망함으로 모든 걸 내려놓고 싶은 마음인 오빠의 심정을 모르는 인희가 아니었다. 그러나 어쩌랴? 두 아들의 아빠로서 더 열심히 살아가야 하지 않겠는가? 일에 열중해서 살다 보면 어느 사이 아픔도 옅어질 것이고 짊어진 무게의 짐도 가벼워질 날이 다가와 있을 것이라 여긴다.

한동안 의욕을 잃고 집안에 틀어박혀 세상사를 접은 듯하던 작은 오빠가 드디어 세상 밖으로 나와 지인들을 만나며 차츰차츰 자신의 자리를 찾아 열정을 가지고 임하며 서서히 재기해 나가고 있었다. 자신 스스로 개척해 나가고 포기하지 않는 한 좋은 운이 가까이 다가온다는 것을 실감할 수 있었다. 배우로서의 자리에서 힘차게 발돋움하는 오빠 덕분으로 인희 또한 TV의 시나리오 섭외를 받아 일거리가 한층 늘어나 눈코 뜰 새 없이 일이 꽉 찬 하루하루로 바쁜 일상을 보내게 되었다. 손댈 틈 없는 집안일에 주기적으로 오는 가사도우미 이모의 도움으로 집안일을 해결해 나갈 수 있었다. 바쁜 일상으로 연락이 뜸했던 엄마가 전화 연락을 해 오셨다. 수화기를 들자마자 "잘 살고 있는 거야! 우째 그리 매정하게 소식 한 통 안 주고, 어미가 죽었는지 살았는지 궁금하지도 않느냐? 조만간 둘째 놈하고 같이 집에 좀 다녀가거라. 죽기 전에 상의할 일이 있구면, 알겠지?" 하신다. 문득 얼마 전에 막내 연희가 인희에게 전화 연락으로 미안해하며 용기 내어 부탁하게 됐다며 큰돈을 빌려줄 수 있느냐고 묻던 말이 머리를 스치며 불길한 예감이 엄습해 왔다. 연희의 큰돈의 부탁에 인희는 그리 크게 모아둔 돈도 없지만 혼자가 아닌 조카 세 명의 보호자로 마련해 놓은 돈 한 푼 없이 지낼 수는 없어서 연희의 부탁을 들어줄 수가 없었다. 연희는 부탁을 들어주지 못하는 인희에게 언니가 작은오빠에게 부탁해서 큰돈을 빌려 달라고 했다. 작은오빠에게 직접 부탁하기에는 연희는 오빠를 어렵게 여겼다. 인희는 오빠가 겪고 있는 집안 사정 얘기에 차마 입을 뗄 수가 없어서 대충 오빠가 안 좋은 일에 연루되어 힘든 고비에 처해 있다는 핑계를 대며 자신이 알아서 힘써 볼 테니 오빠에겐 연락하지 말아 달라는 부탁을 했었다. 그 뒤로 바빠졌던 날들로 인해 연희의 부탁을 잊고 지냈던 것이었다.

작은오빠가 한고비를 간신이 넘기고 어렵사리 일어서서 다시금 배우로서의 자리로 재기에 힘써 나가게 되어 엄마나 연희네 가족의 안위는 평안할 것으로만 믿어 왔던 큰 믿음의 자락들에 석연치 않은 금이 가고 있다는 예감이 불안으로 다가왔다. 바쁜 일정으로 시간 내기가 여의치 않은 시점이라 작은오빠까지 대동해서 다녀가라는 엄마 말씀의 원인을 알고자 연희에게 전화를 걸었다. 인희의 전화를 받는 연희는 무언의 비뚤어진 어투로 "굳이 애써서 안 와도 돼. 시간이 흐르면 모두 다 잘 해결될 거야. 엄마가 당장 무슨 큰일이라도 날 것처럼 노파심이 앞서서 오빠들과 언니에게 와 달라고 하셨던 거야. 별 탈 없도록 애들 아빠가 잘 마무리할 거야. 그때 가서 연락할 테니 걱정 안 해도 돼. 작은오빠에게도 언니가 잘 얘기해 주길 바랄게."라고 하며 이렇다 저렇다 하는 어떤 연유에 대한 말은 한마디도 들어 볼 수가 없었으나 무슨 일인지 큰돈이 들어가야 하는 문제의 일로 복잡한 심정을 연희의 말속에서 직감할 수가 있었다. 연희가 큰돈을 빌려 달라고 한 뒤에 작은오빠에게라도 도움을 받고자 용기 내어 도움을 청했음에도 가타부타 말 한마디 없었던 인희에게 서운한 감정이 쌓일 대로 쌓여서인지 얼음 위를 걷는 듯한 싸한 싸늘함이 느껴져 왔다. 오래전에 언니에게 수시로 한 푼 두 푼 어렵사리 모아둔 쌈 짓돈 뭉치를 건네주던 엄마가 연희의 남편인 이 서방이 주식인지, 노름인지를 일삼아서 하는 바람에 연희 부부가 자주 다투며 연희가 간간이 엄마에게 돈을 빌려 가서 주머니에 돈이 있을 틈이 없다고 하시며 적은 돈을 언니 손에 쥐어 주는 것에 푸념 섞인 말씀을 하셨 던 기억이 불현듯 떠올랐다.

아버지가 돌아가신 이후 적적하게 엄마 혼자 사실 것이 염려되어 연희네 가족이 엄마 집으로 들어와 살게 되면서부터 떨어져 살 때 는 전혀 알지 못했던 일들로 막내딸인 연희 부부의 싸움을 심심찮 게 맞닥뜨리게 됐다고 하셨다. 그런데도 엄마는 살다 보면 부부간에 싸울 일도 있기 마련이라며 대수롭지 않게 받아들이고 엄마 스스 로가 막내 딸년 가정에 피해 입히는 일은 없어야 한다는 염려로 조 심성 있게 생활하신다고 하셨다. 이런저런 지나간 날들의 기억 속에 현재에 일어난 일들에 원인이 잠재해 있었다는 것을 찾아낼 수 있었 다. 무언가 좋지 않은 일들이 끝이 나지 않고 이어져 오면서 끝내는 막아내지 못하는 벼랑 끝으로 내몰린 끝자락까지 이르게 된 상황에 처한 일이 벌어지고 만 것 같았다. 노심초사 불안한 마음 한편으론 어려서부터 자신의 할 일은 똑소리 날만치 해내는 야무지고 똑똑한 연희여서 문제가 있다면 아무 탈 없이 잘 해결해 낼 수 있기를 간절 히 바라는 마음이었다. 얼마나 지났을까? 작은오빠와 집에 다녀가라는 엄마 말씀을 저 멀리 제쳐두고 통 연락이 없자 엄마가 전화 연락으로 뜬금없이 "인희야! 나 너네 집에 가서 애들 뒤 수발해 주면 안 되겠니? 점방도 접어 딱히 할 일이 없으니 무료해서 잡생각이 많아 밤잠도 안 오고, 연희네 식구에게 부담 주는 어미 같아서 좀 떨어져 있으면 싶다."라고 하신다. 오고 싶어 하시는 엄마의 의사를 무어라 거절할 말이 떠오르지 않았다. 엄마가 곁에서 조카들의 뒷바라지할 일은 거의 없어도 혜성이가 엄마 품이 필요했던 시기에 엄마 품 대신 외할머니 품에 의존해 지냈던 시절이 있어 외할머니가 곁에 계신다면 혜성이에게는 더없이 좋아할 것이었다. 할 말이 겹겹이 쌓여 있다는 엄마의 속내를 느낄 수 있었다.

"엄마가 오시고 싶으면 오시도록 하세요. 엄마 편하신 대로 오실 때 연락 주세요, 마중 갈게요." 하며 인희는 엄마의 방문을 받아들였다. 며칠이 지나 엄마는 한 살림이라도 차릴 듯 첩첩이 옷 보따리와 엄마에게 필요한 필수품들을 가득가득 가방에 넣어 수북한 짐과 함께 인희 집으로 오셨다. 시원한 물로 마른 입을 달래시고 많은 짐을 꾸려 나섰던 힘겨움과 차멀미의 여독을 푸시고 인희 집 안 구석구석을 살펴보시곤 지 새끼도 아닌 조카 새끼를 세 명이나 이렇게 살뜰히 방을 마련해 주고 지 어미보다도 더 잘 키운다고 하시며 무슨 팔자를 타고났기에 힘든 업을 메고 살아가는지 하늘도 무심하다고 하시며 혀를 쯧쯧 차신다. 사회생활을 하기 전 엄마 품에서 학창 시절을 보냈던 인희가 중년을 가까이하는 나이가 되어서 이제 엄마가 곁으로 온 것이었다. 엄마가 있어 인희의 마음은 풍요로웠고 왠지 어른 아닌 어린 딸의 자리로 돌아온 듯 안 하던 어리광까지 부리고 싶은 생각이 스쳐 빙그레 미소가 지어졌다. 거기에 더불어 수진이, 예진이도 외할머니에게 이것저것 드시라고 음식을 챙겨드리며 무척이나 반가워했고 특히 혜성이는 외할머니 곁에서 지내다가 초등학교를 가기 위해 집으로 돌아와 인희 곁에서 학교를 다니게 되기까지 떨어져 있다가 만나게 된 외할머니로 함박웃음을 지으며 외할머니 품새로 파고들며 기분이 좋아서 방방 뛰듯, 지 세상을 만난 듯 어깨를 으쓱대며 조력자를 만난 반가움을 표출해 냈다. 우여곡절 끝에 가족이 된 삼대가 모인 집안은 떠들썩하니 사람 냄새나는 푸근한 가정의 어울리는 가족 모습이었다.

조카들의 무거운 짐을 지고 살아가는 살림살이 매무새를 눈여겨보시던 엄마는 "인희야! 얼마나 벌기에 이 새끼들을 다 감당해 내는 것이여? 빚지고 사는 것은 아니냐?" 하시며 걱정 가득한 눈빛으로 인희를 바라보셨다. "엄마 아니야! 별걱정을 다 하시네. 수진이는 장학금으로 대학 공부하고, 틈틈이 알바까지 해서 자기 용돈 쓰고 동생들 용돈도 마련해 주는 덕으로 크게 힘들지 않게 도움을 많이 보태줘서 고맙고 대견스러운 아이들이야! 수진인 나보다 더 어른 같은 아이야, 엄마가 걱정 안 해도 돼요."라고 근심 어린 엄마의 마음을 안정시켜

드렸다. 그러는 인희에게 엄마는 막내 연희 내외는 맞벌이하면서도 수시로 돈 문제로 다투는 모양이던데 고맙다고 고아 만들지 않고 지 새끼인 양, 보란 듯이 잘 키워줘서 대견하다며 어깨를 토닥여 주시고 눈물이 그렁그렁 맺히신 눈을 보이지 않으시려고 얼른 손등으로 훔쳐내셨다. 그러시다가 얼마 전 엄마와 연락을 주고받던 중 작은오빠가 인희 집 근처로 이사를 했다는 소식을 전했던 인희의 말이 떠오르셨는지 "둘째 놈은 왜 너 근처로 집을 옮겨 다녀? 뭔 일 있는 건 아니지! 새끼들하고 잘 살고 있는 거지? 둘째 며느리가 소식이 통 없던데 어디 병이라도 난 거는 아닌 거야? 이참에 가까이 있으니 얼굴 한번 보자고 해봐라. 손자 놈들도 안 본 지 오래돼서 많이 컸을 텐데 보고 싶구먼. 둘째 내외 앞에서 해야 할 얘기도 있고 하니 시간 내서 왔으면 한다." 하신다. 인희가 걱정스러워했던 이미 남이 된 올케언니의 아픈 사연을 어떤 말로 수습해야 할지 난감함이 부딪혀 왔다. "그래요. 조만간 오빠한테 연락해서 조카들하고 집으로 오라고 할게요." 하며 인희는 일단 차후에 말할 기회로 미뤄냈다.

인희 집에서 엄마가 기거하시는 날들이 여러 날 지나가도록 무언가 가슴속 깊은 곳에 할 말이 잔뜩 있으신지 가끔 가슴을 훑어 내리는 한숨을 내쉬시며 멍하니 창밖을 바라보시고 가슴앓이를 하시는 모습을 하시곤 하셨다. 이런 엄마의 속앓이하시는 모습을 맞닥뜨릴 때마다 무슨 까닭의 안 좋은 사연들이 들려올까 봐 덜컥 겁이나 인희는 무시하는 듯 모르는 척 순간순간을 스쳐 흘려보냈다. 엄마의 가슴속 사연을 끌어내지 않고 미루어 낼 수 있었던 것은, 아침마다 눈 뜨기가 무섭게 학교 갈 준비로 바쁘게 서두르는 조카들 아침밥 마련으로 엄마의 뒷손이 따라 줘야 했고 집안 정리를 하고 한숨 돌리고 나면 한나절이 지나 저녁밥을 준비할 때쯤이면 다시 학교에서 돌아오는 조카들로 시끌벅적하니 엄마의 속 얘기를 받아들일 수 있는 분위기가 되지 않았기 때문이었다. 간혹 늦은 밤이 되어서 일을 마치고 돌아오는 측은한 인희를 붙잡고 하소연을 털어놓을 새가 없어서 엄마는 작은오빠 앞에서 모든 이야기를 털어놓을 작정이셨다. 참으로 꾹꾹 속으로 눌러 놓으셨다. 인희 집에 오빠가 오겠다는 소식을 들려드리지 않으니 '둘째 놈이 시간이 없다더냐'고, '지 어미가 코앞에 와 있는데도 걸음 짝을 뛰기가 그리도 힘들다더냐?' 하시며 야속해하셨다. 인희는 진즉 오빠에게 엄마가 인희 집에 와 계시고 오빠 있는 자리에서 들려줄 깊은 사연의 말이 있는 것 같아 보인다고 시간 내서 조카들과 같이 와 달라고 부탁했었다. 부탁을 전해 받은 오빠는 확고하게 언제 들르겠다는 약속의 말도 없이 난감해하며 엄마 앞에서 무슨 변명으로 벌어진 사건을 이야기할지 걱정스럽다고 했다. 아이들의 엄마를 어떤 식으로 말하고 왜 멀리 떼어 놓았는지 이야기해야 할 자기 처신이 한심스럽다고 했다.

　작은오빠 얼굴 보기가 길어지자 엄마는 직접 오빠 집으로 가시겠다고 인희를 졸라 대셨다. 더 이상 늦출 수 없다는 심정으로 오빠에게 와 달라고 부탁해야 했다. 그러고도 여러 날이 지나서 주말에 시간이 났는지 오빠는 내키지 않는 발걸음으로 조카들과 같이 인희 집에 오게 되었다. 마침 여름 날씨가 무르익어 가는 계절을 맞아 엄마가 좋아하시는 복숭아, 참외, 수박을 넉넉히 사서 들고 찾아뵈러 온 것이었다. 어릴 적 꼬맹이 때 보았던 두 손자가 듬직한 모습으로 키도 크고 잘 자라서 엄마 앞에서 넙죽 엎드려 인사로 절을 올리자 엄마는 대견한 모습에 함박웃음을 지으시며 온갖 시름을 다 잊은 듯한 표정을 지으셨다. 그러시다 오빠의 손을 잡으시며 "웬 흰머리가 벌써 이렇게 많이 솟아오르냐?" 하시며 당신의 백발이신 머리는 괘념치 않으시고 아들이 늙어가는 모습이 애석하신지 손으로 오빠의 머리를 쓰다듬으시며 눈가에 이슬이 촉촉히 맺히신다. 둘째 며느리가 오지 않은 어딘가 모르게 허전해 보이는 모습에 "며늘애가 왜 얼굴이 안 보이냐?"고 묻는 엄마에게 오빠는 천천히 말씀드리겠다고 말하며 한참 모자간의 안부 인사를 나누고 오빠가 온다는 소식을 들은 엄마는 오빠에게 먹일 보양식으로 토종닭에 귀한 인삼에 밤, 대추, 마늘, 찹쌀을 넣어 멋들어지고 먹음직스러운 백숙을 한솥 고아내셨다. 곁들여 먹으라고 부추겉절이도 듬뿍 묻혀 놓으시고 거기에 오빠가 잘 먹었다고 하시며 예전에 새참으로 즐겨 올렸던 고추장, 된장, 청량초, 부추를 넣은 빨고 소름한 장떡을 푸짐히 만들어 놓으셨다. 잔칫상처럼 잔뜩 차려진 맛깔난 음식에 엄마, 오빠, 두 집

조카들이 둘러앉아 두런두런 이야기를 나누며 스스럼없는 웃음소리 속에 행복이 절로 피어올랐다.

　즐겁고 화기애애했던 저녁상을 물리고 간단한 다과 상을 들고 엄마와 오빠는 그동안 살아온 이야기를 나누고자 방으로 들어가셨다. 인희도 같이 들어오라는 엄마 말씀에 오빠가 그동안 힘든 곡절의 얘기를 옆에서 듣기가 가슴 아파서 물린 저녁상을 대강 치우고 들어가겠다는 핑계로 자리를 회피했다. '며늘 애가 몸에 탈이라도 난 것 아니냐?'는 엄마의 걱정스러운 말씀에 오빠는 망설이는 것이, 입 열기에 뜸을 들이고 잠시 생각하는 듯했다. 그도 그럴 것이 올케언니는 아이들과 가정 살림살이를 나 몰라라 하고, 게임과 도박에 빠져 주변의 지인들에게 큰돈을 빌려 가며 허영심이 가득해 모아놓은 돈 한 푼 없이 온갖 사치는 다 부리고 여러 번의 음주 운전으로 공인인 오빠의 이름에 먹칠을 하였다. 그리고 시도 때도 없이 유복한 처갓집을 빌미 삼아 장모님에게 돈을 우려내어 쓰는 것이 반복되었고, 결국 여기저기 지인들에게 빌린 돈이 눈덩이처럼 커졌다. 올케언니가 안하무인으로 아내인 자리, 엄마의 자리를 떠나 가족에겐 남겨놓은 집 한 채 재산 한 푼 없이 오빠가 남편이라는 이유로 빚쟁이가 되어 빚을 청산할 때까지 갚아내야 한다는 걸 그대로 엄마에게 들려드렸다가는 큰 병이라도 만들어 드리는 격이 될 것이 뻔한 것이라 여겨 곰곰이 생각한 것이다. 결국 오빠는, 경제적으로 여유 있는 처갓집의 무남독녀인 올케언니이고, 아직도 장인 어르신이 사업을 하시는 탄탄한 위치에 있다는 것에 역점을 두고, 예전서부터 해외 지점이 번창해서 인력이 필요한 상황이었고 나이도 지긋해 가시는 연세로 사업에 비중도 두고 휴양도 하실 겸 해외로 나가실 것을 오빠에게 의논해 왔던 장인과 장모님이셨다고 말을 꺼냈다. 그리고 해외로 이민 가시면서 처음으로 맞닥뜨리는 해외 생활에 지긋하신 나이로 두려움도 있으시고 온전히 자식이라곤 올케언니 한 사람뿐이어서, 자리에 익숙해질 때까지 그들의 버팀목이 되어 주기 위해 올케언니를 대동해 가셨다고 말을 마쳤다. 힘듦과 어색함을 무릅쓰고 임기응변으로 엄마의 안정을 위해 거짓으로 둘러대며 우선 자리를 모면했다.

오빠가 엄마 걱정에 어쩔 수 없이 변명하는 이야기를 전해 들은 엄마는, "그렇다고 오래도록 목소리 한 번 안 들려주냐?" 하시며 "무사히 잘 있기나 하는 거냐?"고 걱정스레 물으셨다. 오빠는 해외 생활이 아직 익숙하지 않고 국제전화 요금이 비싸서 연락을 자주 못 하게 했다며 그러잖아도 올케언니가 엄마에게 안부를 전해달라는 부탁을 걱정하실까 봐 말씀을 드리지 못했다고 둘러댔다. 한참 커가는 손자들이 며느리의 뒷바라지 없는 살림살이를 걱정하시며 조만간 오빠 집에 가서서 손을 대야겠다고 하셨다. 엄마의 걱정으로 오빠 집을 방문하시겠다는 말씀에 모든 것이 들통날 것이 두려워 오빠는 성급히 "엄마! 안 오셔도 돼요. 애들은 학교 마치고 학원 갔다 오면 한밤중이고 나는 출장 촬영으로 집을 비우는 날이 허다해서 집밥을 먹을 일도 거의 없고 일주일에 두 번 정도 도우미 아줌마가 오셔서 집 안 청소와 간단한 먹거리를 해주시기 때문에 딱히 생활하는 데 어려움 없이 잘 지내니 애써 걱정하지 않으셔도 돼요."라고 하며 오빠 집에 오신다는 발걸음을 가라앉혀 놓았다. 그래도 엄마는 마음이 안 놓이시는지 "가까운 거리로 이사도 했다던데 내 새끼 사는 집에 어미가 보러 가는 것이 당연한 일 아니냐?"고 하시며 '인희가 시간이 날 때 한번 들려보련다'고 하셨다. 일단 이쯤에서 곤란함을 모면하고 막내 연희네가 잘살고 있는지 근황을 여쭈어볼 참인데 오빠의 두 아들이 시간이 늦었다고 내일 학교에 가기 위해 집에 돌아갈 것을 재촉해 왔다.

두 손자들의 독촉에 "내 얘기는 시간 날 때 인희에게 해 놓을 테니 인희 입 통해서 들어라." 하시며 벌떡 일어나셔서 오빠와 인희, 손자, 손녀들에게 먹이고 싸 보내시려고 애써서 넉넉히 마련해 놓으신 음식을 부랴부랴 반찬통에 꾹꾹 눌러 담아 바리바리 싸서 가져가지 않으려는 오빠의 말은 아랑곳하지 않으시고 굶지 말고 밥만 해서 곁들여 먹으라며 오빠와 손자 손에 들려주시며 밥 많이 먹어야 힘이 난다며 많이 먹으라고 신신당부를 단단히 일러주시고 아들과 손자의 뒷모습을 측은한 듯 바라보시며 눈에서 멀어져 모습이 보이지 않는데도 한참을 아들과 손자가 떠난 자리에 눈물이 가득 맺힌 눈으로 우두커니 서 계시다가 마지못해 집 안으로 들어오셨다. 며느리가 아들과 손자 곁에 없어서 뒤돌아서 가는 모습이 더없이 안쓰럽게 여겨지시는 것 같았다. 오빠가 왔다 가고 잠자리에 들 무렵 엄마는 왠지 자식 마음을 꿰뚫어 보시기라도 하신 듯 석연치 않은 느낌으로 무언가 다른 이유의 사연이 있는 것 같은 낌새를 알아채셨는지 아무래도 조만간 오빠 집에 가봐야겠다고 당부의 말씀을 인희가 새겨듣게끔 부탁하셨다. 보이지 않는 근심 걱정으로 뒤척이시며 잠을 이루지 못하는 엄마를 보니 부모님의 끝없는 자식에 대한 애달픔에 가슴 한편이 아릿한 아픔이 느껴져 인희는 살포시 이부자리에서 빠져나와 밀린 뮤지컬 극본의 시나리오를 쓰기 위해 노트북을 마주했다. 그러나 산만해진 주위 분위기 탓인지 좀처럼 글 맥을 잡지 못하고 머릿속엔 온통 시끄러운 여러 가지 잡다한 생각들이 꼬리에 꼬리를 물고 늘어지며 정리되지 않아 하염없이 쉬지 않고 돌아가는 시계 바늘이 원망스러웠다.

늦은 새벽녘까지 노트북과 씨름하며 전전긍긍 극본을 써나갔고 이른 아침이 돼서야 눈을 붙이려고 잠자리에 들었다. 요란하게 울리는 알람 소리에 눈을 뜨니 벌써 한나절이 지나 시간은 오후를 치닫고 있었다. 바쁜 움직임으로 출근을 서두르는 인희에게 엄마가 별일 없으면 일 마치는 대로 집에 오라고 하셨다. 쏟아낼 말이 모가지까지 차여서 갑갑증이 나신다며 인희를 붙잡고 참아온 넋두리인지 꼭 들려줘야만 할 얘기인지를 엄마는 드디어 밖으로 풀어낼 참이신 것 같았다. 엄마가 인희 집에 오셨을 즈음, 많은 짐 보따리를 들고 인희 집으로 가신 엄마가 걱정스러워 잘 가셔서 잘 도착하셨느냐는 막내 연희의 안부 전화 이후 통 연락이 없는 걸로 볼 때 무슨 일이 벌어져도 단단히 벌어졌다는 직감을 들게 했다. '듣지 않는 것이 오히려 마음이 편하지 않을까?' 하는 생각이 들기까지 하며 들을 이야기가 어떤 상황을 불러올지 두려움이 다가왔다. 더 크게 일 벌리지 않으시려고 큰오빠 집으로 가시지 않고 인희 집으로 오신 것을 볼 때 엄마 속이 얼마나 타고 있을지를 훤히 들여다보이는 듯 했다. 일찍 오라는 엄마 말을 일부러 안 들은 걸로 뒤로 미뤄내기라도 할 듯이 늦은 출근에 여러 날 동안 등한시했던 사무실에 할 일이 잔뜩 밀려 늦은 밤까지 일을 쳐내야 했다. 그렇게 이런 핑계 저런 핑계로 시일을 보내다가 뮤지컬이 일단락 막이 내리고 여유의 시간을 맞이해서야 엄마의 이야기를 들을 수 있었다.

엄마는 얘기를 꺼내시기 전에 "내 얘기를 듣고 될 수 있는 한 아직 젊은 나이에 연희 내외, 네가 일어설 기회가 많으니 섣불리 큰애나 둘째가 큰 화를 불러오게 하면 안 된다. 일단 내막은 알려야 할 것 같아서 말을 꺼내 놓으려 하는 거다." 하시며 꺼져 내리는 한숨을 몰아쉬셨다. 인희 집에 오시기 한참 전 은행 직원이라는 사람이 찾아와 엄마와 연희 이름으로 대출받은 대출금 이자가 오래도록 연체되어 알아보려고 왔다며 엄마 집 곳곳을 이리저리 살펴보며 "빠른 시일 안으로 연체이자를 갚아야 한다." 하고 갔다고 한다. 이렇게 이어지는 엄마의 말씀은 오래전부터 겹겹이 쌓여 올려진 가슴앓이의 암 덩이와도 같았다. 막내 연희가 같은 학교 교사 동료와 인연이 닿아 결혼하고 반년 정도의 세월이 흘러서부터 엄마에게 여러 가지 핑계로 차후에 보너스, 적금 등으로 갚겠다며 뭉칫돈을 빌려 가기 시작하더니 갚아 준답시고 푼돈을 몇 번 건네주고는 조금 돈이 모일라치면 또다시 두 내외가 교사직에 필요한 공부에 돈이 많이 들어간다는 등의 핑계로 빌려 가는 것이 반복되는 세월을 보냈다고 하셨다. 그렇게 이어지던 세월 속에 연희의 두 딸이 태어나면서부터는 생활비가 모자란다며 계속해서 빌려 가는 돈이 아닌 당연히 받아 가는 식이 반복되어 엄마 손에 돈이 쥐어질 새가 없었고 아버지 모르게 빌려주기 시작한 돈이 점점 커지면서 당연히 아버지도 알게 되었다. 큰딸과 두 아들과 인희가 알면 자식들 간에 큰 싸움을 일으킨다고 걱정하시며 돈 주는 버릇을 그만 끊으라고 역정을 내시곤 하셨다고 하셨다.

그런 중에도 자식이 내미는 손을 거절할 수가 없어서 조금이나마 은행에 모아두었던 예금도 곶감 꼬치 떼어먹듯이 연희의 돈타령으로 모두 충당시켜 남은 돈이라고는 한 푼도 남겨놓을 수가 없었다고 하셨다. 이런 삶의 여정에 놓인 엄마가 자식이 원하는 바를 채워 주시려 딱한 사정에 놓인 언니 손에 더 많은 돈을 건네주지 못해 푸념 섞인 말을 하셨던 기억이 떠올랐다. 그러다 속사정을 몰랐던 오빠들과 인희가 아버지가 돌아가시고 홀로 남은 엄마가 기운도 잃고 적적하게 살아가실 것이 염려 돼, 연희네 가족을 엄마 집으로 합세해 살도록 하면서 조그만 가게 운영으로 남는 이익금 등이 모두 연희네 가족 밑으로 들어갔다고 하셨다. 두 오빠들과 인희가 조금이라도 가게 운영으로 벌 수 있는 엄마였기에 연희네가 같이 생활 해도 부담감은 주지 않을 것이라 여겼던 사실이 적반하장으로 엄마가 벌어서 연희네를 먹여 살렸다는 것이다. 그런 돈 씀씀이가 이어지면서 돈 들어오기가 바쁘게 연희네 식구 밑으로 들어가니 앞에서 남고 뒤로 밑지는 격으로 가게에 물건값도 제때에 치루지 못해 점점 불어났고 급기야는 엄마의 신세가 한심스러우셨는지 물건값을 갚지도 않으시고 더 이상 버텨 낼 여력이 없으셔서 가게 문을 닫아야 하는 지경에 처하게 됐다고 하셨다. 그렇게 일손에 여력이 끊긴 엄마에게 연희가 엄마와 동거인으로 되어 있으니 세금 혜택을 볼 수 있다고 하며 무슨 서류에 엄마의 도장을 찍어 달라고 해서 당연히 혜택을 받기 위해 그러려니 괘념치 않으시고 도장을 찍어 줬다고 하셨다. 이로 인해 연희는 엄마 집을 은행에 담보로 대출금을 받아 제부에게 주었고 대출금에 이자를 여러 달 밀려 은행 측에서 독촉해도 답이 없자 실사를 확인차 집에까지 조사를 나왔던 것이었다.

청천벽력 같은 은행 직원의 말에 "이 집을 어떻게 마련한 집인데.

조상님들의 피땀이 들어간 집을 하다못해 큰 애들한테 상의 한마디 없이 어미 쌈짓돈 한 푼 안 남기고 다 가져간 것도 모자라, 남은 것은 집덩이 한 채뿐인데 어찌 네 멋대로 집을 집어삼키려고 달려드냐?"라고 엄마는 연희에게 숨이 넘어가실 듯 격한 소리로 퍼부어 대셨고 역정을 듣는 연희는 할 말을 잃은 듯 눈물만 줄줄 흘리고 있었다. 한참 동안 푸념 가득한 말을 하시다 자초지종을 물으시는 엄마에게 연희는 애들 아빠가 꼭 필요하다고 수없이 간청해서 어쩔 수 없이 들어 줄 수밖에 없었다고 했다. 조만간 무슨 수를 써서라도 해결해서 원위치로 돌려놓겠다는 약속을 하는 연희 앞에서 엄마 또한 할 말을 잃었다고 하셨다. 왜 이런 지경까지 내몰려야 했는지 여태껏 살림살이 전반을 뒷받침해 줬는데 두 내외가 맞벌이하면서 벌어들이는 돈을 어떻게 쓰길래 어미에게 망조를 들게 하느냐고 하시며 물어 재치자 연희는 더 이상 발뺌할 여지가 없었는지 오래도록 말하지 못하고 쌓아왔던 제부의 잘못된 돈 씀씀이의 내력을 쏟아놓았다. 결혼하고 얼마간은 전혀 눈치채지도 못했으나 점차 통장에 들어오는 월급에서 아무런 이유 없이 빠져나가는 돈의 액수가 커져갔고 돈의 행방에 대해 제부에게 묻는 연희와 뚜렷하게 돈의 내역을 말하지 않고 어영부영 넘기려는 제부의 태도가 계속됐다고 한다. 결국 말싸움이 이어졌고, 돈의 출처를 찾아 알아본 결과 증권사의 주식거래 통장에서 돈이 줄줄이 새고 있는 것을 확인할 수 있었다. 제부는 동료들이 주식투자로 제법 자산을 늘려간다는 이야기를 듣고 소액으로 주식거래를 하기 시작해서 이익을 남기기도 하고 손실도 보면서 투자금이 점점 커져 갔다고 했다.

　그렇게 제부는 언제 어디서든 시간을 틈타 주식거래로 이어지는 생활을 했고 결국 생활비마저도 여의치 않아 연희는 엄마에게 손을 내밀어 생활비를 충당해야 하는 일상이 연속적으로 이어졌다고 했다. 지속해서 이어지는 곤란한 생활로 제부의 주식거래를 끊지 않으면 이혼하자는 말도 오고 갔다고 했다. 그럴 때마다 제부는 다시는 하지 않겠다는 말을 수도 없이 하고 그것도 모자라 각서까지 썼다고 한다. 그러고도 주식투자만으로도 모자랐던지 여유 있는 시간이 주어질 때면 동료들과 도박의 일종인 카드 도박에 빠져 며칠씩 집에 들어오지 않는 날들이 빈번했다고 했다. 이런 제부가 정신 차리고 자상한 남편이자 든든한 아이들의 아빠 자리로 돌아와 줄 것이라고 기대하며, 무너져 내리는 가슴앓이 속에서 겉으로는 태연하게 보이려고 애쓰며 지내는 날들을 이어가던 중 아버지가 돌아가셨다. 그리고 얼마 지나지 않아 홀로 남으신 엄마가 염려되어 엄마 집으로 들어와 같이 살라는 오빠들과 언니들 얘기에, 어린 딸아이들 키우는데 도움도 되고 엄마 곁에 있으면 의지도 될 겸해서 엄마 집으로 들어와 살게 되었다. 그러면서 살던 집 전세금을 고이 저축해 놓아뒀는데, 얼마 지나지 않아 이제는 들어와 살 집이 있으니 집을 얻어 살 필요가 없다고 여겼는지 연희가 모르는 사이 제부는 귀신같이 저축해 놓은 전세금을 몽땅 빼서 주식과 도박으로 다 날리고 태연하게 가면을 쓴 사람으로 지냈다. 이에 수상한 낌새를 알아챈 연희에게 들통났고, 못 살겠다고 아우성치는 연희에게 적반하장으로 곧 돌려줄 거라며 되려 큰소리를 쾅쾅 치며 난리 법석을 떨었다고 했다.

차마 사실대로 제부가 하는 짓거리를 있는 그대로 엄마에게 말 한 마디 꺼낼 수가 없었다고 한다. 아버지가 돌아가시고 시름과 외로움을 막내딸 년 내외에게 의지해서 조금이나마 잊고 사시는 엄마에게 엄마가 믿고 있는 사위의 못난 모습을 밝혀 드릴 수가 없었다고 했다. 연희 속이 썩어 내리는 줄도 모르고 그렇게 숨기고 또 숨겨주는 통에 제부는 아예 놀아나기라도 한 듯이 작정했는지, 교직원 공제회에서 보내온 서류를 확인해 보니 교직원 공제회 대출까지 받아 수많은 돈을 모두 탕진하고 주변에 지인들에게 오래전부터 교직에 있는 교사 직분을 담보로 돈을 빌려 쓰고 갚지 않은 돈을 돌려 달라는 독촉이 밀려오고 있었다. 여기저기 온통 돈, 돈, 돈을 내놓으라고 벌 떼 같이 몰려들며 아우성이 빗발치고 있었다. 그 어떤 돈이라는 돈은 한 푼도 남겨둔 것이 없었다. 끝이 없이 벌어지는 도박의 망조가 깊숙이 파고들어 연희 내외간에 신용이 바닥이 났으며, 신용카드 결제금을 신용카드 여러 개로 돌려막아 가며 쓰는 것도 한계를 넘어섰고 끝내는 신용불량자에 낙인이 눈앞에 닥쳐오면서 헤어나올 여지가 전혀 없어 보였다. 막바지로 내몰린 바닥에서 모든 채무를 청산하기 위해 마지막이라고 여기고 제부는 연희에게 두 손을 싹싹 빌며 모든 빚더미를 해결하고 정신 차려서 초심으로 돌아가 직분에 충실할 것을 맹세하고 맹세하였다. 연희는 더 이상 돈을 마련할 곳이 무색해지자 엄마 집을 담보로 은행 대출을 받기에 이르렀고 대출금으로 쌓였던 빚더미는 해결됐다. 하지만 어느 정도 안도의 숨을 쉬며 서서히 세월이 흐르자 '세 살 버릇 여든까지 간다'는 속담이 틀린 말이 아니라고 증명이라도 하듯 제부는 연희 모르게 하던 버릇을 버리지 못하고 잃은 돈을 만회할 것이라고 믿었는지 이곳저곳에 투자를 일삼았다. 그리고 역시나 도박 행위에 또다시 손을 대고 있었다.

  대출금은 공돈인 줄 알았는지 도박할 돈은 있어도 이자 낼 돈은 없었는지 이자가 밀려 연체이자까지 붙으면서 시일이 흘러도 아무런 조짐을 보이지 않자, 결국 은행 직원이 집에까지 실사를 나오게 됐던 일로 안하무인으로 있던 엄마가 알게 되셨고 믿는 도끼에 발등 찍힌 격이 된 배신감으로 엄마는 살아갈 의욕을 잃으셨고 아무런 내색 없이 연희 내외를 바라볼 수가 없었고 다시는 당신 집에 돌아오시지 않을 참으로 살아오면서 삶의 찌든 때가 잔뜩 배어있는 엄마의 손때가 가득 묻은 허술 그레한 짐들을 가득 싸서 인희 집으로 오시게 되셨다. 이렇게 되돌릴 수 없는 큰일이 벌어지도록 오랫동안 행해진 일들을 확고하게 막아내지 못하고 차일피일 세월이 지나면서 연희 내외는 서로에게 관심 밖으로 대화마저도 끊긴 상태로 지내고 있었다. 엄

마는 제부의 부분적인 큰 문제만을 말씀하셨고 저질러 온 모든 얘기
는 차후에 연희를 통해 전말의 얘기를 들을 수 있었다. 긴 시간에 걸
쳐 울분 섞인 얘기로 입이 마르셨는지 연거푸 물을 들이키시며 속앓
이하셨던 쌓인 가슴 아린 얘기를 털어놓으시고 눈물이 가득하신 눈
으로 늘그막에 편히 누울 집 한 채도 지켜내지 못하셨다고 하시며
무슨 낯으로 큰놈들을 대해야 할지 면목이 없다고 하셨다. 지칠 대
로 지친 기색으로 커지는 듯한 한숨을 내쉬시며 이부자리 위에 몸을
눕히셨다. 너무도 황당한 이야기를 전해 들은 인희는 아무 표정 없
이 정신적 파탄 상태가 되어 그 자리에서 꼼짝 못하고 한참을 멍하
니 앉아 있었다. 인희로서는 도저히 이 모든 내막의 얘기를 두 오빠
누구에게도 전할 수가 없었다. 다만 연희 내외가 꿋꿋하게 열심히
살아서 잃은 것을 회복하길 바라는 간절한 마음뿐이었다.

당신의 몸 하나 가눌 힘없이 측은히 누워계신 엄마 옆에서 "연희
내외가 아직 젊으니까 정신 차려서 열심히 살면 금방 일어설 테니,
엄마 몸 생각하셔서 너무 상심하지 마세요. 오빠들 곁이 아니라도 내
가 모실 테니 아무 걱정하지 마세요." 하며 인희는 위로의 말을 올렸
다. 그래도 쌓여 있던 한풀이를 하셔서인지 엄마는 조카들이 북적대
는 시끌시끌 벅적한 나날 속에서 예전보다 커지는 한숨 소리도 줄어
들었고 간혹 한참 동안 멍하니 창밖으로 시선을 두시고 말 없는 시
름을 앓고 계시는 듯 하면서도 많은 것을 비워 내신 탓인지 밝아지

신 얼굴로 간간이 웃으시는 모습을 보여주기도 하셨다. 얼마 지나 추석 명절이 다가오는 시점으로 아버지를 비롯해 조상님들의 제사를 모시기 위해 추석 명절 며칠 앞에 혀를 끌끌 차시며 살아있으니 차례는 올려야 할 것 아니냐고 하시며 내키지 않는 발걸음으로 엄마 집으로 가셨다. 그렇게 엄마 집에 들어선 엄마를 연희와 외손녀들이 반갑게 맞이해 주었고 보이지 않는 막내 사위가 궁금해 묻는 엄마에게 연희는 교직원 연수 교육을 받으러 출장 갔다고 했다. 출장 갔다는 소리에 대수롭지 않게 여기며 며칠 동안 차례 준비를 위해 분주히 시장을 오가시며 차례에 올릴 음식 거리를 사 나르셨고 이어 추석날이 다가와 두 오빠 가족에 인희, 조카들이 명절을 보내기 위해 엄마 집으로 찾아왔다.

어수선한 분위기 속에서 서로의 눈치로 예사롭지 않게 여겨지는 제부의 빈자리와 둘째 올케언니의 빈자리에 궁금증을 뒤로 미루고 추석 명절의 차례상으로 조상님들에게 의식을 올렸다. 이후 차례상을 물리고 한나절이 되어 큰오빠가 작은오빠를 비롯해 인희, 연희를 한자리로 불러 앉혔다. 큰오빠는 먼저 작은 올케언니 부재에 대해 물었다. 그러자 작은오빠는 인희로부터 괜히 시끄럽게 걱정을 끼치지 않도록 명절에 가족이 다 모인 자리에서 작은올케 언니 부재에 대해 외국에 올케의 연로하신 부모님이 이민 가셔서 돌봐 드리느라 아직 못 오고 있다고 말하라는 부탁을 전해 받은 대로 말하며 작은 올케언니의 실체를 눌러 앉혔다. 이어 연희에게 제부의 행방을 묻자 연희는 이제 더는 감출 자신이 없었는지 아무 말 없이 울먹거리다 오빠들 앞에 무릎 꿇고는 "오빠, 용서해 주세요. 모두 제 잘못 때문으로 이 지경까지 왔어요." 하며 그동안 벌어진 일들을 눈물범벅 된 얼굴로 세세히 털어놓았고 엄마가 인희 집으로 오시고 얼마지나지 않아 도저히 더 이상 수습할 여지가 없고 제부의 습관화되어 버린 도박의 습성이 끊이지 않아 어쩔 수 없이 합의 이혼했다고 털어놓았다. 엄마, 큰오빠 내외, 작은오빠, 인희는 아무 말을 하지 않고 한참을 머무르고 있는 사이 침묵을 뚫고 큰오빠가 "모두 등한시한 내 불찰이다. 네가 현명하게 결정을 내렸으리라 여긴다. 너무 죄책감 크게 가지지 말고 몸 성하면 된다. 몸에 큰 병이라도 안 걸린걸 다행으로 여기고 애들 생각해서 단단히 마음먹고 잘 살아야한다." 하고 나무라기보단 측은한 연희 손을 잡고 위로의 말을 건넸다. 이제는 믿고 의지했던 막내 사위의 빈자리에서 엄마는 "이 세상천지에 믿을 사람 하나 없어! 대체 누굴 믿고 살라는 말이냐?"라고하시며 애석한 푸념 속에 눈물을 쏟아내셨다.

해 바 라 기

영원히 향기로운 꽃

모두의 아이들이 잘 자라서
나이 듦을 애석해하기보다,
바라보기만 해도 향기를 품어내는
사랑스러운 꽃들의 향연에 즐거워하며
저절로 행복의 미소가 지어진다.

큰오빠 내외나, 작은오빠, 인희까지 아무도 연희 내외를 나무라는 말을 하지 않았다. 더불어 큰오빠가 지난 과오는 잊고 앞으로 남매지간에 서로 우애 있게 잘 지내고 힘든 일이 있을 때는 서슴치 말고 서로 의논하며 지내자는 당부의 말을 했다. 이로 인해 연희는 고마워하며 아이들과 열심히 살겠다고 다짐했다. 엄마도 다른 집 같으면 난리를 벌였을 텐데 그릇이 큰 새끼들이라서 큰소리 없이 넘긴다고 큰오빠 내외, 작은오빠, 인희에게 너그러운 마음으로 이해해 주고 큰소리 없이 받아 들여줘서 고맙다는 말씀을 남기셨다. 이렇게 연희는 씻을 수 없는 상처와 빈털터리로 딸아이 둘만을 남긴 결혼 생활의 파국으로 이혼녀가 되고 말았다. 명절을 맞아 모처럼 삼대의 가족이 모여

화기애애하게 즐겁게 보냈어야 할 분위기를 연희 내외의 이혼으로 가족 모두가 침울한 기색을 감출 수가 없어서 가까운 일가, 친척 집에 문안도 드리지 않았고 큰오빠는 엄마가 인희 집에서 머무르신다는 말씀에 인희에게 엄마를 모시는 대가로 매달 생활비를 보내주겠다고 하며 엄마를 잘 부탁한다고 말하며 힘이 들 때는 언제라도 연락하라는 당부를 했다. 엄마를 모셔야 할 몫은 큰오빠니까 엄마가 원하시면 언제라도 큰오빠 곁으로 오시라는 말로 엄마에게 약속했다. 그리고는 이내 아쉬움을 뒤로하고 떠날 차비를 차려 길을 나섰다. 이어 작은오빠도 인희에게 시간 날 때 얼굴 보기로 하고 엄마 집을 떠나갔고 인희는 하루를 더 머물러 연희의 쌓인 하소연을 밤새 들어주고 누구보다 현명한 사람이니까 잘 헤쳐나갈 것이라는 응원의 말로 연희를 격려해 주며 엄마를 모시고 조카들과 집으로 돌아왔다.

집에 돌아온 후에 엄마도 제부의 빈자리로 의지할 곳 없는 텅 빈 상태로 연희가 힘들어하지는 않을까? 하는 염려로 마음이 놓이지않았다. 엄마도 매번 손을 벌리는 연희를 매몰차게 일찍이 끊지 못한 당신의 탓으로 이런 사달이 났다고 한탄하시며 아직도 새파랗게 남은 청춘을 어찌 어린 새끼들하고 살아가야 할지 모르겠다고 하시며 태산같은 걱정으로 반복적인 푸념을 끊일 새 없이 하셨다. 엄마의 소용없는 푸념을 듣다못해 인희는 내쏟는 말투로 "엄마! 신세타령 그만 좀 하세요. 오랫동안 제부가 벌이는 도박에 지칠 대로 지쳐서,

오히려 편안한 마음으로 지낼 수 있을 거니까 쓸데없는 걱정거리로 마음 쓰시지 않으셔도 돼요." 하며 엄마의 푸념 섞인 넋두리를 제발 그만 거두시라고 말했다. 그래도 엄마는 그리 많지도 않은 새끼들이 온전히 살아주질 못하고, 지 새끼를 붙여 지 동생 청춘을 바치게 만든 수진이 어미 하나로도 모자라 막내까지 평지풍파를 일으킨다며 애달파 하시다 두 머슴 아들이 아무 탈 없이 잘 살아줘서 그것만으로도 다행이라고 하신다. 이런 와중에 작은오빠 내외마저 이혼한 사실을 엄마가 알게 되면 더 큰 심려를 끼쳐 드릴 것 같아 '언젠가는 알게 되시겠지' 하며 비밀리에 붙이기로 마음먹었다. 연희마저 이혼으로 매듭지은 결혼생활로 심경이 복잡한 것을 인희도 피할 수가 없었다. 엄마가 모르는 작은오빠도 이혼남이 되었고 오로지 큰오빠만이 건실한 결혼 생활을 이어갈 뿐이었다. 아마도 연희의 이혼으로 똑같은 전철을 밟은 작은 오빠 마음도 제대로 말 한 마디 못하고 아픔을 겪고 있을 거라는 짐작이 들었다. 이런저런 상념으로 침울해져 일을 해도 능력이 오르지 않는 일상이 되어갔다.

그러다 엄마의 기분을 전환시켜 드리려고 인희는 아무 일 없었다는 듯이 수시로 연희에게 전화 통화로 안부를 묻고 내키지 않아도 조카들이 웃게 만드는 에피소드를 들려주며 다소나마 연희의 기분이 좋아지도록 이끌어 갔다. 그렇게 자주 주고받는 연락으로 엄마도 가라앉은 감정으로 심기 불편한 날들을 보내시면서도 안정을 찾으신 듯 편안한 미소를 지어 보이셨다. 이러한 날들 속에 무심한 세월은 빠르게 흘러 막내 혜성이가 어느새 훌쩍 자라서 사춘기, 청소년기로 접어들면서 점점 엄마 품에서 멀어져 가게 되자 이제는 엄마가 혜성이를 찾아 가까이하기를 소원하셨다. 그럴 때마다 마음 씀씀이가 너그러운 혜성이는 외할머니의 마음을 들여다보기라도 한 듯이 못 이기는 척 제법 어른스러워진 듬직한 몸을 외할머니에게 비벼 대며 "이 세상에서 내 할머니가 최고로 좋아! 할머니가 해주시는 김치 지짐이 최고로 맛있어요. 또 한 가지, 할머니 표 김치찌개도 최고의 요리라고요." 하는 혜성이의 말이 끝나기가 무섭게 엄마는 주방으로 향하시며 "우리 아가가 배가 고파 어쩐다냐?" 하시며 부랴부랴 묵은지를 꺼내고 밀가루 봉지를 어디다 두었냐고 찾기에 바쁘셨다. 그렇게 허둥지둥 서두르시더니 어느새 수북이 떠올린 밥 한 사발에 돼지고기를 쑹덩쑹덩 큼직하게 썰어 넣은 김치찌개를 한 냄비 가득 보글보글 끓여 내셨고 혜성이 입에 안성맞춤인 시큼, 짭조름하고 고소한 묵은지 김치지짐도 대보름 달덩이만큼 크게 부치셔서 혜성이 앞에 차려내 주셨다. 정성 가득한 외할머니의 사랑의 밥상에 감격한 혜성이는 외할머니 얼굴에 입맞춤해 대며 "울 할머니 최고로 사랑해!"로 한껏 어리광 부리는 통으로 엄마는 온갖 시름을 잊으신 듯 함박웃음을 지으셨다.

둘째인 예진이도 수진이 못지않게 학교 다니며 어린 나이로 아르바이트를 시작해 용돈을 벌어 쓰고 저축도 하며 밤늦도록 열심히 하던 공부 덕택으로 특급 장학생으로 학자금 어려움 없이 좋은 대학에 들어가게 되었다. 대학 2학년으로 1학기를 마치고 호주로 워킹 홀리데이 유학을 갔다. 유학 가기 전 인희의 도움 하나 없이 얼마나 많은 정보와 야멸찬 준비 과정으로 임했는지 낯선 타국에서 어학연수 기간에 공부와 아르바이트알바를 병행하며 자신의 폭넓은 눈높이의 경험을 쌓았다. 유학을 마치고 돌아왔을 때는 다른 나라 문명을 접한 경험으로 더없이 세상을 보는 눈이 남다르게 넓어졌고 열심히 알바로 번 수익금도 호주의 원화 강세로 제법 되는 뭉칫돈을 마련해 왔다. 그리고 복학해서 대학 삼학년에 이르러서 이번엔 일본으로 유학갔다. 일본 유학으로 탄탄한 자신의 넓은 기량을 쌓아 갔다. 어려서부터 예진이는 수진이와 나이 차이가 일곱 살이나 나서인지 수진이를 엄마의 분신인 양 여겼고 수진이를 본받아서인지 남다르게 자기주장을 확실하게 내세우며 고집도 한 고집하는 아이로 욕심도 많아 어디서든 자신이 우선인 자리를 차지하는 특출한 예진이었다. 그런 예진이의 기량이 돋보여 대학 졸업을 앞두고 내놓아라 하는 큰 기업체에 선출되어 지닌 능력을 발휘할 수 있는 독보적인 직장인이 되었다. 믿음직한 인생 동반자와도 같은 수진이는 인희에게 조카딸을 넘어서 절친한 친구처럼 서로의 마음을 알아주는 없어서는 안 될 존재 의식으로 가정에 테두리를 단단히 지켜주는 버팀목이 되어 주었다. 수준높은 대학을 졸업하고 행정공무원으로 탄탄한 직장을 얻어 경제적으로 인희의 부담을 덜어 주었고 동생들에게도 여러모로 큰 도움을 베풀어 주는 집안에 대들보 역할을 해주었다.

　자식이나 매한가지인 조카들이 잘 자라서 모두 본인들의 앞가림을 해 나가며 인희의 경제적 부담을 덜어 주기 위해 맛있는 것 많이 해 달라며 매달 돈 봉투를 인희 손에 쥐어 줬고, 엄마 손에도 잊지 않고 다달이 예쁜 옷 사 입으시라며 흰 봉투에 가지런히 넣은 용돈을 건네 드렸다. 조카들을 위해서라면 목숨도 아깝지 않을 만큼 더 이상 바랄 것 없이 세심하게 배려 깊은 조카들이 곁에 있다는 것만으로도 저절로 힘이 솟았다. 이래서 자식은 영원히 지지 않는 향기로운 꽃이라는 말이 실감이 났다. 한 살 한 살 나이가 들어가면서 인희가 일에 매진하는 활동량도 점차 줄어들었고 고정적인 일에만 임하니 시간적 여유를 맞아 엄마를 동무 삼아 엄마가 가보고 싶어 하시는 곳으로 비행기도 타고 배편을 이용하기도 하며 유명한 여행지를 찾아즐기며 여행을 다녔다. 또는 집에서 가까운 산으로 맛있는 도시락을 싸서 등산을 가고 재래시장 장날이면 장 구경을 가서 엄마가 좋아하시는 수수부꾸미, 메밀국수 등 맛난 음식을 배불리 사 먹고 몸에 좋다는 식료품을 한 보따리 사서 잔뜩 걸머져 오기 일쑤였다. 그런 날 중에 맛있는 음식을 잔뜩 만들어 내셔서 그러잖아도 세월이 흘러도 안부 전화 한 통 없는 작은 올케언니가 무슨 사단이 나도 단단히 난 것이라고 어미를 속이려고 저희끼리 작당을 하고 있다고 하시며 인희 입에서 말문을 열도록 귀에 못이 박힐 정도로 궁시렁대셨다. 그럴 때마다 인희는 잡다한 핑계를 대며 순간순간을 모면하곤 했다. 그러자 이제는 한참 동안 찾아오지 않는 작은오빠가 잘 먹는 음식을 여러뭉치의 보따리로 만 들으시고는 인희에게 오빠 집으로 나설 것을 종용하셨다. 더는 어떤 핑계로도 엄마를 주저앉힐 수가 없어 인희는 드디어 올 것이 오고야 말았다는 생각으로 엄마를 모시고 오빠 집으로 향해야 했다. 급기야 오빠에게 전화 연락으로 엄마가 오빠 집엘 가신다고 나서고 있으니 일찍 들어와 달라고 부탁했다. 오빠는 일말의 말로 일축하며 "혹여나 내가 늦으면 네가 알아서 심기 불편치 않으시게 대충 둘러대라." 라고 했다.

그렇게 갑작스럽게 들이닥친 오빠 집은 현관 입구에 제멋대로 널브러진 신발들이 가득 놓여 있었고 이어 거실 소파Sofa 위에는 소파가 옷걸이인 양 온갖 옷들이 소파를 뒤덮었고, 도우미 아줌마가 언제 다녀가시기나 했는지 주방의 싱크대 안에는 오만 그릇과 컵들이 음식물이 말라붙은 채 싱크대에 가득 채워져 있었다. 좁은 집, 좁은 방에는 이부자리인지 옷더미인지가 분간하기 어려울 만큼 곳곳에 쌓여 있었다. 엉망진창인 집안 꼴에 참담함으로 엄마와 인희는 잔뜩 들고 간 음식 보따리를 거실 바닥에 내려놓고 어안이 벙벙해서 기가 막힐 정도였다. 그 모습을 바라보는 둘째 조카는 몸 둘 바를 몰라 하며 넋이 나간 표정으로 우두커니 서 있었다. 성인이 된 조카들이 모두 직장인이 되었고 서로가 스스로 끼니를 해결하고 하니 가사를 도와주는 도우미가 특별히 필요하지 않아 도움을 받지 않다 보니 여기저기 모든 살림살이가 엉망으로 남게 되었다. 더구나 조카들이 성인으로 자리매김 하면서 가끔 찾아와 도움의 손길을 주던 인희마저도 태만해져 마음을 써주지 않았던 탓으로 청소를 하지 않아 쌓이고 쌓인 살림의 숙제를 남기게 됐다. 엄마는 축 늘어진 어깨로 말문이 막히셨는지 거실한 편에 덩그러니 앉아 깊은 곳에서 몰아내 쉬는 한숨 속에 가슴을 치시며 눈가를 손등으로 훔쳐내고 계셨다. 그 잘난 아들이 어쩌다 이 모양을 해놓고 살고 있는지 기가 막힌 노릇에 억장이 무너져 내리는 듯하신 모습을 하셨다. 순간 인희는 정신을 번쩍 차리고 엄마에게 시원한 물을 갖다 드리라고 조카에게 말하며 겉옷을 벗어 젖히고 주방서부터 치우기 시작했다. 이어 조카도 바지런히 손, 발을 움직이며 집안 구석구석 널브러진 옷가지들을 제자리로 정갈하게 정리 정돈을 해 나갔다.

그러자 한참을 정신줄을 놓으신 듯 앉아 계시던 엄마가 몸을 일으키시고 이 방 저 방을 살피시더니 올케언니의 흔적이 보이지 않자 어느새 눈치를 채셨는지 "일 났구먼. 그예 일이 벌어졌구먼. 그렇게 어미 말에 아랑곳하지 않고 저희끼리 쉬쉬하더니 다 꿍꿍이를 숨겨뒀구먼. 큰놈 빼고 온전하게 사는 꼴을 못 보겠구먼, 뭔 놈의 팔자가 이리도 기구하단 말이여. 얼마나 업장이 두터우면 이런 꼴을 보는 것이여. 오늘 죽어도 눈이 제대로 감기겠나 말이여,"라고 하시며 통곡의 설움 덩어리를 품어내셨다. 한참의 넋두리하시다가 "누구 탓이여? 내 새끼 탓이여? 무슨 잘못을 했길래 이 지경까지 온 것이여? 죽어서 무슨 낯으로 네 아비 얼굴을 어째 본단 말이여. 무슨 면목으로 볼 것이여" 하시며 신세 한탄을 하셨다. 때마침 큰조카가 들어와서는 애석해하는 엄마를 얼싸안으며 "할머니! 아무 걱정 마세요. 우리 다 컸어요. 좋은 직장에서 돈도 잘 벌고 얼마 있으면 넓고 좋은 집으로 이사 갈 거예요. 우리 엄마도 편하게 잘 살고 계시니까 걱정 안 해도 돼요. 바쁘다 보니 제때 청소를 안 하고 밀어둬서 엉망이 됐던 거예요. 앞으로는 바로바로 깨끗이 치울 테니, 할머니! 아무 염려 마세요." 하며 큰조카는 두 손으로 엄마 얼굴의 눈물 자국을 쓰다듬어 내렸다. 그러는 손자로 인해 힘을 얻으셨고 이어서 큰조카가 청소에 손을 보태며 늦은 저녁에 이르러서 어느 정도 정리가 된 깔끔한 모양을 갖춘 집 안이 훤하게 드러났다. 조금은 진정을 찾은 엄마와 조카들과 들고 온 여러 가지 음식을 펼쳐내어 저녁밥을 뜨려 할 때 주눅이 잔뜩 들은 모습으로 엄마가 좋아하시는 제과점 빵 여러 가지를 커다란 봉지 가득 사 들고 오빠가 들어왔다.

눈앞에 깔끔히 치워진 집 안이 훤히 보이자 오빠는 "역시 울 엄니가 오시니까 다른 새집처럼 집안이 밝아졌네. 앞으론 엄니랑 쭉 같이 살아야겠수." 하며 엄마 마음을 알아채고 편해지도록 멋쩍은 표현으로 인사를 대신했다. 그리고 편안한 차림으로 옷매무새를 갖추고 엄마 옆에 앉았다. 밥상 위에 차려진 오빠가 좋아하는 음식들이 가득 놓인 것을 보고 엄마 손을 두 손으로 감싸 쥐며 "엄니! 아직도 내 입에 맞는 음식을 기억하고 계시네요. 고향에서 커다란 박 바가지에 감자를 수북이 져며 넣은 보리밥에 이 열무 겉절이를 넣고 된장찌개 국물을 끼얹어 쓱쓱 몇 번 비벼서 볼이 불거지도록 한 숟갈 가득 담아 요놈에 총각 김치를 곁들여 먹으면 최고의 맛있는 밥이었지요. 그때나 지금이나 울 엄니 손맛은 여전히 내 입에 딱 들어 맞는다니까요. 엄니! 아무 걱정 마시고 맘 편히 건강하신 몸으로 오래 사셔야 해요. 그래야 이 맛난 엄니 손맛의 음식을 맛볼 수 있으니까요."라고 하며 오빠는 엄마의 음식 솜씨에 칭찬을 아끼지 않았다. 칭찬의 말로 누그러진 모습으로 밥상 앞이라서 엄마는 "골고루 천천히 꼭꼭 씹어 먹어라. 시장이 반찬이라고 배고프면 다 맛있는 법이다. 밥부터 먹고 천천히 얘기 듣자꾸나." 하시며 자식의 배를 불리기 위해 어떤 사정에 얘기는 잠시 뒤로 밀어내셨다. 입에 넣기만 해도 저절로 입맛이 살아나는 엄마 손맛의 음식으로 담쏙담쏙 복스럽게 먹으며 모두의 배를 불리고 오빠는 엄마와 마주 앉자 멀뚱멀뚱 딴청 피우며 말문을 열지 못하고 있었다.

그러자 눈치챈 엄마가 먼저 "작은 며늘아기가 시집올 때부터 작고 여린 몸집이더구나. 무남독녀 외동딸로 제대로 살림을 살고 아이를 낳아 키워내기나 할까 싶어 걱정스러워했구먼. 그래도 보기보단 여문 몸으로 손자를 둘씩이나 낳아줘서 대견했는데, 큰 손자 낳고 힘들어하고 살림에는 무관심이라서 네가 애로점이 많다고 할 때 깊이 있게 살폈어야 했는데. 살다 보면 서로 잘 맞추어 살려니 했구먼, 그예 일을 치르고 말았냐? 그래도 손자 녀석들이 다 컸으니 다행이지만 어미 없이 머슴아들끼리만 산다는 것은 힘든 일이다. 집에는 어미가 있어야 빛이 나는 법이다. 아직도 살 날이 창창하고 손자 며늘아기도 봐야 하고 할 텐데, 며느리가 없는 빈자리를 무슨 수로 감당해 낼 것이여? 서로 양보하고 잘 참아내며 살 것이지, 이렇게 어미 가슴을 찢어놔야만 하냐?"라고 하시며 측은하신 눈빛으로 오빠를 바라보셨다. 고개를 푹 떨구고 가만히 듣고만 있던 오빠가 "저도 끝까지 참고 애들한테 피해 입히지 않으려고 힘들 때마다 꾹꾹 눌러 참으며, 장모님이 애써서 살림살이를 도맡아 해주시고 애들도 장모님 도움으로 키워내며 애들 엄마가 문제를 일으킬 때마다 장인 어르신과 장모님이 문제를 수습하기에 바쁘셨고 너그러이 용서해 달라는 두 분의 간청을 무시할 수가 없어서 그르치는 일들을 매번 넘기고 넘겼던 것이 습관이 되었습니다. 여기저기 안다는 사람에게 내 이름을 팔아 돈을 빌려 써서 감당하기 힘들 만큼 빚쟁이가 되었고 내놓고 놀아보기라도 하려는 듯이 유흥으로 물 쓰듯 돈을 낭비하며 집안 살림이나 내게 관심 밖인 것을 떠나 애들 끼니마저도 나 몰라라 하며 끝내는 음주운전으로 큰 교통사고에 인명피해까지 입혀 엄청난 합의금으로 막아내야 했어요."라고 하며 결국 이혼으로 결론 내렸다고 했다.

남은 것 하나 없이 맨몸에 협소한 집으로 이사까지 했지만, 애들이나 자신도 오히려 애들 엄마가 있을 때보다 안정을 찾았고 마음도 편안해졌다고 했다. 장인, 장모님 곁에 있는 애들 엄마도 편하게 잘 있다니 크게 걱정할 일도 없다고 한다. 다행히도 애들이 바르게 잘 자라 주어서 고맙고 요즘은 두 아들이 오히려 자신을 염려하며 돌봐주는 느낌이 든다며 두 아들 덕으로 든든하다고 했다. 앞으로 애들도 제각각 앞가림을 잘 해내고 있으니 가정이란 테두리를 지켜줄 뿐이라는 말을 덧붙이며 오빠는 엄마에게 인희가 맡고 있는 조카들도 어느덧 다 컸으니 엄마 손이 필요한 부분도 많지 않을 테고 하니 "이제는 우리 집에 머무르세요, 두 머스마들에게 엄마가 옆에 계시면 큰 힘이 될 겁니다."라고 했다. 그러자 엄마는 고개를 끄덕이시며 아직 막내 혜성이가 할미가 옆에 없으면 기가 죽어 안된다고 하시며 오래 머물지는 못해도 한 번씩 머물다가 가겠다고 하셨다. 그리고 몸만 성하면 살 수 있으니까 무리해서 일하지 말고 삼시세끼 끼니 놓치지 말고 단단히 챙겨 먹으라고 일러 주셨다. 며느리와 그 집어르신들께 가끔 안부 연락을 드리라는 부탁도 잊지 않고 건네셨다. 그간에 하지 못했던 얘기들을 주고받고 텅 빈 아련한 가슴으로 일어서서 오빠 집을 나서려 하자 큰 덩치의 두 조카가 나와 "할머니는 가시지 말고 저희 집에 계시면 안 돼요?" 한다. 이어 오빠가 조만간 우리 집에 머무르러 오실 거라고 하니 조카들은 더없이 좋아라 하며 엄마를 끌어안고 "울 할머니 곁에 계시면 우리 집은 이젠 항상 봄날이라구요."라고 하며 고모 집에 가셨다, 이내 오시라며 엄마 손가락을 펼쳐내어 약속했다며 새끼손가락에 약속 표시를 걸었다. 엄마도 기뻐하시는 표정을 지으시며 조카들의 등을 쓰다듬어 내렸다.

이렇게 겹겹이 쌓아두고 목구멍까지 차 있던 사유의 얘기를 털어낸 오빠는 묵었던 체증이 내려간 듯 가벼운 마음이 들었고 인희 집으로 돌아오신 엄마도 작은 올케의 빈자리로 짠하고 아쉬워하시면서도 두 손자들이 반듯이 자라 어엿한 성인이 되어 작은오빠의 큰 버팀목으로 자리를 잡고 살아가는 모습에 대견해하고 한시름 놓으시며 그것으로 만족하셨다. 그렇게 작은오빠의 가정사가 일단락 지어지고 평범한 날들을 보내시던 중 엄마는 "내가 죽기 전에 수진 어미가 어찌 살고 있는지를 직접 눈으로 봐야 한이 풀릴 것 같구먼. 생때같은 새끼를 버리고 저인들 두 다리 펴고 잠이나 제대로 자기나 하겠는가 말이여." 하시며 인희가 나서주기를 바라는 조급증 섞인 뜻의 말씀이 이어지고 있었다. 인희는 자주는 아니지만 수진이가 좋은 성적으로 원하는 대학을 들어갔을 때, 예진이가 외국에 연수 교육을 받으러 갔을 때, 막내 혜성이가 대학에 가고 1학년이 지나 군대 입대했던 때에 좋은 소식을 전하기 위해 스님인 언니에게 전화상으로 연락을 주고 기쁜 소식을 전해 왔다. 그럴 때마다 언니는 고맙고, 감사하다는 말에 목이 메어 제대로 말을 이어가지 못하는 느낌을 주었었다. 다만 막내 연희의 이혼 사실이나 작은오빠의 이혼 사실 등은 언니의 마음을 더 아프게 만들까 봐 전해주지 못했다. 세월은 참으로 빠르게 흘러갔다. 어제 아래 조카들이 인희 곁에서 자리를 잡은 것 같은데 어느 사이에 조카들이 성인이 되어 인희를 지켜주는 대들보 역할을 해주고 있었다. 성인이 되도록 긴 세월을 살아오면서 이따금 조카들에게 전해주는 언니 소식에 만족하며 조카들 스스로 언니를 찾아가거나 연락하는 일조차 하지 않았다. 그만큼 인희를 아빠, 엄마의 대표인 자리에 있다는 확신을 들게 하는 조카들이었다.

  인희는 하루라도 빨리 엄마를 모시고 언니를 만나보러 가기 위해 조카들에게 같이 갈 마음이 있으면 갔다 오자고 했다. 그러자 조카들은 아무 말도 없이 있더니 서로의 눈치로 조금 더 있다 서로 시간을 맞춰서 가보기로 하겠다고 수진이가 말했다. 그러기로 하고 인희는 엄마만을 모시고 길을 나섰다. 엄마는 "네 언니가 필요한 것들이 무엇인지 말해봐라."는 엄마 물음에 아무것도 필요하지 않다고 신경 써서 사올 필요 없다, 했다고 말씀드렸음에도 집을 나서기 며칠 전부터 언니가 필요한 것을 준비해 가시려고 옛날 언니가 사용했던 품목들의 기억을 더듬으시며 인희의 눈치를 살피며 혹여나 '필요하지 않을까?' 싶은 생활용품들을 사 모으셨다. 사 모으신 건강식품, 생필품, 미용용품들을 이 가방, 저 가방에 눌러 담으시는 엄마를 보며 인희는 떨어져 있는 자식을 생각해 무엇 하나라도 채워 주고 싶은 엄마 마음이려니 하고 아무 말 없이 무거운 가방을 차에 옮겨 실었다.

차를 자주 타시는 일이 없는 엄마는 차멀미를 심하게 하셨다. 떠나기 전 이른 아침에 귀밑에 멀미약 스티커를 붙여드리고 간단히 아침밥을 떼우고 발걸음을 떼었다. 세 시간 가량 걸리는 거리를 가는 동안 엄마는 무심히 창밖을 바라보시고, 아님 눈을 감으시고 생각에 잠기신 듯했다. 인희도 굳이 너스레 떨 마음도 들지 않아 침묵 속에 운전대를 잡고 달리기만 할 뿐이었다. 한참을 달려 마지막 강릉휴게소에 들려 잠시 숨을 고르고 "아직도 갈 길이 많이 남았느냐?"고 재촉하시는 엄마 말씀에 이내 차에 올라 한참을 더 지나서야 언니가 있는 절을 가기 전 좁디좁은 산비탈 오르막길을 오르게 됐다. 험한 오르막길을 오르게 되자 그제야 엄마는 "우째 이리도 험한 골짜기까지 찾아 숨었단 말이여. 하늘에 올라가지 못해 하늘 처마 끝으로 왔단 말이여?" 하시며 혀를 쯧쯧 차셨다.

오르고 올라 언니가 있는 절에 다다랐고 주차장을 벗어나 절 안쪽에 들어서자 엄마는 온몸에 힘이 빠져나가신 듯 절간 마루턱에 풀썩 주저앉으셨다. 인희가 두리번거리자 가까이 다가오는 스님에게 언니 이름을 대니 엄마를 부축하시며 모서리 작은 절 방으로 안내해 줬다. 엄마는 그새 눈시울이 붉어지시며 눈물이 맺히셨고 20여분 정도 있자니 조곤조곤한 발걸음으로 정갈한 스님 복장을 한 언니가 차마 맞닥뜨릴 염치가 없어서인지 두 손으로 얼굴을 가리며 들어섰다. 이어 합장으로 인사를 하고는 엄마 앞에 무릎 꿇고 앉았다. 이어 언니를 와락 껴안은 엄마와 언니, 인희는 꾸역꾸역 울음을 토해냈다. "아이고, 영희야 이게 뭔 꼴이여! 왜 네가 아까운 청춘을 이리 보내야 한단 말이여, 전생에 무슨 원수를 졌기에 알밤 같은 새끼들을 떼놓고 이 꼴로 살아야 한단 말이냐? 내 복장이 터질 것만 같구먼. 아픈 데 없이 잘 있는 거여! 힘들지는 않은 거여! 이대로 절 속에서 파묻혀 살다 죽을 것이여! 새끼들이 보고 싶지도 않은 것이여! 곱디 고운 청춘을 어째 사서 썩히는 것이여." 하시며 애잔한 마음에 끝없이 염려의 말씀을 쏟아내시며 엄마는 언니를 이리 저리 쓰다듬어 내렸다. 말없이 눈물짓던 언니는 엄마 손을 부여잡고 "어머니! 죽지 못해서, 죽지 않으면 살아갈 수가 없을 것 같아서, 결국 모든 짐을 다 벗고 찾아든 길이에요. 무슨 염치로 이 불효 여식이 어머니 얼굴을 뵙겠습니까? 동생들 볼 낯도 없고 더구나 애들을 가슴에 품고 오직 기도로만 안녕을 빌 뿐이에요. 큰 죄인인 저를 절대 용서하지 마세요. 제가 지은 업장은 제가 지고 갈게요. 어머니, 부디 몸 건강히 만수무강하시길 기원할게요. 인희 얼굴 볼 면목도 없는 이 불자가 어찌 업장 소멸을 다 갚고 가야 할지, 비우고 또 비우며 부처님께 빌 뿐이에요, 모쪼록 모두가 몸 건강하길 빌어 봅니다."라며 속절없이 흐르는 눈물을 주체하지 못하며 언니의 한 맺힌 가슴앓이 속 얘기를 꺼내 놓았다.

그리고는 애절한 눈빛을 담아 인희를 부여안은 언니 손이 인희 등을 쓰다듬으며 토닥여 주었다. "부디 몸 건강해야 해. 무슨 말로도 감사의 말을 할 염치가 없구나. 세상 그 무엇과도 바꿀 수 없는 네게 못난 언니로 인해 생을 바치게 해서 죄스럽고 죄스럽구나, 차마 용서해 달라는 말도 할 수가 없어. 네게 큰 빚을 진 죄인이구나." 하며 두 손을 합장하여 연거푸 인희에게 언니의 머리를 숙였다. 이러는 언니의 손을 잡은 인희는 "아니야! 언니가 낳아준 조카들 덕분에 늘 보람 있는 생활로 내가 오히려 언니에게 감사해야 돼! 요즘 은 조카들이 나를 돌봐주는 격이 됐어. 얼마나 기특한 조카들이라고. 항상 웃음꽃이 활짝 피어나게 하는 아이들이야. 이젠 모두 다 잘 자라 줘서 어엿한 성인으로 아무 걱정 없이 잘 살고 있으니, 언니가 염려하는 일 없이 편안한 마음으로 몸 건강히 잘 있길 바랄 뿐이야. 조만간 아이들이 언니 찾아보러 온다고 했어."라고 말하는 인희에게 언니는 이제는 자기 자식이 아닌 '인희' 너의 자식이라며 볼 낯도 염치도 없지만 찾아오지 않는 것이 오히려 마음 편할 것 같다며 기도하는 마음속에서 만나 본다며 찾아오지 않도록 네가 잘 전달해 달라고 했다. 말은 그렇게 하지만 얼마나 그립고 그리운 새끼들이겠는가? 그 마음을 알기에 인희는 언니 앞에 알겠다는 표시로 고개를 끄덕였다. 한참 동안 엄마는 근심 어린 걱정으로 언니가 절에서 스님으로 생활하면서 불편함은 없는지 이것저것을 물어보시고 여러 날 동안 사들여서 장만해온 생필품이 가득한 가방을 언니 앞에 내밀어 내셨다. 여러 가지 품목 중 더운 여름철 스님 복장으로 더울 것이 염려되셨는지, 모시 메리의 속옷과 추운 겨울이 되면 따뜻하게 입으라고 겨울 속내복까지 챙겨 오셨다. 엄마의 자식을 염려하는 은혜로움에 언니는 속옷을 만져보며 목이 메어 와 구슬 같은 눈물을 떨구어 냈다.

　금쪽같은 자식을 뒤로하고 나서려는 엄마 손을 잡고 언니는 "어머니 만수무강하세요. 앞으로 두 번 걸음 하지 마세요. 기도 속에서 만나 뵐게요. 모두의 건강을 기원합니다." 하며 인희에게도 아이들의 일도 인희 네가 잘 알아서 하리라 믿는다며 힘든 걸음을 다시는 하지 말라고 했다. 그러자 애석한 마음에서 이 좋은 세월에 첩첩산중에 묻혀 세상과의 담을 쌓느냐고 엄마는 못내 아쉬움을 감추지 못하셔서 "내가 전생에 무슨 죄를 많이 졌길래 새끼하고 생이별하고 살아야 한단 말이여." 하시며 여하튼 몸 성하면 사니까 맘 편히 먹고 잘 있어야 한다고 여러 번 되뇌시며 당부의 말씀을 잊지 않으셨다. 그러시고도 두 번 다시 볼 수 없을 것처럼 몇 발자국을 떼시고 다시 뒤돌아 손 흔드는 언니를 바라보시며 차에 몸을 싣고 내려오면서도 언니 모습이 보이지 않을 때까지 눈을 떼지 못하고 바라보셨다. 그렇게 아쉬운 작별을 하고 내려오는 차 안은 숨죽인 듯 고요함이 몰려왔고 그런 중 엄마는 대뜸 엄마 윗대에 할머니가 집안에 신을 모셔 놓고 신의 제자인 무당이셨다고 말씀하셨다. 그 때문인지 피할 수 없는 조상의 내력 때문에 언니가 스님이 됐다고 하신다. 그러시며 무당이 안 된 게 다행일지도 모른다며 핏줄의 내림은 못 속인다고 하시며 애통하신 듯 안타까워하셨다. 차를 자주 타는 일이 없던 엄마는 온종일 차에 시달렸던 탓으로 집에 돌아오자마자 자리에 누우셨고 말수도 별 없으시고 시름시름 앓기도 하셨다. 할머니를 측은히 바라보는 조카들에게 "너희들 엄마는 우리가 걱정하지 않아도 될 만큼 몸 건강히 편안하게 잘 지내고 계시더라. 너희에게 부디 몸 성히 잘 지내주길 바란다고 전해 주라고 했어."라는 인희의 말을 듣고 조카들은 편히 잘 계신다니 다행이라고 하며 이모가 여러모로 고생이 많으시다며 고맙다는 인사말을 건네줬다.

스님이 된 언니를 만나보고 나니 삶의 의미를 잃으셨는지 온몸에 기력이 다 빠지신 듯 허탈해 하셨다. 그런 할머니의 모습이 안돼 보였던지 막내 혜성이가 엄마가 좋아하시는 팥죽과 전복죽을 사서 포장해 와서는 "할머니! 이것 드시면 금방 힘이 불끈불끈 솟아 난대요. 남기지 마시고 다 드셔야 해요." 하며 두 팔로 엄마를 일으켜 앉히고는 숟가락을 손에 들려주며 식기 전에 드시라며 먹음직스러운 팥죽, 전복죽이 올려진 밥상을 엄마 앞으로 가까이 당겨 드렸다. 그리고 벌떡 일어서더니 냉장고에서 나박김치를 찾아 밥상 위에 올려 놓아드렸다. 나박김치로 입맛을 돋워 드리기 위해서였는가 보다. 심성이 착하고 효성이 지극한 혜성이였다. 엄마 옆에 앉은 혜성이는 "할머니! 이 죽 한 그릇 다 드시면 낼모레 재래시장 오일장에 내가 할머니 따라가서 장 구경도 하고, 짐꾼도 해드리고 맛있는 거 많이 사 드릴 거니까

한 그릇 다 드셔야 해요." 한다. 그러자 엄마는 입가에 미소를 지으시며 "그려, 내 강아지 땜시 살아나야 하겠구먼. 장 구경 갈라면 말이여. 기특한 내 새끼여." 하시며 혜성이가 옆에서 지켜보자 천천히 숟가락에 죽을 담아 올리시길 거듭하시며 전복죽 한 그릇을 다 비워내셨다. 남은 팥죽도 꼭 드시라고 간청하는 혜성이에게 "그럼! 이 죽이어떤 죽인데 할미가 안 먹겠냐? 배 꺼지면 이내 먹을 꼬마." 하고 약속하셨다. 그렇게 차츰차츰 기력을 회복하시고 며칠이 지나자 정말혜성이를 앞세워 재래시장 오일장에 가서서 혜성이가 좋아하는 선지가 듬뿍 들어간 선지 국밥을 나란히 앉아 한 그릇씩 비워내시고 배불러서 안 먹겠다는 혜성이의 말은 들은 기색도 없이 옛날 간식거리로 최고였던 추억의 국화빵을 사서 혜성이 손에 들려주시며 따라온손자 혜성이가 기특해 시장 곳곳을 누비시며 구경을 시켜 주고 튼튼한 짐꾼이 곁에 있어서인지 그만 사라고 말려대던 인희가 옆에 없어서인지 엄마는 바리바리 식재료를 잔뜩 사서 혜성이 두 손도 모자라엄마 두 손에 무거운 짐을 엄청 들고 오셨다.

이럼에도 착한 혜성이는 "제가 할머니 곁에 있을 때까지 할머니가원하시면 장 구경 같이 가드릴게요. 아프시지 말고 몸 건강히 오래오래 사셔야 해요, 할머니 약속하세요."라고 하며 할머니의 새끼손가락을 걸어 약속 표시를 했다. 손가락을 걸어 약속한 엄마는 혜성이의엉덩이를 사랑스러운 손길로 툭, 툭 치시며 "손자 놈 땜시 이 악물고라도 오래 살아야겠구먼. 손자 손 잡고 장 구경 갈려면 말이여. 대견한 내 강아지여, 세상천지 최고로 잘난 내 새끼여." 하시며 기운이 넘쳐나 보이셨다. 며느리 없는 자리가 안쓰러워 작은오빠 집에 머물기로 손자들과 약속한 약속을 지키시기 위해서 빈손으로 가시기가 안 되셨는지 맛있는 김치에 여러 가지 밑반찬을 장만해 가시려고 한 아름의 식재료를 사 오셨던 모양이었다. 자식에게 맛있는 음식을 먹이기 위해 엄마는 피곤한 기색도 없으시며 하루 이틀 분주히 움직이시며 배추김치, 깍두기, 열무 자박이로 김치통을 가득 채우고 반찬통 여러 개에 콩자반, 멸치볶음, 소고기 장조림, 깻잎장아찌, 연근조림 등을 가득가득 채워 담아 놓으셨다. 그러신 뒤 수진이, 예진이, 혜성이에게 해놓으신 김치와 반찬으로 끼니 꼭꼭 잘 챙겨 먹으라고 신신당부와 더불어 인희 이모 너희들만 바라보고 사는데 일 마치고 오면 항상 반겨주라는 부탁의 말씀을 남기셨다. 그러자 혜성이가 "할머니! 작은외삼촌 집에 보름 동안만 계시고 바로 오셔야 해요. 안 오시면 제가 모셔올 거예요." 한다. 혜성이의 말에 엄마는 "거기는 다 머슴아들 뿐이라서 좀 더 있다 와야 할 거구먼. 살림살이에 여자의 손이 닿아야 때깔이 나는 법이여. 여긴 이모에 누이들도 있으니까 아무래도 깨끗하잖아. 할미가 갔다가 내 새끼 보고 싶으면 이내 올 테니까 걱정 말고 있어야 혀, 알겠지." 하셨다.

일찍 서둘러 퇴근해온 인희가 여러 뭉치의 음식 보따리를 차에 옮겨 신고 엄마를 모시고 작은오빠 집으로 향했다. 가는 도중 차 안에 서 엄마 없는 자리에서 인희가 끼니를 거를까 싶어 하는 염려로 단단 히 잘 챙겨 먹고 밤새워 글 쓰면 몸 상한다고 쉬엄쉬엄 쓰라고 당부하 셨다. 다행히도 집에 있던 두 조카들이 반갑게 맞이해 주며 음식 보 따리를 들고 들어왔다. 한 아름 보따리 음식들이 식탁 위에 가득하자 조카들은 "할머니! 우리 집 부자네. 할머니가 오시니 집 안이 꽉 찼어 요. 한 달 동안 먹고도 남겠어요." 하며 빨리 밥해서 할머니 표 반찬 들과 먹어야겠다며 큰조카가 밥을 안치고 있었다. 그러잖아도 할머니 가 오신다는 인희 고모 연락을 받고 할머니 맘에 들으시게끔 어제서 부터 종일 청소하고 정리 정돈을 했다고 한다. 그런 덕분으로 새로 이 사를 한 집이어서인지 집 안도 예전에 왔을 때와는 달리 제법 깔끔하 게 정돈된 모습으로 바뀌어 있었다. 조카들의 마음 씀씀이로 깔끔하 게 치워진 조그만 엄마 방을 마련해 놓기도 했다. 엄마는 따로 엄마 방까지 마련해 놓은 것을 보시고 "여기서 아예 눌러 살라고 할미 방 을 주냐! 어지간히 정이 그리웠던 모양이구면." 하시며 내심 좋아하시 는 기색을 보이셨다. 이어 밥이 다 지어져서 한가득 맛깔스러운 엄마 표 반찬들로 진수성찬의 저녁밥을 먹었다. 조카들은 반찬을 집어 올 릴 때마다 "할머니와 같이 있으면 할머니 표 맛난 음식으로 살찌는 건 문제도 없겠어요. 반찬이 입에 딱 달라붙어서 밥이 저절로 먹히니 두세 공깃밥도 너끈히 먹겠는데요."라고 하며 오랜만에 배부르게 실 컷 먹는다고 한다. 손자들이 맛있게 먹어 주는 모습만을 보시고도 배가 부르신지 엄마는 "그려, 그래서 집안에 여자가 있어야 되는 것이여. 허구헌 날 즉석 음식에 포장 음식만 먹다 보면 제대로 힘을 못 쓰는 것이여. 천천히 꼭꼭 씹어 많이들 먹어야 해. 내 새끼들이 잘 먹어주니 이 할민 안 먹어도 배가 불러오는구먼." 하시며 손자들이 잘 먹는 반찬을 가까이 앞당겨 옮겨놓아 주셨다.

출장 중인 작은오빠의 얼굴은 보지 못하고 오빠 집에 오신 것을 내심 편안하게 여기시는 엄마를 보고 인희도 마음 편히 돌아올 수 있었다. 인희 집에 오래도록 계셨던 엄마가 자리를 비우자 조카들은 허전해하면서도 늘 입에 달고 하시던 일상적인 엄마의 잔소리가 사라지자 한껏 가벼워진 듯이 성인의 제자리에서 각자의 나름대로 척척 알아서 생활해 나가고 있었다. 엄마가 자리를 비우자 신경 쓸 일이 줄어들어 인희도 자신만의 일에 몰두할 수 있었고 다소나마 엄마의 빈 자리에 여운이 느껴졌지만, 머릿속은 한결 가볍게 느껴졌다. 막내 연희에게 엄마의 소식을 전할 겸 안부 전화를 했다. 반갑게 말을 건네주는 연희가 "언니! 엄마가 없어 편한 휴가를 즐기겠네. 그동안 고생 많았어. 큰언니의 셋이나 되는 아이들을 키우는 것도 모자라 못난 동생 불찰로 엄마까지 모시게 해서 내가 언니한테 죄인이여. 미안하고 고마워 언니."라고 말하며 목이 메이는지 제대로 말을 잇지 못했다. 그리고 이어서 하는 말이 엄마 집 담보 대출금을 큰오빠가 여태까지 도움을 주어서 모두 갚아냈다고 했다. 부모, 형제에게 평생 은혜를 갚아도 다

못 갚을 것이라며 훌쩍이며 말했다. 그렇게 큰오빠는 부모님이 마련하신 집을 작은오빠나 인희에게 말 한마디 없이 되찾아 놓은 것이었다. 연희의 말을 들으면서 인희도 큰오빠가 달리 큰오빠가 아니라는 사실에 감사함이 우러나 눈물이 흘렀다. 매달 대출금을 갚아가며 인희에게 엄마를 모시는 이유로 엄마의 생활비 명목으로 꼬박꼬박 잊지 않고 돈을 부쳐주는 큰오빠였다. 나중에 큰오빠에게 감사 인사를 하겠다고 연희에게 말하니, 연희도 두 딸들이 대학을 졸업하고 원하는 직장에 취직하여 이제는 조금 편안해졌다고 한다. 세월이 약이라더니 쓰디쓴 세월을 지내다보니 어느 사이 자욱했던 안개가 걷힌 밝고 맑은 햇살이 비추는 날들을 맞이할 수 있게 되었나 보다.

이어 감사한 마음이 식을세라 큰오빠에게 안부 전화를 했다. 전화받는 수화기 속 큰오빠는 대뜸 "인희야! 뭔 일이여. 무슨 일이 있는거여."라고 걱정이 앞선 말을 했다. 이렇게 큰오빠라는 자리는 부모, 형제의 안위를 먼저 염두에 두고 연락이 뜸했던 인희의 전화를 받자마자 걱정할 일 때문인 줄 알고 걱정부터 앞세운다. 그러자 엄마가 작은오빠 집에 당분간 머무시러 가셔서 소식을 전할 겸 연락했다는 말에 그제야 다행이라고 한다. 몸 성하실 때 많이 움직이시는 게 건강에도 이롭고 둘째네 아이들도 할머니가 옆에 계시면 한결 여러모로 도움이 많아서 좋아할 거라고 했다. 그러면서 인희 네가 고생 많다며 누나의 아이들을 올바르게 잘 키워줘서 참으로 고맙다고 한다. "바쁜 중에도 엄마를 모시고 누나에게 다녀오느라 힘이 들어도 푸념 한 번 안 하고 늘 고맙게 여긴다. 얼마 전 엄마와 전화 통화로 혜성이와 오일장에 다녀오셨다며 무척이나 좋아하시더라. 반듯하게 잘 키워줘서 네게 항상 감사하게 생각한단다."라고 말하는 큰오빠에게 "큰오빠! 내가 오빠에게 고마움을 드려야 해요, 연희에게 엄마 집 대출금 다 갚아 주셨다는 얘기 전해 들었어요. 오빠 고생 많으셨어요."라는 인희 말에 큰오빠는 당연히 할 일을 했다고 한다. 그리고 큰올케와 조카들의 안부를 묻는 인희에게 다들 잘 있다. 큰아들과 둘째 놈도 저네들이 원하는 직장에 취직하여 성실하게 잘 살고 있다고 하며 그러잖아도 네 올케가 항상 네게 고맙다고 한다. '네가 우리 집안에 큰 일꾼이라고 한단다.'라며 몸 건강히 잘 지내라는 말로 말을 맺었다.

언제나 동생들에게 가타부타 싫은 내색 한 번 안 하고 묵묵히 집안에 장남으로 울타리를 단단히 지켜주는 든든한 큰오빠였으며 넉넉하고 너그러운 마음 씀씀이로 집안을 평화롭게 이끌어 가는 크나 큰 버팀목이 되어 주는 큰오빠였다. 집 안의 남매지간이 고되고 힘든 시절을 잘 버텨 내고 모두 화평을 이루는 가정으로 행복한 날들을 지내는 것에 감사함이 전해졌다. 얼마 전부터 선배 남친이 의논할 게 있다며 만남을 청해 왔던 일로 남친과 만나보기로 했다. 쭈뼛거리며 어느 사이 흰머리가 희끗희끗 덮여 청춘 시절 남친의 모습이 아니었다. 세월에 무심함을 잔뜩 묻힌 얼굴에 반가운 미소로 인사를 대신한다. 인희를 마주 보고 자리에 앉으며 "어이! 인희 상, 극작가님! 인기가 치솟아 얼굴 보기가 하늘에 별 따기만큼 어렵소." 한다. 그러자 인희는 "일이 많아서 바쁜 게 아니고 대식구 덕분에 하루 시간이 짧을 정도야. 머리에 염색 좀 하지 나이 든 표시 일부러 내는 거야!" 하니 시력이 좋지 않아 염색은 엄두도 못 낸다고 한다. 그러면서 의논할 이야기를 했다. 선배의 큰딸이 외국 남자와 오래도록 사귀던 중 결혼하겠다고 하는데 결혼하면 외국에 가서 살게 된다고. 하니 엄마도 없이 자란 것을 외국으로 떠나보낼 걱정이 앞서 자문을 구하려고 만나자고 했다고 했다. "벌써 결혼 소식이야! 오빠! 지금 시대가 어느 시대야. 사랑에 국경이 없듯이 다문화 시대에 외국 나가서 살면 더 좋지. 나중 딸내미 집 간다는 핑계로 외국 여행도 할 수 있고 두루두루 좋은 일 많아. 걱정할 일도 아니구먼. 요즘 애들은 어른들이 걱정 안 해도 될 만큼 지혜로운 애들이야! 오빠가 사서 걱정거리를 만드는 거야. 걱정, 말고 툴툴 털어내고 딸내미가 원하는 대로 결혼을 허락해 줘, 그게 현명한 아버지야!"라는 말을 인희가 전했다.

인희의 긍정 답변으로 선배 남친도 마음이 편안해졌다고 한다. 모두의 아이들이 잘 자라서 나이 듦을 애석해하기보다, 바라보기만 해도 향기를 품어내는 사랑스러운 꽃들의 향연에 즐거워하며 저절로 행복의 미소가 지어진다.

해 바 라 기

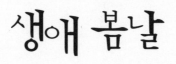

생애 봄날

살아온 날들 중에
생애 최고의 봄날을 맞이하신 듯
신명나는 춤과 함께
인생의 깊은 맛이 우러나오는
노랫가락을 품어내시며
행복한 생애 봄날의 함박웃음을 활짝 펼쳐내셨다.

다른 날보다 일찍 귀가한 인희가 모처럼 따뜻한 모과차를 마시며 여유를 즐기고 있자니 막내 혜성이가 옆에 달싹 붙어 앉으며 "이모 시간 내서 내 여친 만나 봐주면 안 될까요? 간단히 차 한잔 마시면서 얼굴도 보고 이야기도 나눠볼까 싶네요. 어려서부터 이모 밑에서 자랐다고 하니까 궁금한 것이 많은가 봐요. 내가 말하는 것보다 이모를 보고 직접 얘기를 듣다 보면 이해될 듯 싶어요." 한다. 그러자 인희는 반색을 하며 "우리 막냉이가 그새 장가갈 나이여! 나야 좋지! 막냉이 배필감도 눈여겨볼 수 있고 성정도 알아볼 겸 언제든 시간 내어 줄 테니 약속이 정해지면 말하려무나. 다 컸네. 이모 곁을 떠날 준비를 하는 걸 보니 말이야."라고 말하는 인희에게 혜성이는 "이모 곁을 떠날 생각이 아니고, 나란 녀석의 집안을 궁금해서 확답을 주고 싶은 거예요. 여친보다 여친 부모님이 더 궁금해하시기 때문인가 봐요."라고 한다. 중학교 시절부터 사귀어 온 여친인데 성인이 되고 결혼 적령기에 나이가 다가오자 아마도 여친의 부모님들이 혜성이가 이모 곁에서 살아온 과정을 궁금한 점으로 여기시는 것 같았다. 수진이나 예진이도 모두 사귀는 남친이 있고 간혹 인희가 극작가로 성공하여 연말 시즌에 상장을 받고 할 때면 수진이, 예진이가 남친들과 함께 집에 모여 축하 음식을 거나하게 한 상 가득 차려서 축하 파티를 해주곤 했다. 그렇게 스스럼없이 조카들의 남친이 집에 드나들며 친숙하게 지내는 관계가 되자 어른 대접을 받는 이모가 아니라 서로 잘 어울리는 친구처럼 거리감 없이 지내는 사이가 되었다.

그러는 사이 수진이가 결혼 적령기의 나이를 벗어날 즈음 수진이의 남친이 인희에게 수진이와의 결혼 의사를 밝혀왔고 마다할 이유가 없는 결혼에 100% 찬성표를 던진 인희의 허락으로 결혼식 올릴 준비를 서두르기 시작하더니 한 달여의 시간이 흐르자 결혼에 골인하게 되었다. 결혼식을 올리기 전 인희와 수진이의 마찰도 따랐다. 수진이가 아빠와 엄마를 어떻게 자리에 내세우냐는 문제를 두고 인희와 수진이의 생각이 맞지 않았던 것이다. 수진이는 오래도록 인희 이모에게 걱정을 끼쳐 드리지 않으려고 휴대전화기를 사용하게 되면서부터 아빠와 안부를 주고받기 시작해 오던 중 새엄마와 살던 아버지가 처음에는 아파서 돈벌이를 못 했다는 핑계로 병원비, 생활비 명목으로 이~삼백만 원씩 돈을 요구해 그 요구를 채워 주기 시작한 것이 이어져 시일이 좀 지났다 싶으면 뜬금없이 몇백만 원씩의 돈을 요구해 오는 아빠로 인해 한참 힘들었고 예진이와 가슴앓이도 많이 했다고 했다. 그런 아픔을 겪은 날들을 통해 모진 마음을 먹고 휴대전화기 번호를 바꾼 뒤로는 일체 연락을 끊었다고 했다. 그런 줄도 모르고 인희는 형부가 큰딸 결혼식에 오셔야 된다고 했고 수진이는 생판 모르는 새엄마와 아빠를 절대 부모님의 자리에 앉혀드릴 수가 없다고 했다. 그 자린 인희 이모가 앉을 자리라고 했다. 스님인 언니도 수진이의 결혼식에 와 줄 것을 부탁하니 "인희 네가 부모님이여. 세속을 떠난 불자가 부모일 수는 없단다. 네가 당당히 앉을 자리여." 하고 고맙다며 잘 키워주고 결혼까지 시키느라 고생 많았고 감사하다는 답변의 말을 했다.

그런 연유로 수진이의 결혼식 부모님 자리엔 인희와 큰오빠 내외가 자리를 대신했다. 축하해 주는 하객분들도 가까운 일가친척 외에 인희의 주변 지인들이 거의 자리를 채워줬고 조카들의 직장 동료들이 가득 자리를 채워줘서 많은 분들의 축하 박수갈채를 받으며 성대한 결혼식을 올리게 되었다. 결혼식 내내 지켜보던 엄마는 기쁨의 눈물을 흘리시며 가슴 저편 진즉 딸자식을 여의는 가장 성스러운 잔치를 지켜보지 못하는 스님 언니가 마음에 걸려 안타까운 심정에서 우러나오는 아픔의 눈물 또한 흘리시는 것 같았다. 그런 엄마를 안정시켜 드리기 위해 큰오빠가 엄마의 등을 토닥여 드렸다. 인희도 기쁨의 눈물인지 아쉬움의 눈물인지를 모르는 눈물이 볼을 타고 흘러내렸다. 기쁨 속에 한편으로 텅 빈 듯한 가슴 한 쪽의 서운함이 부모가 느끼는 심정인가 싶은 생각이 들었다. 가라앉은 감정으로 측은해 보였던지 가까운 친지분들과 엄마와 큰오빠 내외, 작은오빠, 연희는 인희에게 그동안 고생 많았다며 고맙다는 인사말을 건넸다. 결혼식을 올린 수진이는 신혼살림 집도 인희 집에서 그리 멀지 않은 곳으로 정했다. 친정 부모님이나 마찬가지인 인희 이모를 장녀로서 지켜드려야 한다는 고운 마음씨로 가까운 거리에 신혼집을 마련하게 됐다. 그렇게 수진이가 떠난 자리에 늘 붙어 지내던 예진이가 허전해하는 날들 속에서 인희와 혜성이에게 예전보다 더 가까이 다가와 친숙하게 지내던 중 다니는 회사에서 외국 지사로 나가야 할 발령을 받았다. 외국으로 자주 업무차 다녀오고 했던 직접적인 외국 경험이 많은 예진이가 되다 보니 특별히 선출된 사례였다. 그런 예진이임에도 외국 생활을 해야 한다는 두려움에 반갑지 않은 소식이었다. 어려서부터 엄마 품을 멀리해서인지 유난스레 고집이 세고 욕심도 많아 인희 이모의 애정을 독차지하려는 어리광도 심한 예진이었다. 그런 예진이였기에 가족과 떨어져 지내야 하는 일이 더 큰 비중으로 다가와 여러 날 고민을 해야 했다.

　가족과 떨어져 낯선 타국 생활에 두려움이 깃들어 갈피를 잡지 못하고 있는 예진이에게 인희는 "누구나 새로운 생활 터전에 익숙해질 때까진 불안하고 두려움이 따르기 마련이야! 그러나 막상 현실로 와닿으면 예진이 너는 외국 생활에 경험도 있는 터라 현명하게 잘 헤쳐나갈 거라고, 이모는 믿고 의심치 않아. 다른 사람 누구보다 잘 견뎌내고 네가 가진 기량을 충분히 발휘할 수 있다고 확신한다." 라고 격려의 말을 건네자 그제야 힘을 얻은 예진이도 "이모! 그렇지, 나 잘할 수 있는 거 맞지! 아니, 이모가 바라는 대로 난 잘해 내고 더 많이 성공해서 돌아올 거야! 그리고 우리 이모 호강시켜 드릴 거야! 이모, 나만 믿고 잘살고 있어야 하는 거야! 약속했어요, 이모! 몸 건강 지키시고요. 그리고 내 남친한테 이모 잘 지켜 드리라고 부탁해 놨어요. 혹여 힘든 일 있으면 도움 청하도록 하세요."라고 하며 어느 순간 마음에 결정을 내리고 난 뒤부터 외국 생활에 필요한 물품들을 준비해 나가기 시작했다. 올망졸망 꼬맹이들로 북적거리던 집안이 어느새 성인이 되어 사회인의 한몫을 하기 위해 하나, 둘씩 인희 곁을 떠나가고 있었다. 외국으로 나가는 출국 날짜가 잡혔다. 그전에 예진이와 같이 혜성이의 여친을 만나 보자고 했다. 가족의 좋은 추억 하나라도 더 남겨주고 싶은 마음에서였다. 며칠이 지나서 흔쾌히 응해주는 예진이와 만남의 장소인 감미로운 목소리와 피아노 멜로디가 사람의 마음을 부드럽게 만져주는 듯한 감성적인 음악이 함께하는 카페 자리에 먼저 나와 앉게 되었다. 조금 후 혜성이와 여친이 부끄러운 낯빛에 조신한 모습으로 살포시 마주하고 앉았다. 처음으로 보는 선입견에서도 별 탈 없이 무난하게 잘 자라온 반듯한 아가씨라는 면모를 느낄 수 있었다. 그리고 제각각 다른 맛의 커피와 간단한 디저트가 테이블 위에 놓여졌다.

혜성이가 나란히 앉은 인희 이모와 예진이 누나를 소개해 주었고 이어 여친인 아가씨가 고개를 숙여 인사로 답했다. 인희와 예진이, 혜성이와 여친이 잔잔히 정감이 흐르는 눈빛으로 커피를 마시고 디저트도 덜어내어 먹곤 했다. 그러는 틈새에 인희 이모가 먼저 말문을 열었다. "혜성이의 말로 전해 듣고 생각한 것보다, 참신한 아가씨 모습을 보니 혜성이가 여자 보는 눈이 제법이라는 생각이 드네요. 아가씨의 이름과 나이는 혜성이를 통해 들었으니, 아가씨가 혜성이에게 궁금한 점이 있으면 얘기해 봐요."라는 말로 말문을 열자, 여친인 아가씨는 미소를 지으며 "혜성이를 어려서부터 누님들과 함께 이모님께서 키워주시고 부모님의 몫을 다 하신다는 말을 듣고 이모님이 존경스럽고 대단하신 분이라는 생각에 만나 뵙고 싶었어요."라고 했다. 그러자 인희는 "존경스럽긴요. 조카들 부모님이 키우지 못할 사정으로 배 안 아프고 셋이나 되는 조카들을 공짜로 자식을 얻은 셈이 됐어요. 내가 언니와 형부, 조카들에게 감사할 따름이에요. 건강하게 잘 자라줘서 오히려 고맙지요."라고 했다. 그리고 혜성이가 군에 입대하고도 잊지 않고 좋은 소식으로 위로해 주고 변하지 않고 좋은 연인으로 남아줘서 늦었지만 고맙다는 인사말을 전했다. 옆에 있던 예진이도 인희 이모의 말을 빌어 내 동생에게 여러모로 힘이 되어줘서 고맙다고 말하며 내가 외국에 나가 있는 동안에도 서로 잘 지내고 집에도 놀러 오고 우리 이모 외롭지 않게 말동무도 해주길 바란다는 부탁의 말도 전해 줬다. 사람들의 인연이 상대적이라고 하더니 혜성이가 선하고 긍정의 생각을 지녀서인지 혜성이의 여친인 아가씨 또한 나무랄 데 없는 너그러운 심성을 지닌 여린 아가씨였다. 다음에 또 보기로 하고 혜성이는 여친의 집에 바래다주기로 하고 흡족한 마음으로 인희와 예진이는 카페를 나섰다.

먼저 집에 돌아와 편안한 시간을 보내고 있자니, 곧이어 혜성이가 들어와서는 상기된 얼굴로 인희와 예진이를 번갈아 바라보며, "이모! 내 여친 어때요? 예진이 누나는 더 어떻게 생각해? 괜찮은 거지? 맘에 든 거지?" 하며 가쁜 숨을 몰아세며 답변이 돌아오길 기대하는 몸짓이었다. 그러자 예진이가 대뜸 "그래, 괜찮으면 당장 결혼이라도 할 기세네. 아직 새파란 놈이 말이야! 참아라, 참아. 너는 이모 모시고 살아줘야 돼? 아직도 한참 멀었어."라고 하니 이 말을 들은 인희가 "걱정도 팔자여. 혜성이가 왜 나를 데리고 살아. 이모는 너희 외할머니하고 둘이 오붓하게 살 거야! 이모를 책임질 생각 절대로 하지 마라. 너희 앞날만 잘 살면 그것으로 이모는 대만족이야"라고 하며 노후에 조카들에게 신세 지지 않을 것을 다짐해 보였다. 그래도 예진이는 혜성이만이라도 인희의 노후를 지켜 주길 바랐다. 인희는 예진이의 말로 '혜성이가 부담스러움을 느끼지는 않을까.' 하는 염려가 되어

"혜성아! 너의 여친 만나보니 참하고 가정교육도 잘 받은 반듯한 아가씨 같더구먼. 잘 사귀고 지내다 꼭 결혼하고 싶다는 생각이 확고해지면 그때 돼서 결혼해도 늦지 않아. 여러모로 서로 잘 챙겨 주고 잘 어울리는 커플이 될 거라고 믿어본다. 아무 걱정 말고 앞으로 너희들만 몸 건강히 잘 살아주면 그것이 이모에게 주는 최고의 효도란다."라고 말하며 혜성이의 마음을 쓰다듬어 주었다. 예진이는 한술 더 떠서 얼마 안 있으면 외국으로 나가야 하는데 작은외삼촌 집에 가 계시는 외할머니와 집에 남아 있는 이모를 지켜줄 사람은 혜성이 너밖에 없어. 넌 우리 집에 대들보야! 라며 마음 단단히 먹고 외할머니와 이모를 잘 보필해 드려야 한다고 강조하며 혜성이에게 주입시켜 주었다.

언제 컸는지 모르게 저렇게 반듯하게 자라서 이제는 키워준 보답으로 인희의 노년을 책임져 주려는 조카들에게 무한한 감사의 마음이 들었다. 예진이가 근무지를 외국으로 나간다는 소식을 접한 엄마가 작은오빠 집에 머무르시다 예진이를 보시려고 인희 집으로 오셨다. 이팔청춘의 아리따운 외손녀가 낯선 타국으로 가야 한다는 소식에 팔순이 가까워, 오는 연세로 걱정을 태산같이 하셨다. 아는 이 하나 없는 곳에서 말도 통하지 않을 텐데 어찌 살아낼 거냐고, 혹여 납치라도 당하면 어쩔 거냐는 등, 모든 것에 걱정이 이만저만이 아니셨다. 그렇게 걱정이 가득하신 채로 몸 둘 바 모르시는 외할머니에게 예진이가 친할머니가 안 계신 조카들은 어려서부터 외할머니를 할머니로 존칭했다 "할머니! 요즘은 우리나라에도 외국 사람이 얼마나 많이 들어와 사는데요. 외국에 나가서 살아도 우리나라 사람도 많고 먹거리도 여기서 먹는 거만큼은 못 해도 잘 먹을 수 있어요. 제가 돈 많이 벌어서 할머니 호강시켜 드릴게요. 연락 자주 드릴 테니 아무 걱정 마시고 몸 건강히 계셔야 해요."라며 외할머니의 걱정을 덜어 드렸다. "그래도 그렇지, 든든한 머슴아들을 보내지, 다 큰 처자를 위험스럽게 땅 설고 물선 그곳으로 보내야 하느냐?"고 하시며 다 큰 손녀딸을 떠나보내기가 안쓰러우셔서 엄마의 푸념은 이어져갔다. 안 되겠다 싶었는지 인희가 나서서 "엄마! 똑똑한 손녀딸을 두셔서 외국물도 먹어보는 거예요. 똑똑하지 못하면 가고 싶어도 못 가는 거예요. 집안에 경사스러운 일이라고요. 예진이는 외국을 자주 다녀와서 적응도 쉽게 잘할 거예요. 돈 많이 벌어 호강시켜 드린다고 하잖아요. 걱정 마세요." 하며 걱정을 내려놓으시길 바랐다. 가까이 사는 수진이도 찾아와 대단한 내 동생이라며 외국에 가서 탄탄한 자리를 잡아 놓으라는 격려를 아끼지 않았다. 잘난 동생 덕에 수월케 외국 여행을 할 수 있겠다며 예진이의 능력을 추켜세워 줬다.

그렇게 가족에게 염려하지 말라고 거듭거듭 부탁의 말을 남긴 예진이는 당당한 모습으로 남친과 수진이의 배웅 속에 비행기를 타고 외국으로 날아갔다. 회사에서 일을 마치고 돌아올 때면 여느 날과 같이 항상 시장을 봐오기도 하고 간식거리 등을 사서 들고 와, 먹거리도 뚝딱뚝딱 금세 만들어내어 맛있는 냄새를 집안 가득 풍기며 "할머니! 이모! 혜성아! 빨리 나와 만찬을 즐겨보세요."라고 불러 모으던 예진이의 목소리가 주방 어딘가에서 금방이라도 들려올 것만 같은 느낌에 인희는 집안 곳곳에 예진이의 그림자를 찾고 있었다. 도량이 넓고 자기 주관이 뚜렷한 예진이는 하고자 하는 일은 기필코 해내야만 직성이 풀리는 아이였다. 집안에 기쁨을 주는 마스코트 역할이었던 예진이가 떠난 자리는 생각보다 오래도록 텅 빈 가슴으로 짙게 드리워져 인희의 마음을 아프게 했다. 예진이가 외국으로 나가기 전 스님인 엄마를 보고 가야 도리인 것 같고 떠나는 예진이도 마음이 가벼울 것 같아 무작정 조카 셋을 데리고 언니를 찾아갔었다. 언니가 묵고 있는 절에까지 가는 동안 조카들은 묵언으로 일체 입을 열지 않았다. 사전에 연락도 없이 언니를 찾아오니 스님인 언니도, 놀랜 나머지 동그랗게 뜬 눈으로 말문이 막혀 두 손으로 입을 가리고 있었다. 아마도 조카들을 데리고 만나보러 간다고 연락했더라면 오지 못하게 할 것이고 혹여 자리라도 피할 게 염려스러워 막무가내로 찾아오게 되었던 것이었다. 절간의 방 한쪽 자리에 앉은 언니와 조카들은 누가 먼저랄 것도 없이 서로를 부둥켜안으며 눈물 폭포수를 이루었다. 그러다 한참 만에야 언니는 자신의 분신인 자식들을 눈여겨보며 "어째 이리도 잘 자라 주었어. 너무너무 감격스러워서 말문이 막히네. 인희이모 공이 크구먼. 은혜를 잊어서는 안 된다. 항상 감사하게 생각하고 이 못난 어미 몫을 다 거둔 이모에게 잘해야 한다."라고 말하며 연신 닳기라도 하듯이 조카들을 어루만지며 쓰다듬어 내렸다.

　이어 예진이가 다니는 회사의 외국 지사로 나가야 한다는 소식을 전하자, 언니는 대견하다며 어디 있든 몸 건강이 우선이고 자신이 맡은 일에 최선을 다하고 항상 조심성을 잃지 말라고 했다. 부처님께 아무 탈 없이 근무 기간 잘 마치고 돌아오길 일념으로 기도 올리겠다는 말도 잊지 않았다. 그리고 수진이가 결혼한 일에도 잊지 않고 축하한다는 말과 좋은 신랑감을 만나 결혼해 줘서 고맙다고 했다. 몸은 멀리 떨어져 있지만, 마음은 항상 곁에 있다며 인희 이모가 못난 어미보다 더 살뜰히 키워주고 돌봐줘서 죽어서도 이모의 공을 갚을 길이 없다고 했다. 듬직한 청년의 모습인 혜성이의 얼굴을 어루만지며 "내 새끼라고 말할 권리도 없는 어미라서 할 말이 없다. 너무도 잘 자라줘서 참으로 고맙다. 언제나 인희 이모 은혜를 잊어서는 안 된다. 군 생활 잘 마치고 돌아와 줘서 고맙고 이모가 면회 갈 때마다 소식을 전해주고 너 얼굴 보고 오면 건강하게 군 복무 잘하고 있다는 답변의 소식도 전해줘서 감사하며 마음으로 항상 너희와 함께했단다."라며 혜성이의 두 손을 잡고 인희를 보필해 줄 것의 당부의 말을 했다. 그렇게 한참 동안 모자, 모녀간의 못다 한 말을 가슴으로 나누며 예진이가 외국에서 근무 마치고 돌아올 동안이라도 몸 건강히 안녕히 계시라는 인사를 거듭 강조하고 언니를 뒤로하고 돌아서 나왔다. 차에 몸을 싣고 눈에서 보이지 않을 때까지 언니는 두 손을 합장하고 지켜보고 있었다. 보이지 않으려 애를 쓰면서 멀어져가는 자식들을 보면서 하염없이 눈물을 삼키고 있을 언니를 생각하니 인희도 가슴이 아파 숨죽여 울음을 토해냈다. 운전대를 잡은 혜성이도 손등으로 눈물을 훔쳐냈고 수진이, 예진이는 고개를 숙인 채 한참 동안 눈물을 쏟아냈다.

아쉬움 속에서 엄마를 엄마라 부르지 못하고 무슨 한이 맺힌 팔자를 타고났기에 생이별을 하고 멀리 떨어져 살아야 하는지 하늘이 원망스러웠다. 고요한 적막이 흐를 만큼 울적함이 흐르는 사이 집으로 돌아왔고 그래도 그 후 예진이는 한결 가벼워진 마음으로 단단히 채비를 차려 외국으로 근무를 나갔다. 홀가분하면서도 수진이, 예진이의 빈자리로 말동무를 잃어 외로움에 젖어 들며 입맛마저 없어서 끼니때를 챙기지 않는 인희가 걱정되었던지 혜성이는 작은외삼촌과 외사촌 형님들의 뒷바라지 자리를 오래 비워두면 안 된다고 하시며 작은외삼촌 집으로 가시려는 외할머니를 붙잡아 놓았다. "할머니가 안 계시면 이모가 밥도 안 드시고 외로워 하시니까 당분간만이라도 할머니가 이모 곁에 계셔 주세요. 이모가 안정을 찾으면 그때 가셨으면 해요." 하며 외할머니의 발길을 막아섰다. 자식의 자리를 충분히 채워 주는 속 깊은 혜성이였다. 그렇게 인희는 엄마의 식사를 준비해서 같이 밥을 먹을 수 있었고 엄마의 푸념 섞인 잔소리를 들으며 외로움을 달랠 수 있었다. 얼마 지나지 않아 작은오빠와 두 손자들의 뒷바라지를 위해 엄마를 모셔다드리고 세월이 약이라고 세월이 흐르자 수진이의 축복받은 임신 소식으로 생전 느껴보지 못한 가슴 찡한 큰 기쁨을 맛보며 예진이가 외국 생활에 적응하고 회사에서 능력을 인정받아 일취월장 승승장구한다는 소식으로 감사의 눈물을 흘렸다. 혜성이는 될 수 있으면 혼자 있는 인희와 시간을 맞추어 집안에서나 밖에서든 저녁밥만이라도 같이 먹으려고 애를 쓰며 인희 주위에 시선을 두고 특별히 지켜내려 정성을 다했다. 그런 날들 속에 평범하지 않은 세월을 살아온 인희는 무르익은 진솔한 삶의 터전을 기틀로 삼아 폭넓은 극작가의 면모를 보이며 자신의 자리를 탄탄하게 지켜가고 있었다.

혜성이와 단 둘뿐인 생활로 어느덧 시간의 여유가 넉넉한 인희는 이따금 선배 남친을 만나 일상적인 일들과 남친의 두 딸 얘기, 인희의 조카들 소식을 주고받으며 예전보다 나이가 듦으로써 마음의 여유가 있는 삶의 대화를 주고받았다. 그리고 남친이 씩 웃으며 하는 말이 다음 생에 태어나면 일찍이 인희 너를 만나 아내로 삼아서 오래오래 행복하게 살자고 했다. 그러자 인희가 웃음기 띤 얼굴로 "지금도 늦지 않았잖아!" 하니 남친은 인기 높으신 극작가님을 온전히 짝으로 삼기엔 내 처지가 면목이 없어서 안 된다고 한다. 다음 생애 온전한 처녀, 총각으로 만나서 깨 볶으며 깨소금 냄새 솔솔 풍기며 살자고 한다. "다음 생애 눈 크게 뜨고 나 찾아서 오빠 옆에 꿰차고 행복하게 해 줘야 해!"라고 활짝 웃으며 인희가 받아쳤다. 회계사인 남친이 경제적으로 크게 어렵지 않은 기반을 마련한 탓으로 두 딸을 여의는 데도 부족함 없이 도움을 줘서 큰딸이 미국 남자와 결혼해 미국에서 생활 터전을 잡았고 둘째 딸도 이른 나이에 결혼해 남친 집 인근에 살림을 차려 심심찮게 왕래한다고 했다. 연세가 많으신 노모는 남친이 감당하기 힘겨워 요양병원에 모셔 두고 시간이 날 때마다 찾아뵙곤 한다고 했다. 그러고 보니 인희의 조카들도 시집을 가고 해외로나가 근무를 하고 든든히 지켜주는 버팀목의 역할을 해주는 성인이된 혜성이가 옆에 있듯이 세월은 참으로 빠르게 흘러갔다. 많은 세월을 지내오면서 변함없이 잊지 않고 서로에게 격려를 아끼지 않고 서로의 아이들을 키우면서 어려움이 따를 때마다 의견을 나누며 서로를북돋아 주며 좋은 일에는 칭찬을 아끼지 않고 해주며 부부는 아니지만, 여느 정다운 부부 모습을 닮은 듯한 선배 남친과 인희 사이였다.이제는 서로의 눈빛만 봐도 마음을 읽어내릴 수 있을 만큼 서로의 심중을 잘 알 수 있었다. 이야기를 나누고 헤어지는 자리에서 남친은 낮은 산부터 차츰차츰 등산을 가자고 제안했다. 흡족하게 제안을 받아들이며 인희도 자리에서 일어나 집으로 향했다.

한여름의 무더위가 기승을 부리더니 한 달여 일이 지나자 언제 더웠냐고 조롱이라도 하듯 생활하기에 안성맞춤인, 덥지도 않고 춥지도 않은 사색의 계절 가을이 다가와 있었다. 계절 탓인지 결혼식 소식이 잇따라 전해오고 있었다. 큰오빠의 큰아들에 이어 언제서부터 동거 생활을 하고 있던 작은오빠의 큰아들도 올가을에 결혼식을 올린다는 기쁜 소식을 전해왔다. 집안의 연이은 경사 소식에 준비할 것 하나도 없는데도 엄마는 가만히 있어도 되는 일이냐고 하시며 옛 시절 집안에서 손님 접대를 하기 위해 잔치 음식을 준비해야 했던 시절이 떠오르셨는지 마음이 바빠지고 계신 듯했다. 큰오빠의 큰아들 결혼식이 임박해 오면 큰오빠 집으로 모시고 가겠다고 인희가 말씀드리자 그날이 다가오기만을 학수고대하시는 것 같았다. 엄마로서는 처음으로 장손자 며늘아기를 보는 자리이다 보니 특별히 애정이 많이 깃드시는 모양이었다. 그러는 동안 장손자의 결혼식이 임박해 오자 인희가 엄마를 모시고 큰오빠 집으로 갔다. 큰오빠 집에 발걸음을 거의 안 하신 엄마와 인희는 큰오빠 집에 들어서자 없는 거 없이 번듯하게 꾸며 놓고 사는 모습에 휘둥그런 눈으로 입이 딱 벌어졌다. 집안 곳곳에 올케언니의 정성스러운 손길에 살림 솜씨가 돋보이고 있었다. 어린 나이에 타지에서 모진 마음으로 독학에 독학을 거듭하며 검정고시에 난관을 이겨내고 한의사가 되기까지의 독학의 결실로 그렇게도 원했던 한의사 자격증을 획득해 옆눈 한 번 뜨지 않고 한 우물을 파고 온 결과로 남부럽지 않은 한의사가 된 대단한 큰 오빠였다.

해가 서산을 넘어가려는 저녁나절이 되어서야 큰오빠를 비롯해 올케언니와 조카들이 모두 한자리에 모였다. 엄마의 출연에 큰오빠도 기쁨을 감추지 못해 "엄니! 장손자 결혼식 아니면 우리 집에 오실 리가 없을 텐데 늘 경사스러운 일만 있어야겠어요. 그래, 야 엄니가 곁에 계실 거 아녜요." 하며 반가운 기색을 보였다. 이어 엄마는 "큰 놈 아니랄까 봐, 번듯하게 일구어 잘해 놓고 사느라고 얼마나 고생이 많았을꼬. 남에게 안 보이는 곳에서 얼마나 많은 눈물을 흘렸을꼬. 참으로 고생 많았다. 대단한 내 새끼구먼. 이 어민 지금 죽어도 여한이 없구먼." 하시며 큰오빠의 흰머리가 뒤덮힌 머리를 애잔한 손길로 쓸어내리셨다. 옆에 있던 올케언니에게도 번듯한 살림 차려 놓고 사느라고 고생 많았다고 하시며 올케언니의 눈가를 적시는 기쁨의 눈물을 두 손으로 닦아내시며 토닥여 주셨다. 이어 손자 며늘아기가 혼수품으로 엄마 몫의 고운 한복을 마련해 온 것을 올케언니가 펼쳐 내보여 드렸다. 고운 치마저고리를 이리 보시고, 저리 보시며 "내 평생 이리 고운 한복은 처음 입어보게 되는구먼. 아들 덕을 톡톡히 보는구먼." 하시며 장손자 손을 잡으시고 손자 며늘아기에게 고맙다는 인사말을 꼭 전해주라고 부탁하셨다. 그리고 거나한 음식의 진수성찬에 저녁밥을 맛있게 드시고 여독이 몰려와 일찍이 잠자리에 들으신 엄마는 큰아들의 집이어서인지 당신의 잠자리가 어색하지 않고 편안하신 듯 자리에 누우시기 바쁘게 단잠을 이루셨다. 예전에 인희 집에 처음으로 오셨을 때는 잠자리가 바뀌어 며칠

동안 단잠을 못 이루시고 밤새 뒤척이시곤 하셨다. 딸내미 집보다 아들이 최고라고 여기시는 엄마 시대의 큰아들의 집이어서인지 한결 마음의 안정을 찾으신 듯했다.

큰오빠 집에서 이틀 밤을 보내고 큰조카의 결혼식 당일이 다가왔다. 잠을 많이 주무시지 않는 엄마는 식전 댓바람부터 눈을 뜨시고 금방이라도 장손자의 결혼식을 치르시기라도 하실런지 바쁘게 서두르고 계셨다. 그런 모습을 지켜보던 넉넉한 마음을 가진 올케언니가 "엄니! 아침 식사하시고 천천히 채비 차려 나서도 되니까, 서두르지 마시고 편안히 계시면 돼요."라고 말씀을 드리니 그래도 되는가 싶으셨는지 아침 식사가 준비되지 않은 식탁 의자에 앉아 계셨다. 그러니 올케언니의 손이 바빠질 수밖에 없었다. 그에 덩달아 인희는 급한 성격은 어딜 가나 표시를 내신다고 엄마에게 핀잔을 주며 올케언니를 도와 아침 밥상을 차려냈다. 그렇게 이른 아침밥을 드시고 난 후 엄마는 나설 준비를 마치시고 거실 쇼파에 작정하고 나서기만을 기다리고 계셨다. 큰오빠나 올케언니는 그런 모습의 엄마를 보고 있다는 것만으로도 감개무량한 듯 빙그레 웃는 얼굴로 넌지시 바라보고 있었다. 유독 인희만이 유난스레 사람을 바쁘게 만든다며 엄마를 몰아세우자 큰오빠가 너도 나이 들면 엄니랑 똑같을 거라며 큰오빠다운 면모를 보였다. 조바심을 내세우는 엄마 덕택으로 넉넉한 시간의 여유를 두고 결혼식장에 나오게 되었다. 미리 오길 잘한 일인지 멀리 고향에서 오신 가까운 일가 친지분들이 엄마와 반가운 인사를 나누며 떠들썩한 잔치 분위기를 이뤘다. 만나 뵙기 어려운 친지분들을 만나 뵙게 되다 보니 엄마도 마냥 기쁘신 듯 한껏 즐거워하셨다. 장손자의 성대한 결혼식으로 일가친척분들과 오 남매의 자식들의 손자, 손녀가 모두 모인 자리로 엄마는 세상 모든 기쁨을 다 누리시는 듯 연실 함박웃음을 지으셨다.

성황을 이룬 장손자의 결혼식으로 일가친지분들과 오 남매의 손자들까지 두루두루 만나 일체의 가족이 하나임을 읽을 수 있었고 인희 집으로 돌아오신 엄마는 예전보다 한숨지으시며 넋두리하시는 일도 잊으신 듯하셨다. 막내 연희가 엄마 집을 큰오빠의 도움으로 되찾아 놨다는 소식을 들으신 엄마는 "그래! 장손은 하늘에서 점 찍어 내려 준다는 말이 거짓이 아닌 거야. 큰놈 몫을 단단히 치렀구먼. 이제야 편히 두 발 뻗고 자겠구먼." 하셨다. 연희의 사회인이 된 두 딸들이 이제는 연희를 각별하게 여기며 사랑의 손길이 똘똘 뭉친 모녀지간이라며 자랑스럽게 내세우는 연희를 보며 엄마와 남매지간이 모두 마음이 놓였다. 평화를 되찾은 편안한 날들이 이십여 일 흘러 작은오빠의 큰아들 결혼식 날이 다가왔다. 그전에 엄마는 벌써 새 사람을 맞아들일 걱정을 태산같이 하시며 작은오빠 집에 가서서 하루가 모자란 듯이 집안 곳곳을 치우고 또 치워내신다고 하셨다. 새살림을 집으로 들일 것도 아닌데 엄마는 종일 바쁘게 움직이셨다. 아마도 '며느리가 없는 집안이 손자 며늘아기에게 허물이라도 남기지 않을까?' 하는 노파심에서 탈이 되지 않으시려고 안간힘을 쓰시는 것 같았다. 집안의 처음으로 얼마 전 장손자의 결혼식을 올린 직후여서 또한 동거 생활을 하다 결혼식을 올리는 경우라서인지 청첩장을 보낸 곳도 꼭 필요하신 분들에게만 보내게 됐고 축하객이 번잡하지 않은 신랑, 신부 측 지인들과 양가 친지분들과 가족들만의 자리로 단출하면서 간소하게 그러나 보다 더 뜻깊은 결혼식을 올렸다. 작은오빠의 옆자리엔 작은올케 언니 대신 엄마를 앉혀서 며느리의 자리를 채웠다. 짝없이 며늘아기를 맞아들이는 작은오빠가 안쓰러우셨는지 옆에 앉은 엄마는 손수건으로 수시로 눈물을 찍어내셨다. 그 모습을 보고 있는 큰오빠도 이슬이 맺힌 눈가를 주위 분들에게 들키지 않으려고 슬그머니 손을 눈가로 가져가며 입술을 꾹 다물고 있었다.

  그렇게 치러진 결혼식이 끝나고 사 남매지간이 모인 자리에서 짝없는 작은 오빠가 안 돼 보였던지 큰오빠가 지금이라도 늦지 않았으니 잘 생각해서 제수씨가 아직 혼자이면 서로 다독이며 다시 재혼해서 살아보라고 했다. 누가 뭐래도 본처가 낫고 친엄마가 자식에겐 최고라고 했다. 그러자 작은오빠가 "형님이 마음 써주셔서 고맙지만 더는 어떤 문젯거리로 신경 쓰고 대체할 여력도 남아 있지 않아요. 애들이나 저도 지금 이대로가 편해요. 이제 겨우 내 이름을 담보로 된 빚을 청산했어요. 그동안 빚을 갚느라 너무 힘겹게 뛰어서 편히 살고 싶고 애들 엄마는 안중에도 없어요. 노후 대책 한 푼 준비해 놓지도 못했고요. 애들한테 의지하지 않으려면 앞으로 나 자신이 살 것을 마련해 놔야겠지요. 형님이 보시기엔 안돼 보이시겠지만 아직 엄니가 살뜰히 챙겨 주시기도 하고 하니 아무런 걱정 없어요. 염려 놓으셔도 돼요."라고 큰오빠에게 고마운 마음의 인사를 전했다. 큰오빠로서는 짝이 없이 사는 작은오빠나 막내 연희가 마음이 쓰여 염려되는 마음 씀씀이로 동생이 안쓰럽게 느껴지는 것 같았다. 그렇게 큰오빠는 아버지의 자리를 대신한 듯 엄마를 비롯해 사 남매지간에 대들보 같은 든든한 버팀목 역할을 해주었다. 더불어 인희에게 큰오빠는 언제나 안쓰럽고 애달픈 동생으로 물심양면 여러 면으로 도움의 손길을 보내왔다. 시집도 못 간 처녀 몸으로 조카 셋을 남부럽지 않게 키워주고 보호자 역할을 빈틈없이 해내며 의젓한 사회인으로 거듭나게 공을 들여온 인희를 대단한 동생이라기보다 가슴 한편의 아픈 동생으로 여겨졌다. 그런 큰오빠를 둔 덕으로 문제점 많은 오 남매지간을 모두 보듬어내며 우애를 잃지 않고 서로를 감싸주고 정을 나누며 살아갈 수 있는 아름드리나무의 큰 그늘의 안식처를 마련해 주었다.

평안한 날들 속에 엄마는 요즘 들어 생애 최고의 봄날을 맞이하신 듯 신이 나셨다. 손자 며늘아기가 인사차 작은오빠 집을 수시로 엄마가 좋아하시는 빵과 과일 등을 잔뜩 사 들고 와서는 애교를 부려 엄마를 살살 녹게 만들고 작은오빠와 조카들이 잘 먹는 음식을 엄마에게 전수받으며 맛난 음식으로 애교 많은 손자 며늘아기와 정겨운 식사를 하시고 항상 엄마의 음식 솜씨가 최고라고 칭송받으시며 손자 며늘아기와 정성껏 마련한 갖가지 음식을 한 보따리씩 싸서 손자 며늘아기 손에 들려 보내시는 살가운 재미에 푹 빠지셔서 세월 가는 줄 모르시며 세상에 발 디디고 최고의 행복한 생애 봄날을 보내고 계신다고 인희에게 전화를 걸어오셔서 손자 며늘아기가 너무 사랑스럽고 살갑게 정을 나누신다고 자랑에 자랑을 거듭하셨다. 그러자 인희가 "딸내미보다 손자 며늘아기가 더 예쁘고 사랑스러운 거야! 그래도 엄마를 모실 사람은 나뿐일걸? 너무 잘해주면 나중에 서운한 일도 많아지니까? 적당히 마음을 비워두셔야 해. 엄마! 알겠지요."라고 하며 손자 며늘아기에게 올인all-in하며 정성을 쏟는 엄마가 힘이 드실까 봐 하는 염려로 느슨하게 마음을 가지시라고 넌지시 운을 띄워 드렸다. 그래도 적지 않은 노년의 나이에 건강하신 몸으로 고단한 줄도 모르시고 살림 재미에 푹 빠지셔서 세월 가는 줄 모르시고 즐겁게 세월을 낚고 계시는 엄마 모습을 떠올리면 인희의 마음도 흔쾌해져 저절로 미소가 지어졌다. 한편 반가운 임신 소식이 들려온 지 두 달 가까이 지나가자 입덧이 시작되어 음식 냄새도 못 맡고 제대로 먹지도 못한다고 하며 심해 오는 입덧으로 힘들어하는 수진이에게 엄마와 인희는 수진이가 먹고자 하는 음식을 해서 나르기에 바빴다. 그렇게 힘들었던 입덧 시기를 잘 견뎌내고 예정일이 얼마 남지 않은 어느 날 인희 손을 잡은 수진이와 아기가 태어나면 필요한 아기용품을 사기 위해 아기용품 전문 상가로 갔다.

아기용품 상가에 들어선 인희와 수진이는 아기천사들의 각종 작고 앙증맞은 아기용품들로 별세계에 와 있는 듯 휘둥그런 눈을 어디에 둘지를 모르고 신비스러운 용품들이 눈에 한가득 들어와 무엇을 골라 사야 할지를 모를 정도였다. 그러자 수진이는 매장 직원의 조언을 들으며 필요한 아기용품을 한 가지씩 골라내어 큰 가방 두 개 분량의 아기용품을 사게 되었다. 말이 아기용품이지 아기용품 품목은 예상했던 금액을 한참 초월해 입이 떡 벌어질 만큼의 큰돈을 지불해야 했다. 그렇게 큰돈을 들여 아기용품을 사준 인희는 마냥 즐거워하며 웃음을 잃지 않았다. 아기를 통해 할머니로 입성한다는 점이 인희에게 큰 기쁨을 주었다. 기뻐하는 미소를 보이는 인희에게 수진이는 "이모! 할머니 되는 게 그렇게 좋아? 나 같으면 늙었다 싶어서 안 좋을 거 같은데. 이모! 정말 고맙고, 감사해요. 이렇게 잘 키워주고 엄마 몫을 탄탄히 해줘서 이모 은혜를 잊지 않을게요."라며 인희의 손을 힘주어 다 잡았다. "아니야! 이모가 오히려 너에게 감사하지. 엄마도 되게 해주고 이제는 곧 할머니 소리도 들을 텐데 얼마나 기쁜 일이야. 얼마 남지 않은 예정일까지 밥 잘 먹고 건강한 몸으로 순조롭게 출산해야 해! 그것이 이모의 최고 큰 바람이야!"라고 수진이의 원활한 출산을 하길 바라는 각별한 마음을 전했다. 그리고 며칠 후 한밤중 자정을 넘긴 시간에 전화벨이 울려 수화기를 들으니 수진이의 다급하고 불안해하는 목소리로 출산의 조짐인 통증이 몰려온다고 한다. 예정일이 열흘 남짓 남았는데 저녁밥을 먹고 난 뒤부터 통증이 시작됐다고 했다. 그동안 진료받던 산부인과로 조카사위가 나선다는 말로 전화가 끊겼고 인희는 어쩔 줄 몰라 다급함 속에 부랴부랴 병원으로 향했다.

병원에 들어서기가 바쁘게 분만실로 안내를 받아 들어간 인희는 밀려오는 극심한 출산의 통증을 입술을 앙다물고 견뎌내는 수진이와 맞닥뜨렸다. 조카사위가 출산 경로의 서류 절차를 밟아 분만이 가까이 왔다는 당직 의사의 진료로 분만 준비 상태로 통증을 견뎌내고 있는 참이었다. 긴 시간의 통증을 견뎌내고 출산 막바지의 통증으로 수진이의 손을 잡고 기운을 내라고 격려하는 인희에게 "이모! 이러다 나 죽는 건 아니지! 골반뼈가 다 으스러지는 것 같아. 이모! 의사 선생님! 제발 살려주세요."라고 애원하다시피 하며 극한 출산 통증의 고통을 절실하게 느끼고 있었다. 대신 아파 줄 수도 없고 어찌할 바를 몰라 진땀을 뻘뻘 흘리며 고통스러운 심정인 인희는 "무슨 소리야! 있는 힘을 다해 무사히 아기 얼굴을 봐야지. 잘할 수 있어. 조금만 참고 기운 내서 출산해야지. 너의 엄마도 이렇게 고통을 겪으며 세상 빛을 보게 했잖아. 엄마 생각을 해서라도 최선을 다해 힘을 내야지." 하며 그 상황에서 시간이 멈추어 있는 것 같았고, 어서 빨리 이 시간을 초월해 예쁜 아기를 품에 안을 수 있기만을 바라고 또 바랐다. 이루 말할 수 없는 긴 시간의 통증에 고통을 겪어 내고 출산 마지막 단계에 이르게 되었고 분만실 밖에서 절박하고 초조한 심정으로 아무 탈 없이 출산하기를 바라는 동안 수진이가 안간힘을 쓰며 "으아악, 으악." 괴성의 소리가 들리자 곧이어 세상에 태어나 처음으로 들어보는 아기 탄생에 첫 울음소리가 "으아앙, 응애에, 응애." 하고 귓전에 들려왔다. 그 어떤 소리에도 비교할 수 없는 아름다운 아기 천사 환희의 울음소리였다. 곧이어 튼튼한 왕자님의 탄생을 간호사님이 알려줬고 절실히 느꼈던 고통의 순간들이 물밀듯이 사라져 갔다.

눈에 넣어도 아프지 않다는 부모님의 자식 사랑을 몸소 느낄 수 있을 만큼 손을 대어 만져보기에도 떨리는 천사 같은 아기가 인희 품에 안기자 떨리는 몸짓에 경이로운 눈빛으로 아기를 바라보았다. 옆에 있던 혜성이는 신비로운 아기천사를 보고 기쁨으로 입이 다물어지지 않을 만큼 황홀한 눈빛으로 아기의 발그레한 볼에 조심스레 손을 대어본다. 그 후 인희는 수진이의 산후조리를 해주느라 눈코 뜰 새 없는 바쁜 날들을 보내야 했다. 그런데도 한 치의 피곤한 기색도 보이지 않으며 기쁨에 겨워 마냥 행복해하는 표정을 잃지 않았다. 조카들을 키우며 생각지 못한 엄마가 되었고 이젠 할머니의 타이틀을 안겨준 조카와 아기에게 고마움이 묻어났다. 그렇게 수진이가 튼튼한 아들 출산을 무사히 해주었고 손자를 얻은 기쁨 속에 산후 뒷바라지를 거두며 무럭무럭 자라나는 손자를 보며 더없는 행복을 느꼈다. 한동안의 세월이 흘러 외국 지사에 근무 기간을 마치고 돌아온 예진이도 사귀어 오던 남친과 성대하고 화려한 결혼식을 치르고 안정된 기반을 잡아 남부럽지 않은 신혼살림을 차리고 깨 볶는 냄새가 솔솔 풍기도록 신혼 재미를 즐기고 있었다. 그렇게 되기까지 인희는 정성 들여 밑반찬부터 손자가 좋아하는 먹거리와 장난감 등을 할머니로서 한가득 준비해서 수진이의 집을 드나들며 채워 주고 둘째 사위를 보는 장모 입장이 되어 혜성이의 도움을 받아 가며 이리저리 부지런히 뛰어다니며 결혼식 뒷받침을 해줬고 신혼 살림살이에 필요한 모든 생활용품들을 사들이느라 예진이와 같이 바쁘게 움직이며 살림 준비에 부모 입장의 한 몫을 단단히 해주었다. 예진이 결혼식이 눈앞에 다가올 때 인희는 예진이에게 아빠에게 연락에 대해 의논했다. 그러자 예진이의 말인즉 "수진언니 결혼식 때도 모시지 않은 아빠이니 결혼식 끝나고 시간내서 찾아뵙고 인사말씀 올릴게요."라며 형부의 입장을 뒤로 밀어냈다. 그렇게 최선을 다한 인희를 수진이 내외와 예진이 내외도 여느 부모님 못지않게 존경스러워하며 언제나 서로의 살뜰한 정을 주고받으며 남부럽지 않은 딸과 사위가 되어 주었다.

수진이의 출산 소식을 스님 언니에게 전하자 대견하고 감사한 마

음이 격한 나머지 울먹이는 목소리로 "인희야! 모두 정성 들여 키워
준 네 덕이구나. 참으로 고맙고 고맙다."라는 말을 되풀이했고 그 후
예진이의 결혼식을 알리니 뒷받침해 주는 인희가 걱정스러워 몸 건
강하라고 신신당부를 했다. 아마도 몸은 떨어져 있어도 기쁨의 눈물
을 흘리고 있을 언니가 아니었을까? 싶었다. 조카들의 경사스러운 일
로 한참 동안 등한시했던 인희의 본업인 극작가의 시나리오가 잔뜩
밀려 큰 숙제로 밤을 지새우며 올인을 시켜 놓고 나니 얼마나 세월이
흘렀을까? 할 때쯤 어느 사이 엄마의 팔순 생일이 다가오고 있었다.
그러자 또다시 바쁜 마음이 앞서갔고 큰오빠, 작은오빠, 막내 연희에
게 팔순 잔치에 대한 종합적인 의견을 나누고 남매지간에 합의 일치
로 자리를 마련해 엄마를 만족시켜드릴 팔순 잔치를 마련했다. 그 전
부터 인희 집에 머무르고 계시던 엄마를 예쁘게 꽃단장을 시켜드리
고 때깔 고운 한복차림으로 팔순 잔치의 왕좌에 앉으신 엄마는 어려
운 걸음을 한 스님 언니가 눈 안에 들어오자 기쁜 나머지 자리에서
벌떡 일어서시며 언니 손을 잡고 고맙다는 묵례를 하시며 춤을 덩실
덩실 추셨다. 가까운 일가 친지분들과 지인인 여러분들의 축하와 오
남매의 장성한 모습에 흡족해하시며, 손자, 손자 며늘아기와 손녀,
손녀사위, 증손자들까지 합세한 팔순 잔치의 축하를 받으시고 이제
까지 살아온 보람의 씨앗이 다 모였다고 하시며 기쁨과 회한으로 감
동스러워 이제 죽어도 여한이 없다는 말씀과 더불어 어깨춤을 덩실
덩실 한껏 추어 내셨다. 살아온 날들 중에 생애 최고의 봄날을 맞이

생애 봄날

하신 듯 신명나는 춤과 함께 인생의 깊은 맛이 우러나오는 노랫가락을 품어내시며 행복한 생애 봄날의 함박웃음을 활짝 펼쳐내셨다.

다사다난한 인생의 굴곡 속에서도
환하게 피어나는 해바라기 꽃이 있다

권선복
도서출판 행복에너지 대표이사

인생은 한 치 앞도 모른다는 것은 진리입니다. 바로 다음 순간도 예측할 수 없는 것이 인간이니까요. 백년가약을 맺은 연인이 서로 다투다 갈라질 수도 있고, 건강하던 사람이 갑자기 쓰러져 병원신세를 질 수도 있습니다. 참으로 허망하지만 또 그러한 인생의 굴곡을 원한다고 벗어날 수 있는 것도 아닙니다.

본서는 그러한 인생의 아이러니를 잘 담아낸 소설이라 할 수 있습니다.

어린 시절 단란한 가정 속에서 행복하게 지내던 오 남매, 영원히 계속될 것만 같았던 평화는 그러나, 이들이 장성하여 가족을 꾸리면서 서서히 깨져가기 시작합니다.

착하디착했던 '언니'는 남편을 잘못 만나 속이 끊어지는 아픔을 겪으며 세 아이를 키워내야 했고, 결국 비구니가 되는 길을 택합니다. '작은 오빠' 또한 사치를 일삼는 아내를 만나 이혼을 선택합니다. 막내 여동생인 '연희' 역시 남편의 도박 때문에 더 이상 결혼생활을 유지하지 못합니다.

그렇게 암울해 보이기만 하던 가족들이지만, 둘째 여동생인 '인희'만큼은 살신성인의 자세를 보여주며 '언니'의 세 자식들을 거두어 자기 자식처럼 헌신을 다해 키웁니다.

이처럼 명암이 교차하는 인생살이는 우리의 현실을 잘 반영해 주고 있습니다. 완전한 불행도, 완전한 행복도 없습니다. 우리는 살아가면서 그렇게 최악의 상황에서도 최선을 선택하고, 다가오는 풍랑 속에서도 방향키를 잘 잡아 나아가기 위해 노력합니다.

인생은 예측불허이지만 지금의 선택은 결국 미래로 이어지기에 '현재'가 전부라고 할 수 있습니다. 그리고 그 현재는 선한 마음과 행동을 통해서 가치 있게 존재할 수 있습니다.

'인희'가 '언니'의 세 남매를 거두어들이지 않았다면 이 가정은 훨씬 더한 파국으로 치달았을 것입니다. 결국 그녀가 가족을 붙들어 매어 둔 접착제인 셈입니다. 이처럼 선한 행동은 우리가 '악'하다고 부를 수 있을 법한 고통과 고난을 이겨냅니다.

책 제목이 왜 해바라기일까? 생각해 보았습니다.

그것은 이처럼 아무리 힘든 고난이 닥쳐와도 꼿꼿이 태양을 바라보며 꽃을 피워내고자 노력하는 우리네의 삶을 뜻함이 아닐까요? 그래서 책의

출간 후기

부제가 '흔들리지 않는 믿음, 무조건적인 사랑'인지도 모릅니다. 해바라기는 태양을 바라봄에 있어서 결코 흔들리지 않으니까요.

한 편의 현실적이면서도 아름다운 소설을 집필하신 작가님 덕분에 책을 읽는 내내 인생에 대해, 그 방향에 대해 다시금 생각해 볼 수 있었던 시간이었습니다.

결국 우리는 해바라기처럼 태양을 바라보며 살 수밖에 없는 존재인 것입니다. 그 선한 본성은 헛되지 않습니다. 그렇기에, 인생은 허망하지 않습니다.

차가운 겨울이 다가오고 있지만 따스한 소설 한 권을 읽게 되어 감사드립니다.

독자 여러분들도 본 소설을 통해 삶이란 무엇인가에 대해 다시 한번 생각해 보고 올바른 길을 걸으면서 늘 행복하시길 바랍니다.

가시는 걸음걸음 축복이 피어나길 기원합니다. 감사합니다.